十三階の神《メシア》

吉川英梨

双葉文庫

目次

第一章　夢に出てくる男

「なんかさ……最近、妙な夢をよく見るわけ」

黒江萌美《くろえもえみ》はある春の日、大学のカフェテリアで友人に相談を持ち掛けた。友人が顔を上げる。

「妙な夢？　どんなの」

「明け方、いつも同じ男が夢に出てくるの」

「なにソレ怖いんだけど。誰？」

「知らない人。会ったこともない。でも何度も出てくるのよ。今朝も見たし」

自分で口にしておいて、萌美は背筋が寒くなる。夢そのものも、夢に出てくる男も、オカルトチックではないし、怪談めいた雰囲気もない。男は、窓から差し込む逆光にその輪郭を侵食されている。春のそよ風のような優しい夢なのだ。初めてこの夢を見たとき、悪い気はしなかった。

けれど一週間連続で見た今朝は、さすがに背筋が寒くなった。誰かに言わずにはいられなかったのだ。女友達が遠慮がちに切り出す。

「若かりし頃のお父さんの姿、とかそういうことはない？　それがいま、萌美を見守っているとか」

萌美は父を知らない。萌美が生まれる九カ月前に、暴漢に襲われて刺殺された。長野県議会議員だった。選挙遊説中の事件だ。三姉妹の末っ子の萌美はそのとき、母のお腹に宿っていたが、母ですらその事実に気が付いていないほどに、小さな存在だった。

「ううん、お父さんじゃない」

父のことは写真でしか知らないが、眼鏡に七三分けという、いかにも昭和な雰囲気の人だ。

「夢の中の人は違うの。紺色のシャツにジーンズ。いまどきの男って感じ。でもスマホじゃなくて、文庫本を読んでいるんだけど……」

そして、ふっと文庫本から顔を上げ、ふわっと萌美を見るのだ。光に包まれて。ほんの少しだけ、ほほ笑む。足を投げ出して座っていたのに、萌美が通りやすいようにさっと足を引っこめてくれる。通りすがりの萌美に、なにか言おうとする。重要なことを語りかけようとしている空気がある。夢の中なのに、その質感を肌で感じたほどだ。萌美の皮膚が彼を記憶している。

だが彼が口を開いた瞬間に、いつも、目が覚めてしまう。

それが妙に萌美の心をかき乱すのだ。

「その男って、何歳くらいの人？」

「年齢不詳。学生にも見えるし、イクメンパパみたいな雰囲気もあるし」

「若いのかぁ。イケメン？」

「普通。いたって平凡。特徴的なところがひとつもない」

女友達は腕をくみ、小首を傾げた。

「萌。長野に帰ってる？　お墓参りとかって、大事だっていうよ。一度帰ったら？」

萌美は目を逸《そ》らした。大学進学のために上京してから、盆正月には必ず実家のある長野県上田市に帰っていた。同じく東京に出て警察官をやっている二番目の姉と共に。

去年の盆、一番目の姉が交通事故死して以来、黒江家はすっかり色を失ってしまった。二番目の姉は実家に寄りつかなくなり、母は塞《ふさ》ぎこんで、人と会わなくなった。仏壇のある和室に入り浸り、食事も殆ど取らない。しゃきっとしていたのに、背中がどんどん丸まっていった。

「黒江家は呪われている」

父の後援会の重鎮だった人は、こう噂した。実家そのものが、カラー写真の中に紛れ込んだ白黒写真のように暗く浮いている。萌美も足が遠のいていた。

「あ、萌。いた！」

カフェテリアのテーブルの間を縫うようにして、萌美の彼氏が近づいてきた。最近、デートを断り続けている。スマホに届くメッセージも返信していなかった。

あの男が夢に出てきてから、どうもダメなのだ。彼氏に甘えること、ハートマークや絵文字いっぱいのメッセージを送ることに、ひどく背徳的なものを感じる。エッチなことなんか絶対したくないと思ってしまう。

誰に対する背徳なのか。

あの、夢の中の男だ。

授業に出る気も、授業をさぼって遊ぶ気力もない。萌美は一人暮らしの部屋に帰ることにした。

大学の最寄り駅の、地下鉄表参道駅の銀座線ホームに向かう。同じく東京にいる二番目の姉はどうしているだろうか。黒江家の太陽と言われた長女と正反対だった次女は、月、と表現しても足りないほどに暗い翳《かげ》を瞳に宿している。昔から物静かで、勉強か読書をしている姿ばかり見てきた。

父が暴漢に刺されたとき、その場にいたのは当時八歳だった次女だ。刺された父の返り血を浴びてしまうほど近くにいたらしい。本人から当時の話を聞いたことはないし、尋ねたこともない。いつも憂鬱そうな顔をしている彼女の原点は、そこにあるのだと思う。

大学時代はそこそこ遊んでいるようだったし、恋人もいたようだった。帰省するとよく酒をのみ、饒舌《じょうぜつ》に恋の話をしたときもあった。萌美の恋愛相談にものってくれた。警視庁に就職してからしばらくすると、がらりと雰囲気が変わった。目から生気が消えた。自分の話を一切しなくなり、こちらの話にも相槌すら打たない。なにより、気配がない。気がつくといて、気がつくといなくなっている。

電車を待つ間、萌美はスマホのアドレス帳をスクロールした。『黒江律子《りつこ》』の番号を表示させる。長女の死で唯一の姉妹になってしまったのに、誰よりも遠い。彼女に夢の男のことを、相談してみようか。

電車がやってきた。すぐ渋谷に着くので、改札に近い車両に移動する。

ジーンズを穿いた足が投げ出され、通路を塞いでいた。萌美を前に、足が座席の方に引っ込む。萌美の体中の細胞が、騒ぎ出した。

ジーンズの男を、見た。

文庫本を読む、若い男。紺色のコットンシャツを着ている。

心臓がひとつ、バクンと打つ。

男が文庫本から視線をあげた。萌美を見る。

渋谷駅に到着する寸前だった。電車が地上に出る。強い日差しが、車内に差し込む。

光。

それが男の輪郭を侵食する。

優しく、心地よい。

男が、話しかけてきた。

「やあ。夢で逢ったたね、僕たち」

＊

滝川裕貴《たきがわゆうき》は、女のような高い喘ぎ声を漏らし、射精した。

固めのスプリングベッドについた両腕の間に、奈緒《なお》がいる。退化したような小さな顎《あご》に、ぐっと力が入っている。快楽を堪えているようだ。眉間に皺《しわ》を寄せて苦しそうにしているのに、大きな丸い瞳は潤み、妖しい光を放っている。頂点の更に先へ持っていかれそうなほど、滝川の心身を刺激する。

射精の頂点はいつも一瞬なのに、今日はまだ続いている。奈緒のせいだ。滝川を下半身で必死に受け止めて、でも恥じらい気味に足を閉じている。腕で乳房を隠していた。それなのに瞳は全力で滝川を求め、そして全てを投げ出している。

滝川は刑事だ。桜田門の警視庁本部に勤務している。刑事部の捜査三課という、窃盗などを担当する部署に所属する。泥棒を捕まえる刑事だから、ドロ刑と呼ばれている。

いまは、大規模な特別捜査本部に参加している。多忙でここのところ全くセックスをしていなかった。いつまでも精液が出た。終わらなくて、恥ずかしい。奈緒の視線がまだねっとりと自分に絡みついている。滝川は隠れるように奈緒の細い首筋に顔をうずめた。控えめに腰を振り続ける。

奈緒とは、六時間前に初めて会った。

こんな行きずりの行為を、滝川はしたことがない。女遊びはしないし、三年越しの恋人がいる。それなのに、奈緒に呑まれてしまった。

流れでそうなったというより、どこかこの行為に必然性すら感じる。

行為にふけっている間、奈緒はずっと自分を見つめていた。滝川が突き立てたもので身をよじらせ、恥ずかしがって喘ぐのは堪えているのに、じっとりと滝川を甘く、見つめてくる。こんなセックスは経験したことがない。真に愛し求め合っている、という感じがしたのだ。今日、初めて会った女に。

もう搾り取られたという気すらして、滝川は奈緒からペニスを抜いた。力を失い始めたそれに、コンドームの先にたまった精液がぼってりとぶら下がる。奈緒の太腿にぶつかった。奈緒は恥ずかしそうに足を閉じる。片膝に絡みついた下着と黒いストッキングを引き上げようとしている。ショーツを巻き込んで丸まっていて、苦労している。

滝川がずり下げたブラジャーと、上に引き上げた白いセーター、その隙間から小ぶりな乳房と薄桃色の乳首が見え隠れしていた。

滝川はコンドームを抜き取る。その口を縛ってゴミ箱に投げ捨てた。奈緒はもう、六時間前の、居酒屋に現れたときと同じ恰好に戻っていた。

ベッドの上に膝を抱えて座る。いま、行為が終わったのに。まるでたったいま、ラブホテルに流れ着いてしまった、覚悟を決めた女の子みたいな顔だった。

あんなにたくさん放出したばかりなのに、もう滝川の下腹部は熱くなる。

たまらない。滝川は奈緒を抱きしめた。いつもなら、終わったらすっと気持ちが冷める。女の体液がまとわりつく萎《しぼ》んだペニスに嫌悪すら感じて、すぐさまシャワーを浴びる。奈緒にはずっと心も体も絡めとられたままだ。欲しい、もっと愛したい、という強烈な独占欲が湧く。恥じらっているのか、滝川の顎のすぐ下で、奈緒のつけまつ毛が細かく震えている。

奈緒と出会った合コンは、捜査の延長線上にあった。

東京二十三区北部と埼玉県南部を跨ぎ、中堅どころの総合病院を狙った医薬品等連続窃盗事件が起こっていた。一件目で犯人と思《おぼ》しき女の姿が防犯カメラ映像に映っていた。指紋も検出されている。

内部の犯行とみているが、いまの段階では関係者から捜査令状を取るに至っていない。滝川はターゲットを絞るため、非公式に、関係者の指紋を採取する手段に出た。聞き込みで親しくなった看護師に、合コンのセッティングを頼んだ。

これは違法捜査だ。採取された指紋は証拠能力がないが、ある程度ホシの目星がつけば、後は行動確認で次の現場を押さえ、現行犯逮捕する目論見だった。

足立区内の救急指定病院、山田共済病院に勤める看護師たちは、白衣を脱げば、いまどきの若い女性だ。ケバいのもいれば、ナチュラルメイクで控えめなのもいる。男四人、女四人という構成にした。みなが気持ちよく酔い始めたころ、滝川は気が利きすぎる合コン幹事みたいなそぶりで、テーブルに溢れたグラスや取り皿を集めた。「店員来ないな」と言いながら食器類を持って、個室の外に出る。

トイレに直行する。洗面台に食器や箸を置き、鑑識から借りた指紋採取キットを取り出した。粉末を混ぜ合わせて検出刷毛に粉を載せ、指紋を浮かび上がらせる。専用シートに転写し、指紋の持ち主の名前を記入した。

やっと全員分を集め、合コンの個室に戻った。滝川がいた席に、見知らぬ女が座っていた。

それが、奈緒だった。

濃いアイラインと黒目を強調するコンタクトレンズに、つけまつげをしていた。いかにも人工的な流行顔で、正直、滝川は苦手なタイプだと思った。酒のペースが早いのか、彼女はもう出来上がっていた。滝川が戸惑っていると「半分こ」と言って、小さな尻を丸椅子の片隅に移動させた。

追加の椅子を頼むのも面倒で、奈緒の横に座った。互いの尻が、何枚かの布を隔てて密着しているという事実に、滝川は少し、緊張する。

「滝川君、刑事さんなの?」

奈緒が耳打ちした。奈緒の足の先に、茶色のトートバッグがあった。脇ポケットに、ストラップがぐるぐると巻かれた社員証が見える。山田共済病院のマークが入っていた。彼女の派手なメイクの顔写真と、『田中《たなか》奈緒』という名前が印字されていた。奈緒は飛び込みで合コンにやってきた看護師のようだ。

「まあ、一応ね。まだまだぺーぺーだけど」

「刑事って、キラい」

滝川は思わず、奈緒の横顔を凝視する。奈緒は意地悪く口角をあげているのに、目は笑っていた。滝川をからかっているのだ。

「違反切符でも切られたの？」

「ううん、元カレが刑事だったの。警視庁の」

「もしかして知り合いだったりして。案外、狭い世界だよ」

本部の人間関係をあれこれ話しているうちに、一次会がお開きになった。二次会で、奈緒の元恋人が生活安全課の刑事だと聞き出した。三次会の場所を決めようと渋谷の道玄坂をうろついているうちに、気が付くと、二人きりになっていた。流れで、雑居ビルの半地下にあるバーに入った。

彼女は黒のダウンジャケットに、桃色とベージュの裏表バイカラーの大判ストールを首に巻きつけていた。フレアスカートの下はブーツだろうと思っていたら、厚底のごついナイキのスニーカーを履いていた。メイクもファッションも完璧に女、でもスニーカーだけがなぜかマニッシュだ。似合っていた。

バーは混雑していた。奈緒とカウンター席に並んで座る。カップルに挟まれていて、ぶつかりそうだった。少しずつ、だが自然と、奈緒との距離が縮まっていく。最後の方は、奈緒は滝川の肩にもたれ甘えるような雰囲気になっていた。滝川は、看護師になろうと思ったきっかけを尋ねた。

「――私、八歳の時にお父さんを亡くしてて」

「病気か、なにか?」

「ううん」

奈緒は無邪気そうな丸い瞳に、ふと暗い影を宿らせた。

「刺されて。目の前で」

かなりヘビーな話だ。言わせてしまって申し訳なかったと思う。話してくれたことを嬉しく思う気持ちもあった。

「その経験のせいかもしれないんだけどね」

奈緒はひと息ついて、滝川の顔をのぞきこんできた。酒のせいで奈緒の目はとろんとしていたのに、ふいに光が宿る。

「私、妙な直感がついたの。男の人をひと目見るだけで、わかるようになったの」

滝川は、唾を飲み込んだ。なにを、と尋ねる声が、上ずる。

「いつか、この男とセックスをする、って」


目が覚めた。

滝川は一瞬、ここがどこだかわからなかった。ここ数日ずっと、警視庁本部最上階にある道場に、布団を敷いて寝泊まりしていた。今日もそこで目覚めたと思ったのだが、いま自分は湿ったダブルベッドに、ひとりで眠りこけていた。

ベッド下にコンドームの破れたパッケージが落ちていた。奈緒という女がいたことを、下半身が先に思い出した。寝起きということもあって、硬くなっている。ボクサーパンツの中に収めるのに苦心しながら、滝川はベッドから立ち上がった。

「奈緒ちゃん……？」

バスルームを覗く。誰もいない。奈緒の荷物もないし、ハンガーにかかっていた奈緒のダウンジャケットもない。

取り残されてしまった。置き手紙などもない。反射的にスマホを取ったが、連絡先を交換していなかった。がっくりと気落ちする。

スマホの充電がもう十パーセントを切っていた。昨晩は七十パーセント以上残っていた。最近、減りが早い。充電器に繋いだ。

革鞄の中身を探りながら、懇意にしている鑑識課員の電話番号にかける。指紋を転写したシートは雑誌に挟み、茶封筒に入れて鞄の中に保管していた。茶封筒を取り出して中身を確認していると、電話の相手が通話に出た。

「おはようございます、捜査三課の滝川ですけど。ちょっと非公式に照合してほしい指紋が……」

ない。茶封筒の中に雑誌はある。だが、指紋を転写したはずのシートが一枚もない。

滝川は一旦通話を切った。革鞄の中をひっくり返す。ない。ベッドの上に私物をまき散らし、探す。視界に空っぽのゴミ箱が入ってきた。昨晩、滝川はここにコンドームを捨てた。

ない。なにもない。

——あの女。

滝川は、合コンの女性側の幹事だった看護師に、慌てて連絡を入れた。

「ねえ、田中奈緒と至急連絡を取りたいんだけど。番号教えて」

「なに、誰？」

「田中奈緒。遅れて合コンに来た子」

「え？　彼女って滝川君の知り合いでしょ？」

滝川は絶句した。

「滝川君の友達です、遅れてすいませーんって言って、個室に入ってきたんだよ、あの子。その後もずっと二人で親し気にしてるからさ、てっきりそうなんだと……」

——やられた。

滝川は嵌《は》められたのだ。


ＪＲ品川駅の女子トイレで、黒江律子はメイクを直していた。

つけまつげを外す。風が吹くとあおられて瞼がめくれそうになり、煩わしくて仕方なかった。解放されたが、鏡に映る自分は驚くほど薄っぺらくなった。出がらしのお茶みたいに味気ない、個性を失った顔だ。律子はその姿に満足する。

耳に入れたイヤホンに意識を集中した。

昨日セックスした男の、慌てた声が聞こえてくる。

〝あ、そちらは山田共済病院ですね。恐れ入りますが、田中奈緒さんはいますか……。えっ、そういう名前の職員はいない……〟

滝川のスマホの充電が切れないことを祈りながら、聞き続ける。盗聴アプリを彼のスマホにインストールした。あれはバッテリーを非常に食う。

律子はトイレを出た。新幹線の時間は午前八時半。あと十分。改札口近くにあるカフェに、待ち人が来ていた。十分前に覗いたときはいなかったのに、彼女は待ちくたびれたような顔で、律子を見ている。

妹の萌美だ。

律子は無言で向かいに座った。萌美は挑発的な目をしていた。怒りを表現しているようだが、律子より九つも年下だ。まだ大学生の彼女に、公安刑事の律子が脅かされることはない。

律子は滝川の動向を注意せねばならず、秘聴はやめられない。盗聴のことだが、公安刑事は秘聴という。

律子は左耳で、パニックの滝川の声を受け止めながら、萌美に尋ねる。

「なに。もう新幹線の時間なんだけど」

「新幹線なんて十分に一本くらいの割合であるじゃん、遅らせてよ」

「無理」

萌美が顎の付け根に、ぐっと力を入れた。

「もう半年、相談したいことがあるから時間を作ってと頼み続けて、やっと会ってくれると思ったらその態度。なんなの」

「あと九分しかない。早く用件を言って」

「私たち、家族だよね⁉　唯一の姉妹なのに……！」

律子はあと四十秒経ったら「八分しかない」と言うつもりで、腕時計に視線を落とす。萌美がグチグチと文句を垂れている。女だな、と思う。律子も女だ。だがもう女ではない、という感覚もある。

「――これだから公安刑事は！」

突然放たれた萌美の言葉に、律子は目を剝いた。隣のテーブルに座るサラリーマンが、え、と律子を見たのがわかる。萌美の口角がちょっと上がる。

「やっと私の話をまともに聞く気になった？」

「萌。なんの話をしているの」

「お姉ちゃん、公安刑事なんでしょ！」

カフェの客に演説するような、大きな声だった。律子は無言で立ち上がった。何も言わずに去るしかない。萌美が律子の腕をつかんだ。今度は低い声で囁《ささや》く。最後通牒を突き付けるみたいに。

「このまま家族から目を逸らし続けていたら、お姉ちゃんもう、公安でいられなくなるよ」

「なんのこと。話がさっぱり、わからない」

律子の所属は警視庁公安部だ。公安第一課三係三班の巡査部長をしている。極左暴力集団の担当だ。家族に話したことはない。警備関係としか言っていない。

「言われなくったってわかる。その暗い目つき、表情がなくなっていく感じ。去年は爆破テロの監視カメラ映像を分析していたじゃない。私をバカにしないでくれる?」

勝ち誇った様子だったのに、萌美はすぐに態度を改めた。懇願する。

「ねえ。一度、上田に戻って」

長野県上田市に、律子と萌美の実家がある。上田、と聞くだけでわき上がる郷愁を、律子は一瞬で打ち消した。

場所を待合所に移し、律子は改めて妹に断った。

「忙しいから無理」

「いまはテロなんか起こってないじゃん」

「起こらないように阻止するのが仕事なの。暇なんて一瞬もない」

「このままじゃ黒江家は崩壊するよ」

もうとっくに崩壊している。

親戚や後援会からは、父が築いた選挙区の地盤を、律子が継ぐことを期待されている。だが、律子はいまさら上田に戻る気はない。もう三十歳になったが、結婚する気も出産する気もない。普通の女性の人生をとっくに踏み外し、そのレールに戻ることができないほど、一般常識からかけ離れた世界を生きている。

萌美が非難を続けている。

「お姉ちゃんってホント、自分勝手ね。勝手に崩壊すればいいとか思っているんでしょ」

腕時計に視線を落とした。あと五分で新幹線が出る。

「そのカルマが廻《まわ》り廻ってお姉ちゃんに跳ね返ってくるから。絶対」

律子は萌美の横顔を、鋭く見た。

人間の業、因縁のことだろうが、いまどきの女子大生がカルマなんて言葉を使うだろうか。

どこかの新興宗教団体みたいだ。

律子の反応を見越したように、萌美が言う。

「いまのはお母さんの受け売り」

「——お母さん。もしかして変な宗教にはまってるの」

「そういうこと」

「どうしてそれを早く言わないの！」

「言いたくっても会ってくれないんだから言えるはずないでしょ！」

「どこの宗教。なんて団体」

萌美は掌を開いた。小さなバッジがころんと転がる。赤を基調とした丸いバッジで『RG11』と記されたロゴが彫られていた。

「『輪芽《りんが》11』という団体。それ、教団のバッジ。プルシャっていうんだって」

プルシャという言葉に、律子は背筋がぞっとした。それはまるで、かつての——。

「表向きはヨガの団体よ。松本市に道場がある。お母さんはずっと引きこもりがちで体力が落ちてて。そこが新興宗教の団体だと知らずに入会しちゃったのよ」

「宗教法人の認可を受けている組織なの？」

「認可なんか受けられるはずがない。お姉ちゃんが公安でいられなくなる、って言った言葉で察して」

「まさか。カイラス教団の一派？」

萌美は意を含ませるように、大きく頷いてみせた。

カイラス蓮昇会《れんしょうかい》――。

二十年ほど前、いくつかの無差別テロ事件を起こした宗教団体だ。

詳細を聞けぬまま、新幹線の時間になってしまった。

萌美の視線を背中に感じながら、改札を通る。ずらりと並ぶ改札機が、姉妹を分かつ。

「近いうちに必ず上田に帰る。それじゃ」

踵《きびす》を返した律子に、萌美が声をかけた。

「誰にも言ってないから！」

律子は振り返る。

「お姉ちゃんの。その……所属」

「さっきそこで大声で叫んでたけど？」

「ごめんなさい。だって、そうまでしないと、家族と向き合ってくれないと思って」

律子はひとつ頷いて萌美と別れ、ホームへの階段を降りた。母のことは心配だが、ひとつ、ほっとしていることもある。

萌美は律子の本当の所属までは知らない。

律子は警視庁公安部公安第一課所属の刑事でそこにデスクもあるが、本当に忠誠を誓う組織は別にある。

『十三階』。

警察庁警備局、警備企画課直轄の、諜報組織だ。

ここの人間はみな諜報員、つまりは工作員で、スパイだ。互いのことを『作業員』と呼ぶ。かつては『チヨダ』『サクラ』『ゼロ』と符牒《ふちょう》されていたが、組織の中枢が警察庁中央合同庁舎の十三階に移動してから、十三階と呼ばれるようになった。

全国都道府県警に勤務する公安刑事の中のエリートが選抜され、〝裏の理事官〟と呼ばれる警察官僚の下、諜報活動を行う。理事官は組織内部では『校長』と呼ばれる。『校長』に抜擢されるのは熾烈な出世競争のトップに躍り出た警察官僚だ。歴代の校長のほとんどがその後、警察庁長官か、警視総監の座に就いている。

律子の表向きの所属である公安第一課三係三班の班員五人は全員、十三階の所属だ。四班もそうだが、一班や二班は知らない。

隣のデスクの人間がなんの捜査をしているのか知らない——それが、公安組織だ。

東海道新幹線のぞみの車内で、律子は秘聴を続けた。

滝川はいま、医薬品等連続窃盗事件の捜査会議に参加している。

捜査の流れを聞きながら、『カイラス蓮昇会』という教団の基本情報をネットで再確認していく。萌美から預かった『RG11』のプルシャが、備え付けのテーブルの上で異様な存在感を放っていた。

カイラス蓮昇会はヒンズー教のシヴァ神を守護神とする団体で、開祖は九流完《くりゅうかん》を名乗る、当時三十代の男だった。最初はヨガの師だったのが、弟子の数が増えるにつれて宗教色が強くなっていき、一九八九年には東京都から宗教法人の認可を受けた。

ヨガを中心とする厳しい修行と高額なお布施、出家制度などで、信者やその家族との間で諍《いさか》いが増え始める。

宗教法人認可を受ける前から、出家信者を修行の末に死なせてしまう過失致死事件を起こしていた。これを警察に届けずに死体を特別なマイクロ波装置で処理するなどしていた。残虐な教団の実態を知った信者を口封じに殺害したのを皮切りに、外部の人間の殺人にも手を染めるようになる。

まずは教団糾弾の急先峰として被害者の会を率いていた信者家族を一家ごと殺害。

その後も教団に否定的な立場を取る宗教家やジャーナリストを、次々と化学兵器で襲撃した。

自衛隊や米軍が攻撃にくると妄信した彼らは、教団施設内にガス室を作り、ここに攻撃者を引き寄せようと画策もしていた。まるで漫画かSF映画かという話だが、教団は本気だった。その稼働実験時に大量のＶＸガスが近隣に漏れた。無関係の住民七人が犠牲になった。

他にも、お布施の強要で揉めていた親族を白昼堂々拉致、監禁、薬物等で死なせてしまうという非道で杜撰《ずさん》な犯行を繰り返す。最終的に警察の強制捜査が近いと知るや、捜査かく乱のため、霞ケ関駅に乗り入れる地下鉄車内でサリンを撒き、八名を殺害した。

これらは、八十年代後半から九十年代中盤の事件だ。被害者の数は死亡者数が三十七名、サリンやＶＸガス被害の重軽傷者を含めると数千人に上る。

教祖の九流完だけでなく、実行犯である幹部や信者もこぞって逮捕された。現在では十二人の教団関係者が死刑執行を待つ身だ。

カイラス蓮昇会はその後、破壊活動防止法の適用は免れた。団体規制法の適用を受けて解散命令が出た。

現在は五つに分裂し、細々と宗教活動を続けてはいる。いくつかは九流を未だに信仰していた。警視庁では公安総務課が視察・内偵を担当している。

『輪芽11』はその分派のうちのひとつのようだが、ネットで検索をしても公式ホームページはない。誰かのＳＮＳで、「ここはカイラス教団の一派だ」とか「ただのヨガ道場だ」とか、噂話程度の情報が散見されるのみだ。

滝川を秘聴するイヤホンから、ため息や椅子を引く音、書類をまとめる雑音が聞こえてきた。捜査会議が終わったようだ。

〝タカさん、ちょっといいすか〟

滝川の声が聞こえる。タカさん—直属の上司、捜査三課五係の係長、高山《たかやま》警部に声をかけているのだろう。どうした、という高山の返答に、滝川は言い淀んでいる。田中奈緒のことを話すか、迷っているのだろう。

律子はホテルを去り際、滝川の所持品をチェックした。合コン参加者の指紋を採取したシートが大量に出てきた。自分の指紋シートもあった。あれは全て品川駅の女子トイレで細かく切り刻んでトイレに流した。

消えた女と指紋シート。刑事ならば、関連づけて考えないはずがない。非公式に手にした証拠品だから滝川が紛失を咎められることはないだろう。律子が演じた『奈緒』という女が、医薬品等連続窃盗事件の重要参考人であるとは疑うはずだ。

上司には報告しづらいだろう。素性を偽っている女と、滝川は無防備にも一夜を共にしてしまったのだ。

〝あれっ、もう充電が——〟

滝川が言ったところで、イヤホンが沈黙してしまった。充電切れだ。次、充電が復活するのを待つしかない。

京都駅に到着した。

降りたホームの目の前のベンチに、冬物のコートに身を包んだ紳士が新聞を広げ、座っていた。律子はイヤホンを耳にいれたまま、その隣に座った。膝の上に載せたトートバッグの中から切符を探す。

隣の紳士が新聞を畳んで、ベンチに残し、立ち去った。律子は切符を出すと、新聞を懐に抱いた。エスカレーターに乗りながら、新聞を小さく開く。

中に、付箋が貼り付けてあった。

『1八W986』

京都駅一階八条口、西側コインロッカーの986番、ということだ。中央改札を出て、エスカレーターで一階に下りた。近鉄線側の八条口へ向かう。目的のコインロッカーを見つけた。あらかじめ決めていた暗証番号で鍵が開いた。

約束の品がない。

老舗鰻屋のカードが一枚、置いてあるだけだ。余白に、『鰻でも食べて精をつけろ』とメッセージが添えられていた。

八条口からロータリーへ出た。タクシーを拾う。

目的の鰻屋は祇園四条にあった。風情ある趣きの表玄関をくぐる。開店は午後五時からと記され、暖簾も出ていない。扉は開いていた。中を覗くと仕込み中の店員が「どうぞ、奥の座敷へ」と律子を案内した。

栗山真治《くりやましんじ》が個室の上座に座っていた。もうな重を食べ始めている。待ちくたびれた、という顔で律子を見返す。

栗山は四十代の警察官僚だ。階級は警視長。現在、奈良県警の本部長を務めている。日本の歴史を背負う自治体の治安部門のトップに君臨するが、見た目は南米系かと思うほどに彫が深い。

この四月まで十三階の校長だった。下から二番目の巡査部長が上から三番目の警視長と直接絡むことは、一般の警察社会ではありえない。十三階の諜報員だけのものだ。

律子は腰を十五度に折って敬礼した。座れよ、と栗山が顎で示す。栗山の目の前の席に、うな重がひとり分、置かれていた。

律子は断った。

「十一時半の新幹線で東京に戻るつもりでした」

「いいから食え。先週、俺の前で貧血で倒れたことを忘れたか」

律子は仕方なく、栗山の前に座った。割り箸を割って、手を合わせる。うな重を必死にかきこむ。胃にそれを流し込む時間がひたすら勿体ないと感じた。滝川のこと、家族のこと――。律子は栗山に尋ねてみた。

「栗山本部長。カイラス教団の事件について、詳しかったりします？」

栗山は最後のひと口を食べようとしていたところだったが、箸を止める。

「お前、極左担当だろ。どうして新興宗教団体の話が出てくる。しかもカイラス教団は消滅している」

「しかしその後身組織である分派が五つ存在しています」

「公安総務課の仕事だ」

「十三階ではどうです？　視察、内偵、もしくは投入作業などは行っていますか」

投入とは組織に潜入する、公安刑事の中でも最も過酷な諜報活動のことを言う。

「極秘事項だ。俺の口から極左担当のお前に言うはずがない」

「――ですよね」

律子は小さなため息をつき、うな重を口にした。タレの旨味、炭火焼きされた身の香ばしさも、いまの律子を喜ばせる力はない。栗山が「寺尾《てらお》に聞けよ」と言う。

寺尾美昭《よしあき》警視正は栗山の後任の校長だ。この春から律子の上官になった。

「気が合わないんです」

栗山は噴き出した。

「だろうな。あいつは柔軟性が足りない」

「清廉潔白で頭が固い。私が、情報を取るために男と寝ることをひどく嫌悪しています」

「私はひどくなじられたよ、諜報員とはいえ女性刑事に体を売らせるなど、売春組織か、とね。だがそのお陰で爆弾テロが防げたのだと返したら、自分なら別の方法を模索して、女性作業員を守るよう努力した、と言い張る」

外野は簡単に考える。終わってからなら、どうとでも言えるだろう。

「寺尾はお前を〝組織に逆らえなかったか弱い女〟だと勘違いしている。実態はモンスターだと全く気が付いていない」

『十三階のモンスター』

いつからか組織内で囁かれるようになった、律子のあだ名だ。

「それで、カイラス教団事件をどうして今頃になって聞く？　もうあの事件は終結し、裁判も終わっている」

「実家の母が、カイラス教団の分派に傾倒してしまっているようなのです」

栗山が緑茶をすすりながら、神妙に律子を見返す。案外、呑気な反応だった。

「どの分派だ？」

「輪芽11とかいう組織ですが、実態がよくわかりません」

突き刺さるような沈黙があった。空気が一瞬で変わる。栗山が鋭く律子を見た。

「それはお前、正直に言って、俺は聞きたくなかったな。そういう情報を聞いた時点で、上にあげないわけにはいかない」

「あげないでください。十三階を追い出されますし、公安刑事でいられなくなります」

「だろうな。交通課とか地域課とかに行ってもらうことになる」

「栗山さんだから相談したんです」

「俺をあまり買いかぶるな。俺は組織に忠実であって、女性の部下になびく男じゃない」

「でしょうね。栗山さん、セックスがあまり好きそうじゃないし」

栗山はプライドが傷ついたような顔をした。全てをわざとらしい咳払いで吹き飛ばす。

「とにかく、聞かなかったことにする。母親は一刻も早く脱会させろ」

「アドバイスはそれだけですか」

「俺はもう十三階を離れた人間だ。それに俺が校長時代、カイラス教団がらみの問題は一切起こらなかった。だいたい、地下鉄サリン事件当時、俺はまだ六法全書片手に歩く大学生だった。教団のことはよく知らない」

「わかっています。私は八歳でした」

小学校二年生の、修了式の日だった。

あれが三月で、その二カ月前には阪神淡路大震災があった。

「幼いながらに記憶に焼き付いています。神戸も東京も怖いね、上田は平和だねと家族と話していました。父が刺殺されたのはその二週間後のことでしたから」

栗山はスマホを出し、誰かに連絡をいれた。相手は、警視庁の公安総務課長のようだ。あっという間に嘘のシナリオを作って、栗山は相手を丸めこむ。

「実はこっちの警察官で輪芽11の信者と思しき者がいてね。内々に調査したい。そっちの公安一課三係に黒江律子という巡査部長がいるから、彼女に概要を説明して、資料を託して欲しいんだ」

栗山の電話が終わるころ、律子もやっとうな重を食べ終わった。

「ごちそうさまでした。手配をありがとうございます」

背筋を伸ばし、約束の品が与えられるのを待つ。「黒江」と厳しい口調で呼ばれる。

「急げよ。急いで母親を脱会させろ」

栗山は傍らに置いた発泡スチロールボックスを律子に手渡した。

手提げ紐がついている。三輪そうめんのパッケージが貼られていた。中を確認する。保冷材の冷気と共に、血の詰まった袋がいくつかとアンプルが見えた。血液製剤と抗生剤だ。

栗山が続ける。

「お前の母親が教団関係組織に入ってしまっていることは、聞かなかったことにする。だからお前も、これから俺が言うことを、聞かなかったことにしてくれ」

なにか重大な情報がもたらされる気配を感じる。律子は息を呑んだ。

「〈教祖29〉についての情報だ」

カイラス教団の開祖・九流完確定死刑囚の符牒だ。

「年内に執行予定だ」

律子は背筋が粟立った。

「年内って――。もう、今日で十二月十三日ですよ」

「詳細は知らない。俺がまだ校長だった春ごろに法務省の関係者から、年内で片づけると聞いただけだ」

二〇一一年暮れに教団の逃亡犯が相次いで逮捕され、死刑の執行は先送りになった。その裁判も、結審している。ここ数年で執行できる状態にあったのは確かだが、教団の暴走と社会の混乱を恐れて、長らく見送られてきた。

「なぜ、いまなんです」

「さあな。東京オリンピックがあるからじゃないか？」

スポーツと平和の世界的祭典が行われる都市の中にある拘置所に、世界初の化学兵器テロを実行した死刑確定囚がいるのは都合がよろしくない、ということか。

「最悪、教祖の死刑執行後に教団が大暴れしたとしても、来年の二〇一八年中には落ち着くだろう。二〇一九年のうちには忘却され、平和のうちに東京オリンピックが開催されるというわけだ」

政府の都合はわかるが、律子にとっては、最悪のタイミングだった。

「〈コードB29〉」

栗山が大きな目をぎょろりと動かし、これまでになく鋭い眼で律子を見据えた。

「その発令は近い。社会だけではなく、五つに分裂した教団も必ず混乱する。その混乱に巻き込まれる前に、母親を脱会させろ。間に合わなかったら、お前は確実に公安刑事ではいられなくなる」

〈コードB29〉という符牒を律子が初めて知ったのは、公安刑事になるべく研修を受けていた頃だったかと思う。

公安所属なら誰でも知っている。警視庁公安部だけでなく、公安部門を内包する各都道府県警警備部、公安調査庁、防衛省の情報部門、法務省、内閣情報調査室等に一度足を踏み入れたことのある人物なら、把握している。

教祖の死。

〈コードB29〉とは、死刑執行、もしくはなんらかの病変により九流が死亡した際に、一斉に関係各機関に発令される、ある種の非常事態宣言だ。

九流は信者を殺人マシーンの如く操り、凶悪テロ事件を起こさせた。いまでも末端の信者に強い影響力を持っている。彼が、その死をもって完全に神格化される際、予想される社会の混乱、教団分派同士の諍いなどを警戒するために、発令される。

Ｂ29とは九流のいる東京拘置所Ｂ棟の独房29号室からきている。実際には、九流の独房のみ、氏名や番号が消されている。信者の奪還や、他の犯罪者からの嫌がらせ等のトラブルを防ぐためだ。両隣の房も空けてあるほど、拘置所内では九流がどこにいるのか、トップシークレットになっていた。消された拘置所の番号は、公安関係者の符牒という形で残ったと聞く。

また、Ｂ29は太平洋戦争時に散々日本人を苦しめた米軍爆撃機の名でもある。その名がもたらす災禍の大きさを予感させる符牒でもあった。

律子は十五時過ぎ、桜田門の警視庁本部に戻った。その足で公安総務課を訪れる。

元校長の栗山直々の命令ということもあってか、公安総務課長の橋立《はしだて》警視正は準備万端で律子を待っていた。執務室に招かれ、輪芽11の概要を指南される。

「カイラス教団の分派の中で、最も信者が少なく小規模なのが『輪芽11』だ」

なんの前置きもなく、橋立課長は説明を始めた。公安の人間は人と親しくなろうとしない。律子もそうだから、特に不自然とは思わない。

「だが、非常に凶暴だ。逮捕者が多い」

「カイラス教団事件の際に逮捕され、不起訴になった者、もしくは刑期を終えて出所した信者が多い、ということですか」

「いや、全てカイラス事件後の案件だ。東京総本部のある千代田区富士見の雑居ビルで、騒音による住民トラブルとか。ビルオーナーの自宅の放火未遂事件もあったか……。銀行で口座新設を拒否され、暴れて逮捕された者もいる。出家信者の家族への暴行も」

「暴力に訴えて強引な手法を取るのは、かつてのカイラス教団のようですね」

「というより、もともとそういう連中が本流派から追い出されて寄り集まった団体なんだろう。代表は竹本和美《たけもとかずみ》だ」

カイラス教団でかつて、九流の愛人と呼ばれた女性幹部だ。

「あの時の美女もいまは五十を過ぎた中年だ。彼女は教団事件当時、文書偽造という軽犯罪で逮捕された。不起訴処分となってからは、長らく教団から離れていた」

十年ほど前から、和美の元に、本流派から追い出された過激分子が集まるようになったらしい。

「気が付けば『蓮愛会《れんあいかい》』とかいうサークルになって信者の数が増え始めた」

増えれば増えるほど地元住民との軋轢《あつれき》が強くなり、『蓮愛会』絡みの逮捕者が増えていったという。

それが二〇一一年の東日本大震災直後、状況が一変する。

ある男が彗星の如く現れたという。

「信者たちは彼を〝裏の尊師〟と呼ぶ」

まるで十三階の校長のようだ。彼らは春秋の人事異動で突然その名前が表舞台から消えることから、〝裏の理事官〟と呼ばれる。

「九流完の血縁を名乗る、九真飛翔《きゅうまひしょう》と自称する青年だ。年の頃は、君と同じくらいじゃないかな」

「確か、九流完には妻との間に息子がひとりいるのみですね」

「ああ。だが当時の女性信者に産ませた外の子供は公安が把握しているだけで十人近くいる。教団は教義の中で中絶を含む殺生を強く禁じている。末端はゴキブリも殺さない。まあ、タントラ・ヴァジラヤーナという教義に根差して、幹部連中は平気で人を殺したがな」

密教の教えのひとつで、救済、修行達成のためなら、それを妨害する人や組織を攻撃してもいい、という考え方だという。

「これによって命を奪われた者は、現世で悪業を積むことなく、来世によき人間として転生できると言われているから、〝ポアされてよかったね〟という言葉に繋がってくるんだ」

「ポア」はカイラス教団事件の際、頻繁に聞かれた言葉だ。本来の意味は、救済されて魂レベルが向上することだが、教団の中では〝殺人〟を暗喩する言葉として使われていた。

「中絶は破戒行為だから、実際に九流の子供は三十人以上いると証言した元信者もいる」

つまり、公安は子供の数を正確に把握していない、ということだ。

「戸籍はどうです。ＤＮＡ鑑定などで親子関係は確認できると思いますが」

「うちで確認は済んでいる。確かに親子だ。本人も、突然『蓮愛会』に姿を現した当初、信者の前で信頼できる鑑定機関を呼び寄せ、教団で保管されている九流の頭髪と自らの頭髪をDNA鑑定して、証明してみせたそうだ」

九真飛翔が信者たちに示したDNA鑑定書のコピーを、橋立は示した。教団の内部文書だろう。確かに親子と確認できる。鑑定機関にも裏を取っていると橋立は言う。

「代表は竹本和美のままだが、九真が『輪芽11』と名称を変更して現在に至る」

「輪芽とは、どういう意味なんですか？」

「性器崇拝だよ。インドではシヴァ神の性器と妻パールヴァティの性器を合体させた偶像をリンガと呼んで崇拝している。そこからもじった名前だろう」

「数字の11は？」

「カルマを意味する数字と言われている」

今朝その言葉を使った萌美を思い出した。かつてのカイラス教団も、カルマという言葉を都合よく使っていた。

なにか悪いことが起これば、それは本人に蓄積するカルマが起こしたものと捉えられ「カルマが落ちてよかったね」と言われる。だから教団事件の被害者たちへ「カルマが落ちて魂は救済された」「カルマがなくなって来世で素晴らしい人生を送る」と解釈される。犯罪行為も善行に昇華されてしまうのだ。

「厄介なのは、いまだに我々公安総務課だけでなく、十三階の作業員に及んでも、九真飛翔の顔写真を撮影すらできていないことだ」

「秘聴・秘撮ができない、ということですか」

「そう。スナップ写真一枚撮らせないほどの警戒ぶりだ」

九真は、河口湖畔に展開している輪芽11の富士総本山で生活しているという。時折都心へ出ているが、その度に担当作業員は尾行をまかれるらしい。

「外出時はマスクに帽子、サングラスでガードして、服装もかつての教団のようなクルタではなく、ティシャツとかセーターにジーンズだ。いたって普通の恰好をしているから目立たない。替え玉を使い、公安をかく乱したことだってある」

「顔を出したがらない教祖……九流完とは正反対ですね」

九流完は最盛期、積極的にメディアに露出していた。宗教関係の討論番組では有名な宗教家を論破したこともあった。バラエティ番組に出て、若者の相談に対しウィットな回答を連発し、絶賛されたこともある。

「いまは九真が組織を牛耳ってはいるが、書面上の代表が竹本和美のままなのも、表に出たくないことが理由だろう。一般信者はもちろん会えないし、幹部の中でもごく限られた数名しか、九真と謁見できないようだ」

律子は首を傾げた。

「九真と会うこともできないし顔もわからないのに、なぜ信者数が急激に伸びたんですか」

「なんでも言い当てるとか、予言があたるとかなんとか。口コミだろう」

信者の生い立ちや人間関係、悩みなどを的中させるのだという。

律子は背中に嫌な汗をかいていた。

東日本大震災後、彗星の如く現れた九流の息子。

公安総務課や十三階の力を以てしても、顔を確認できない裏の尊師——。

すぐに母を脱会させねばならない。

上田に戻らなければ——。

律子は橋立課長に丁重に礼を言い、廊下に出た。

校長の寺尾に電話をかける。

「黒江か」

寺尾の穏やかなバリトンボイスの向こうで、車の走行音がする。移動中のようだ。彼には専属の公用車と運転手がついている。

「お話したいことがあります。お時間いただけますか」

「私もいま、君を呼び出そうかと逡巡していたところだ」

「なにか喫緊の事案ですか」

「まあそういうことだ。いま、新木場の術科センターに向かっている」

警視庁術科センターは、射撃場や柔道場が備わっている施設だ。寺尾は警察官僚としては珍しく柔道三段の体育会系だ。スーツの肩がパンパンに張っていて、胸板も厚い。

四十三歳で身長百八十センチの七十五キロという理想的な体型を誇る。警察官僚として最も脂の乗っているころだ。上品な顔立ちに似あう穏やかな性格をしている。いろんな意味で十三階に似つかわしくない人物だった。

「では私も参ります。センターの柔道場に直行でよろしいですか」

「いや、射撃場だ。黒江も久しぶりに撃ってみろ」


律子は本部庁舎前でタクシーに乗り、新木場の術科センターへ向かった。途中、南千住に立ち寄る。『せんじゅ動物病院』という、シャッターが閉まったままの古い動物病院の前でタクシーを降りた。雑草がぼうぼうに生えた玄関先に、三輪そうめんの発泡スチロールボックスを投げ入れた。すぐさまスマホで『獣医』と登録された番号に電話をかけた。ワン切りする。

タクシーに戻る。術科センターへ到着した。

防音、防弾の二重扉を抜ける。お付きの私服警察官を二人従えた寺尾の大きな背中が、目に飛び込んでくる。もう撃ち飽きたという顔でけん銃を置く。要人警護の場で活躍するＳＰに支給されるベレッタを使用したようだ。寺尾はめくり上げたワイシャツの袖を下ろして、カフスボタンを留める。律子に気が付いて、少し厳しい表情で頷いてみせた。

二十メートル先にある射撃の的がスイッチひとつで、手前に引き寄せられる。ベレッタはオートマチックで弾倉の銃弾の数は十五発ある。寺尾はほぼ全発、的の中央の直径十センチ以内に当てていた。かなりの腕前だ。

警察官僚は入庁と同時に警部補スタートとなるので、警察学校ではなく警察大学校で学ぶ。けん銃講習の時間は末端の警察官より少ない。とりあえず操作方法を学ぶ程度だろう。射撃訓練を日常的に行う警察官僚なんて、聞いたことがない。

彼らは官僚として、法を整備し組織を運営することが職務だ。武器も武術も必要ない。

「君もやれ」

律子は渋々ベレッタを受け取った。

「ベレッタは講習で何度か撃ったきりです、ニューナンブの方が慣れています」

「なおさらだ。ベレッタを使ってみろ」

寺尾は慣れた手つきで空っぽになった弾倉を取り出した。担当者から新しいカートリッジを受け取り、グリップに嵌めた。

「射撃は不得手か？ 車の運転も下手くそらしいな。お前が運転せざるを得ないとき、古池《こいけ》は酔い止めを飲んでいるそうだぞ」

古池慎一《しんいち》警部補――律子の直属の上司のことだ。警視庁公安部公安第一課三係三班の班長をやっている。律子を公安にリクルートし育ててくれた恩人であり、同じく十三階に忠誠を誓う諜報員だ。

「古池と最近、会っているか」

律子は質問の意図がわからず、眉をひそめた。

「古池さんは十一月下旬から出勤してきていません。投入に入ったと聞きましたが」

投入は校長の指示の下、行われる。なぜ聞くのかと見返した律子に、寺尾は言う。

「いや、投入中でも個人的に君と会うことはあるかなと思ったんだ。恋人同士なんだろ」

「違います」

「そうか。うまくいかなくて別れたのか」

「違います。そもそも古池さんとお付き合いをしていません」

「前任者からの引き継ぎ事項と異なる」

律子はため息をはさんだ。

「栗山前校長がなにを言ったのか知りませんが、恋人関係にはありません」

「お前は投入に没頭するあまり、テロリストと寝たことがあるだろ。極左暴力集団の」

「いまここで改めて訊くことですか。栗山前校長からそう引き継ぎを受けたのなら、それが全てです」

寺尾はなおも食い下がる。

「古池はお前と他の男とのセックスを秘聴・秘撮せざるを得なくて、完全に壊れたんだろ。古池もよほど、君を愛していたんだろうね」

「一年以上も前の話です」

「いや。あいつはまだ、壊れたままなんだ」

寺尾が律子の顔を覗き込んだ。茶化すような、優し気な瞳で、ほほ笑む。

「初めて君の人間らしい表情を見たよ」

律子は慌てて無表情を作った。

「普段は能面みたいな顔つきなのに。古池の話になるとくるくると表情が変わる」

「──以降、気を付けます」

「気を付ける必要はない。その方が人間らしくていいよ」

「いえ。十三階作業員としては失格です」

「私に相談とはなんだ」

唐突に、寺尾が尋ねてきた。完全にペースを持っていかれている。律子はまごつきながら、頼む。

「しばらく休暇を頂けないかと」

「どうした。海外旅行にでも行きたいか」

「実家の母が急病なんです。妹はまだ大学生で授業があり、看病の限界がきています。二週間ほど、休暇の許可を願いたいのです」

「これから二週間となると──このまま正月休みまで、ということか」

「できれば」

「よほど悪いのか。がんとか心臓病か」

「いえ。精神疾患です」

寺尾は律子から視線を外さない。嘘がないか、見極めている顔だ。

母が余命いくばくもないと嘘をついた方が休暇は取りやすいだろうが、そういった嘘が通用する相手ではない。

「悪いが許可できない。君に早急に入ってほしい任務がある」

寺尾は王冠を授けるように、律子の頭にイヤーマフを装着した。馴れ馴れしい。官僚の中でも現場派を自認している寺尾は、積極的に現場の刑事と関わろうとする。律子はイヤーマフを片方浮かせて、尋ねた。

「なんの任務ですか」

「いま話す。存分に撃て」

寺尾は射撃場の片隅にある電話ボックスのような指令室に入った。操作台に備え付けられたマイクの前に立つ。

射撃音を遮断するイヤーマフはイヤホンの役割もある。あのマイクから指導の声がよく聞こえる。お付きの警察官に知られたくない内々の話を始めるらしい。

律子は、ベレッタを右手で構え左手を添えた。律子の小さな手では持て余してしまうほど、大きい。重くはないが、軽いとは言えない。引き金を引いた。記憶していた以上の反発力があった。上半身がのけぞる。弾は明後日の方向にいき、的をかすりもしなかった。

「予想以上に下手だな」

寺尾が指令室から話す声が、イヤーマフから直接、耳に響く。

「どんどん撃てよ。撃ちながら聞け。古池のことだ」

二発目。かろうじて的にあたったが、外側の円にかかる程度だ。

「お前たち三班員には古池の不在を特別任務による投入としていたが、事実は違う」

三発目。また大きく外す。

「古池は心を病んでいる。お前のせいだぞ、黒江」

四発目。全くあたらない。

「大学時代、古池に発掘してもらってからのつきあいで、相思相愛なんだろ。古池が秘聴・秘撮しているとわかっていて、どうしてテロリストとセックスなんかしたんだ」

五発目。ようやくまともに的を射た。外側の大円だが。

「私の下で決して同じことはするな。公安刑事として、喉から手が出るほど欲しい情報が目の前にぶら下がっていたとしても、自分を売るな。私は売春宿の管理人ではないし、お前のその行為は『チヨダ』の流れを汲むこの組織の伝統を汚すものだ」

六発目。中心円の外側を射抜いた。ベレッタの性格を思い出してきた。

「たとえ、お前がセックスをすることで何百、何千の命が救われるとしても、だ。二度とするな。いいな」

七発目。初めて中心円を射抜いた。

「古池の話に戻る。奴はまだお前がしたこと、お前にさせてしまったことを引き摺《ず》って心を病んでしまっている。お前と、デスクを並べて座っていることすら辛いと訴えた。それで私が一旦、休職扱いにした」

八発目。先ほどと全く同じ場所にあたった。手ごたえのない音がした。

「お前たち班員には投入ということにしてな。年明けには復帰してもらいたかったからだ。部下との色恋沙汰で男の方が参ってしまって休職などと知れたら、古池のプライドがズタズタだろ」

九発目。ようやく、中心円の真ん中を射抜いた。「お見事」と寺尾が短く称賛する。

「古池からは一週間おきに療養報告を受けていた。だが、一週間前から連絡が途絶えた」

十発目。再び、中心円の核心を貫いた。

「自宅の電話も繋がらない。古池の妻と話したが、彼女も居場所を知らないという」

十一発目。大きく弾が逸れる。的をかすりもしなかった。

「今日になって、奥さんとも連絡がつかなくなった。古池のひとり息子は小学校二年生だが、彼も今日、学校に登校していない」

十二発目。再び、的を射た。中心円にはあたらなかったが。

「学校側が保護者とも連絡がつかないことを不審がり、交番に相談をしてきた、と所轄署から報告もあがっている」

十三発目。的の中央にあたった。

「黒江。古池を探してほしい。彼の家族ごと、事件に巻き込まれた可能性が高い」

十四発、十五発と連続して撃った。二発とも、中心円内にあたった。

カートリッジが空になり、射撃を終了した。律子はイヤーマフを取る。射撃の衝撃でしびれる両手をぶらぶらと振った。寺尾が拍手をしながら出てきた。

「まあ、及第点じゃないか。ベレッタは久々だと言っていたが、すぐに癖を思い出して持ち直している」

手元のモニターを精査する。いま律子が撃った全ての弾の弾道をコンピューターが分析し、何発目がどこへ逸れたのか、的のどの部分を撃ち抜いたのか、分析できるようになっている。

「興味深いのはこの十一発目だな。五発目以降は銃のクセを把握して、的を外すことはなくなっていたのに。ここでいきなり外した。直後に、すぐ軌道修正したようだがね」

寺尾がお付きの警察官二人を防音扉の外に追い出した。

律子は寺尾と二人きりになる。古池の話を他に聞かれたくなかったのなら、最初から彼らを防音扉の外に出せばいい。わざわざ射撃をさせ、イヤーマフから語り掛けたのは、律子の精神反応を見るためだ。

抜き打ちで、うそ発見器にでもかけられた気分だった。

「十一発目の直前、私がした話はなんだったかな――」

わざとらしく眉間に指を置いて考え込んだのち、寺尾は鋭く言った。

「そうだ。古池の妻の話をしたときだ」

寺尾は、ジャケットの内ポケットから一枚の顔写真を出した。古池と同年代らしい、中年女性だった。化粧が濃く、気の強そうな雰囲気がある。

「妻の美穂《みほ》。古池と同じ四十二歳だ。小学生の息子の名前は大翔《ひろと》。武蔵野市立第一小学校の二年生だ。ちなみに古池慎一は偽名、十三階の通称で、本名は濱島亨《はまじまとおる》だ」

律子は無反応に徹した。

「泉岳寺のアジトに呼ばれたことはあるか？」

「アジトというか……はい」

東京湾岸にある、単身者向けのタワーマンションだ。お台場のレインボーブリッジが見える、小さな部屋だった。

「一人暮らしの家だと古池は言ったか。あそこは公安一課がかつて使用していたアジトだ。物が殆どなかったろ」

律子は頷いた。

「古池が結婚したのは二〇〇八年だ。君と出会う一年前。君が大学三年生のころかな」

どうだ、と言わんばかりに寺尾は次々と情報を出してくる。

「それで、私に古池さんを捜せと？」

「イヤなら他をあたる」

「いいもイヤもありません。命令は絶対です。やれと言われればやります」

「そうか。それじゃ、やってくれ。お前には、いいきっかけになるとも思う」

寺尾は眼差しに、憐憫の色をにじませる。

「古池を忘れるきっかけだ」

公安部の黒のセダンの運転席に乗り込み、律子はハンドルを握った。

冴えわたるような冬晴れの朝で、予想以上に朝日が眩しい。

明け方、古池の夢を見た。

夢の中の古池はいつもの調子でデスクに座り、書類に目を通していた。ふいに顔をあげると、吸い寄せられるように立ち上がる。なにも言わずに律子の元を――公安一課フロアを立ち去ろうとする。

入口に手招きする男がいた。

紫色のクルタを着用した〈教祖29〉だ。

嫌な夢だった。腹の底が焼けるような焦燥感が募る。実家でのゴタゴタと仕事上の問題が、夢の中で一緒くたになってしまったのだろう。

信号待ちになる。

律子は、校長が示した濱島美穂の写真を見た。彼の妻で、小学校二年生になる息子までいた。これまで律子にだけ向けられた、古池の愛情深い瞳を思い出す。そんなはずはないと律子の本能が訴えるが、そういうことができる男だと、理性が冷酷に意見する。

十三階の作業員として古池の下で働き出して四年、毎日一緒で、毎日隣にいた。

着痩せするタイプなのか、屈強な体をスーツの下に隠す。毎晩、夜遅くまで本部に残っていた。デスクに足を上げて缶ビールを傾けながら、報告書に目を通す。ネクタイを昼間よりちょっと緩めて。ビールが喉を通るたびに喉仏が上下する。自分がビールになって飲まれたいと思うほどに、古池に恋焦がれていた時期もあった。

古池とは一度だけ、セックスをしている。律子が警察学校に入校する前日に、酒の勢いでそうなった。古池は律子の卒業した大学の学部の先輩で、ちょうど一回り年が上だった。同じ兎年で、血液型も同じO型だ。大学時代にリクルートされたときは、兄のように身近な存在だった。十三階作業員として上司と部下になって再会し、過酷な作戦を共にこなすうち、古池は誰よりも遠い人になってしまった。

ずるくて弱い本性を十三階のエースという称号で見事に隠す。寝不足が続くと二重にも三重にもなる瞼の奥の瞳は、いつも律子を困ったように見ていた。

あの瞳の向こうに、律子に必死に隠してきた妻子がいたのか。

もう二度と古池に会えないような気がして、呼吸が詰まる。

青梅街道を経由して、武蔵野市吉祥寺の住宅街にある『濱島亭』の自宅に到着した。三階建てのペンシルハウスだった。一階は駐車場になっていて、白のワンボックスカーが停まっていた。その脇に子供用自転車と、幼児乗せ自転車が窮屈そうに置いてある。玄関先には、色あせたベビーカーが放置されていた。

一度通り過ぎて、近場のコインパーキングに車を停めた。何度やってもまっすぐ停められない。隣のスペースにはみ出してしまう。古池は以前「お前に免許証を与えた運転免許試験場を職務怠慢で訴えてやりたい」と笑っていた。普段、殆ど笑わない人なのに。

律子は濱島家の門扉の前に立った。『濱島』という透明の表札が出ている。インターホンを押した。

応答はない。ポストには新聞がつまっている。入り切らなくて玄関先に積み上がっている状態だった。ポストの中を確認したが、郵便物はひとつもない。

数歩下がってベランダを見上げる。洗濯物も干されていなかった。

周囲に人の気配がないのを確認しながら、いかにもこの家の人間という顔でさりげなく濱島家の門扉の中に入る。

玄関のドアノブを回す。施錠されていた。専用スコープで鍵穴を覗いた。ディンプルキーだからピッキングできない。

律子は専用の工具を出した。玄関扉に縦に並んだ、正方形の嵌めこみ小窓のガラスを、ひとつ破る。その十五センチ四方の穴から専用器具を差し込んで開錠する。こういった技術は全て十三階作業員となる際に受ける警備専科教養講習で習得する。実際の窃盗犯の手口と同じだ。

三分ほどの作業で、鍵が開いた。

ドアノブを引く。扉を五センチほど開ける。人の気配はないが、少しいやな臭いがした。中に入る。いきなり家族写真が目に飛び込んできた。玄関の正面の壁に、額に入って飾られていた。ランドセルを背負って緊張気味の大翔と、薄い笑顔の美穂。古池だけが愉快そうに歯を見せて笑っている。

律子はしばらく、その家族写真に見入った。

——ひとつ、大きなため息をついた。

三和土《たたき》には男物と女物のサンダルが乱雑に置かれていた。収納扉をあける。古池の革靴が一番上の棚にずらりと並んでいた。どの靴も全部、見覚えがある。妻子の靴は少なかった。

目の前の階段を上がった。二階が、リビングダイニングだった。カウンターキッチンに置かれた籠の中の果物が腐っていた。玄関を開けたときに臭ったものはこれだろう。

ダイニングテーブルに飾られた小さなブーケも、醜く枯れていた。

冷蔵庫を開ける。肉や魚がチルドの中に入っていた。異臭を放っている。消費期限は十二月七日。このあたりから、一家が自宅に帰っていないのだろう。

ソファ前のローテーブルの上に、朝刊が置かれていた。日付は十二月五日。古池が、律子らに投入だと言って出勤しなくなったのは、十一月末のことだった。頭の中で情報を整理しながらも、律子には見る意味もない家族写真に、目が行く。

古池が慣れない手つきで赤ん坊を抱いている。保育園の入園式らしい写真もあった。運動会で大翔を背負って走る写真まである。

古池の顔の上で、蠢《うごめ》くなにかがあった。

写真立てのガラスに人影が反射しているのだ。

律子の後ろに、誰かいる。

律子は咄嗟に、ダイニングテーブルの下に滑り込んだ。なにかがブウンと音を立てて振り下ろされる。その風圧を感じるほどの速さと勢いがあった。

律子が立っていたすぐ横のソファの背もたれに、包丁が突き刺さっていた。刃渡り五十センチ以上はある。魚の解体用に使われるマグロ包丁だ。

黒い編み上げの半長靴を履いた大きな足が、律子が隠れるダイニングテーブルへ向く。金属が滑る音がした。鞘から刃物を抜いたのだ。一体刃物を何本持っているのか。半長靴の人物がテーブルの下を、覗き込んできた。

黒の目出し帽をかぶっていた。上下セパレートの黒いレインウェアを着ている。体格からして、男だろう。かぶったフードの紐を顎の下できつく結んでいる。

返り血を浴びる覚悟を決めた恰好だ。

銀色のサバイバルナイフが、男の手元で光る。律子はダイニングチェアの背もたれをつかんだ。脚を突き出し、必死に応戦する。男は片手ひとつでチェアを奪った。軽々と横に投げ捨てる。律子は階下の玄関へ逃げたいが、目の前に男がいる。反対側に逃げるしかない。

律子はダイニングテーブルの下を抜け出した。カウンターキッチンの横をすり抜ける。脱衣所に入った。左のトイレにも右のバスルームにも窓がなかった。

律子はバスルームに飛び込んだ。扉を閉めて施錠する。黒い影がすりガラスに映る。身長は百九十センチ近くありそうだ。かなりの大男だった。

律子は給湯器のスイッチを入れた。最高温度まで上げる。蛇口のレバーを最大限に引き上げる。白い湯気があがり、冷え切ったバスルームに靄が立つ。

すりガラスを振り返る。男がなにかを投げつけた。ダイニングチェアだ。簡素なすりガラスは一度の襲撃で粉々に割れた。男が半長靴でガラスを踏みつけ、落ちたダイニングチェアをまたいでバスルームに入ってきた。律子はシャワーヘッドを握り、男に向けた。レバーを切り替える。シャワーから噴出する熱湯を、目出し帽の男の顔面に浴びせかける。

男はくぐもった悲鳴を上げて顔を背けた。チェアの足に躓いて倒れる。律子は容赦なく、目出し帽の頭に熱湯をかける。レインウェアやフードから跳ね返ったそれが律子の腕、顔面に降り注ぐ。熱い。男はもっと熱いだろう。目出し帽を脱ごうとしたが、躊躇した様子で、熱さにもだえている。顔を見られたくないのだろう。やがてサバイバルナイフを落とした。律子が奪いとる。

凶器をなくした男は目出し帽を浮かせながら、逃走した。階段を駆け下り、玄関扉を出ていく音が、聞こえてきた。

律子は追わなかった。女ひとりでまともに組み合ってかなう相手ではない。シャワーヘッドを空っぽの浴槽に投げ置き、脱衣所にへたりこんだ。

気持ちを落ち着かせようと、必死に深呼吸する。熱湯を放つシャワーホースが水圧で、蛇のようにのたうちまわる。

すりガラス扉をまたぐようにして、ダイニングチェアが倒れている。その脚の近くに、光る異物があった。

律子はハンカチを出し、指紋を残さぬよう、その小さなバッジを手に取った。

RG11と彫られた丸いバッジだった。

『輪芽11』のプルシャだ。律子が昨日、萌美から預かったそれは、自宅に保管している。持ち歩いていない。

古池の自宅に潜んでいたあの刃物使いの男が、落としていったのだ。

第二章　教祖の骨

「古池は一家ごと、何者かに拉致されたということか」

寺尾の言葉が、律子の脳裏を駆け巡る。手元の調書に集中できない。

律子はカイラス教団が一九八九年に起こしたカイラス教団被害者の会会長・森山仁《もりやまひとし》さん一家殺害事件の事件調書を捲っていた。

警察庁が入る中央合同庁舎の十三階、校長室にいる。寺尾はいま不在だが、デスクに、証拠品袋に入った輪芽11のプルシャがある。

古池の本名らしい濱島亨の自宅から、このプルシャが発見された。指紋は検出されなかった。汗と思われる微量の体液を検出したが、DNA鑑定に堪えうる量ではない。

律子が濱島家で刃物使いの男に襲撃されたのは昨日のことだ。

通報はせず、三時間の尾行点検の末、十三階に戻ってきた。尾行点検とは、尾行者や追跡者をまくために電車やバスを頻繁に乗り換えたり、着衣を変えたりすることだ。

すでに日付は変わり、朝日が昇り始めている。

現場の所轄署は、寺尾の采配で、ごく一部のみが捜査に動いている。寺尾は情報を集約するため、別室で第八方面本部長と面会していた。

律子が森山一家殺害事件に注目したのは、この現場にも、教団のプルシャが落ちていたからだ。

当時カイラス教団は、高校生で出家してしまった長女を取り戻そうとしていた森山仁氏とトラブルになっていた。被害者の会を結成したばかりの森山を、妻とまだ小学生だった長男ごと殺害し、遺体を山中に遺棄した。

当初は、仕事から帰宅する森山一人を待ち伏せし殺害する犯行計画だったようだが、犯行日は祝日だった。森山は出勤しておらず、自宅で家族と過ごしていた。

教団は教祖も幹部も誰も、その日が祝日だと把握していなかったのだ。出家信者たちは現世との縁を一切絶ち、テレビも見ないし新聞も読まない。家族に電話もしない。朝から晩までワークと呼ばれる教団内部の仕事や修行に明け暮れる。『祝日』という感覚が抜け落ちていたらしい。

実行犯たちは教祖の指示の下、自宅を急襲することにした。森山だけでなく、妻子をも手にかけてしまう残酷な結果になった。

校長の寺尾が戻ってきた。

開口一番「大丈夫か」と律子の顔を覗き込んだ。襲撃者と浴室で格闘した際、律子は顔や右手を軽く火傷した。いまは患部を冷やすほどでもないが、顔に赤みが残っている。

「君の通報を受けて、交番の者や自ら隊が丸一日付近を捜索した。黒ずくめに目出し帽の男は発見できなかったようだ」

そんな恰好で逃走しているはずがないのだが、末端の警察官が広く動くことはなかった。通報した律子は素性を明かしていないし、被害を申告するつもりもない。律子が襲撃を受けたと申し出たら、なぜ現場にいたのかを問われる。十三階の秘匿性が崩れてしまう。この組織が存在し、諜報活動をしていることは末端の警察官も知らないのだ。

「とにかく、君までやられることはなくほっとした」

寺尾がため息交じりに言った。

「君までやられる？　他に誰がやられたと」

「古池一家だよ。ある日突然、一家ごと忽然と姿を消す。そして自宅に残されたプルシャ――」

寺尾が輪芽11のプルシャを袋ごと手に取る。絶望的な表情になった。

「まるで二十八年前の事件の再現だ」

古池が教団に襲われたと寺尾は断定しているようだ。

「古池さんは、狙われるようなことをしていたんですか。療養休暇だと校長を欺《あざむ》きつつ、古池さんは輪芽11を内偵していたとか。そういうことですか」

「そんなことを私に聞くな。私は、通院のためしばらく休暇が欲しいと申請され、判を押しただけだ」

「古池さんは校長を欺くような人ではありません」

「だが君を欺いていた。彼は妻子持ちだった」

黙り込んだ律子を見て、寺尾はきまり悪そうに目を逸らした。

「君はずいぶん冷静だな。愛する男に長らく騙されていた。しかも彼が君に隠し通してきた妻子ごと姿を消している。女ならパニックを起こす事態だろ。あまりに冷静だ」

「そう訓練されていますし、女だから必ずパニックを起こすというものではないと思います。奇妙に思うのは、古池さんは極左勢力担当で、新興宗教団体の諜報活動はしないということです。そして、私を襲撃した男が落としていったプルシャ――」

仕組まれているような気がしてならない。誰かの罠ではないか。寺尾はまっすぐ律子を見据える。

「その穿った見方が、二十八年前の森山一家殺害事件で初動捜査を見誤らせた」

〝もし自分たちが犯人なら、対立する相手の自宅にプルシャを落としてしまうような杜撰なミスをするはずがない〟と、当時の教団は世間に訴えていた。それに納得してしまった捜査関係者は多い。

「実際は杜撰ですよね。森山の出勤日すら把握しておらず、実行日が祝日であることまで失念しています」

寺尾は眉間の皺を指先でこすりながら、尋ねる。

「黒江。濱島家にはどうやって侵入した」

「ピッキングできませんでしたので、専用の工具を使って鍵を開けました」

「つまり、施錠されていた」

「はい」

寺尾が指の間から律子を鋭く見た。

「二十八年前、森山の自宅は鍵が開けっ放しになっていた。だから襲撃された」

寺尾は意を含ませる。

「妙だと思わないか。深夜、鍵を開けっ放しで寝ている。しかも九流はそれを見破っていた。実行犯のうちの何人かは、九流が神通力で鍵を開けたと証言している」

「ただの偶然でしょう。もしくは、別の信者がピッキングしておいただけかもしれません。なぜそんなことが気になるんです?」

寺尾は逡巡した後、口にするのもおぞましいという様子で「実は、こんな話がある」と説明を始めた。

「地下鉄サリン事件の約二カ月前に、阪神淡路大震災があったろ。九流は地震が起こる九日前、一月八日の生放送ラジオで、神戸に起こる震災を予言していたとか」

律子は背筋に冷たいものを感じ、唇を嚙みしめた。警察官僚が口にする情報だから、信ぴょう性は確かだ。週刊誌の与太話や噂話ではなく、根拠があるのだろう。

「そんな話、初めて聞きました。なぜ当時のマスコミは伝えなかったんです?」

「その年の元日には、カイラスがサリンを製造していると全国紙がすっぱ抜いて、バッシングが巻き起こっていた。そんな最中で、実は九流が震災を予言していたなんてマスコミが流してみろ、教団を持ち上げてしまう結果になる」

あの当時はいまと違い、スマホはなくインターネットも一般的ではなかった。市民が受け取る情報は、マスコミのフィルターを通したものばかりだ。当時の一般市民には、カイラス教団や九流本人について、偏った情報しか流れていなかった、ということなのだろうか。

「九流完に本当に神通力があった、と校長は思っているんですか」

「わからない。それを肯定する資料はあるが、科学的な検証がされないままに裁判は結審してしまった」

九流完は、本物の神通力を持った宗教家だったかもしれない。九流はそんな印象を残したまま、年内に処刑されることになる。律子は口走った。

「東日本大震災後には、彼の血を引く九真飛翔を名乗る男が彗星の如く現れています。公安総務課によると、予言の的中率が高く、信者が急増しているとか」

寺尾は九真の名を聞いた途端、顔を曇らせた。

「お前、よく知っているな。極左担当なのに」

律子は敢えて沈黙を選んだ。寺尾はじっと律子を見据えたまま、プルシャをデスクに投げた。

「そして古池の自宅にはこれ。お前たち、やはり密通しているな。私に秘密でなにか……」

律子は慌てて首を横に振った。

「誤解です。母なんです」

「母親？　確か、精神疾患と――」

「母が傾倒してしまっています。輪芽11に」

寺尾は「な」と一言発したきり、絶句してしまった。驚愕と怒りをないまぜにした視線を律子に突きさす。

「母は、そこの信者のようです。私も一昨日……」

初めて聞いた話で、と続けようとしたが、寺尾が手元の書類を叩きつける音でかき消された。

「ふざけるな！　いますぐこの部屋を出て行け。十三階の職務は解く。公安一課にもいさせられない。数日のうちに別部署に異動してもらう。それまで自宅待機だ」

律子は立ち上がり、必死に懇願した。

「これは、チャンスなんです」

「なにがチャンスだ！　公安が目をつけている教団信者の娘が、よりによって警察庁直轄部隊の諜報員をやっているということなんだぞ……！」

「私は断じて教団のスパイではありません。そもそもスパイだったら母のことをここで正直に話しません」

「だが昨日は嘘をついた。実家に帰る、母親が精神疾患というのはそのことか。母親に、十三階の組織情報を流し――」

「違います！」

「口答えをするな！　私を誰だと思っている‼」

寺尾がここまで激昂したのは、初めてだった。律子もつい、感情を迸《ほとばし》らせる。

「それなら、どうすれば私のことを信用してくださいますか。あなたの靴をなめればいいですか。ここで裸になればいいですか⁉　やりますよ。それで忠誠を認めてくださるのなら……！」

「バカなことを言うなっ。それは私が最も忌み嫌う行為だと、何度言えば理解する！」

「校長は一人も殺していないから、きれいごとばっかり並べられるんです！」

寺尾が言葉に詰まった。堪えきれない怒りの呼気が、形のよい鼻から洩れる。

「私は作業の失敗で北陸新幹線爆破テロを引き起こしてしまった。七十三人も死んでいるんです。ここで名前、全員、言いましょうか？　井川孝典さん、十六歳。鵜飼由美さん、四十八歳。宇田茜ちゃん、一歳——」

頬を涙が伝う。寺尾は奥歯を嚙みしめるような表情になった。首を横に振る。

「いい。言わなくていい」

「江川誠さん、五十五歳。大谷健一さん、三十三歳——」

「黒江。もういい、言うな」

「テロリストとセックスぐらいします。それで救える命があるなら、それで阻止できるテロがあるなら、愛する人の前でも絶対にします。進んでします。喜んで引き受けます……！」

涙だけでなく鼻水まで、言葉と共にとめどなく溢れてくる。寺尾は圧倒された様子だ。その目にも、うっすらと涙の膜が張る。

「黒江、ひとりで抱え込むな」

赤くなった目で律子を包む。

「北陸新幹線爆破テロを引き起こしたのはお前じゃない。『名もなき戦士団』というテロリストたちだ。断じて、お前じゃない。そして阻止できなかったのも、お前ひとりじゃない。十三階全体の責任なんだ。だから、ひとりで背負い込むな」

律子は目を逸らし、指先で涙を拭った。

「私は、部下ほど大事なものはこの世にいないという強い信念を持って、警察官僚になった。そういう矜持《きょうじ》を、どこの部署に異動になっても、捨てたくない。捨てない」

寺尾を見る。十三階にはそぐわない、実直で純粋な瞳をしている。

「黒江。自分を大事にしてくれ。頼む」

「母を、情報提供者にします」

間髪を容《い》れずに、律子は続けた。寺尾にはさぞ冷酷に見えただろう。

「私が母を運営し、情報提供者として育てます。そして『輪芽11』の情報を取る」

寺尾が革張りのチェアにもたれ、律子を見上げた。怒りが滲んでいる。

「自分を大事にしろと言ったそばから、それか。自分だけでなく、母親も犠牲にするつもりか」

「もう事件は起こっています。古池さんが一家ごと失踪している。私が母を運営し『輪芽11』の情報を取り、なにが起こっているのか突き止めます」

寺尾が、軽蔑するように、吐き捨てた。

「さすが。『十三階のモンスター』だ」


十三階で輪芽11を担当している作業員との調整後、作戦にゴーサインを出すという寺尾の言質を取った。律子はすぐさま校長室を出た。

一階の女子トイレに立ち寄り、涙で崩れたメイクを直す。感情は一切出さない、見せないようにこれまで指導されてきたが、寺尾の前では感情的になった方が、効果がある。体育会系の単純な男だ。律子は頰に残った涙の線を、パウダーで消していく。

外に出た。桜田通りを北へ、警視庁本部庁舎へ向かって早足で歩く。朝の八時で、出勤時間になっていた。官公庁に勤めるコート姿の男性が多く行きかう。

律子はマスクをつけた。途端に口から顎にかけてヒリヒリとした痛みが走る。マスクをすると呼気の熱で火傷が痛む。とてもつけていられない。外してしまった。

伏し目がちに歩きながらスマートフォンを操作し、イヤホンを耳に入れた。捜査三課の滝川の秘聴を欠かすわけにはいかない。彼は昨晩も泊まり込みで、本部庁舎の道場で朝を迎えたようだ。彼の上司・高山係長の声がした。「朝メシどうします」と食事の相談をしている。

埼玉県警と合同捜査になっている医薬品等連続窃盗事件の捜査は、壁にぶつかっているようだ。二人とも声に覇気がない。

〝お前、スマホになにつけてんの〟

〝モバイルバッテリーっすよ。減りが早くて、半日も持たない。TN事件の前後からですよ〟

突然、符牒のようなアルファベットが飛び出してきた。TN……イニシャルだろうか。おそらく、田中奈緒のことだ。

律子は三日前の夜、田中奈緒という架空の人物になりきり、滝川と一夜を共にした。滝川が関係者から非公式に採取した指紋は、全て破棄している。滝川とのセックスは、律子が持っていたトートバッグに仕込んだ直径三ミリの秘撮レンズが、前戯から射精まで全て捉えている。

滝川の会話に聞き耳を立てる。

〝係長、どうです。捜査はどん詰まりですし、僕の勘にかけてみませんか〟

〝バカ言えよ、お前。TNを調べるってのか〟

〝だって関係者指紋を持ち去った女ですよ〟

〝TNがホンボシだったとして、わざわざお前に身分を偽って近づいた意味がわからない。近づかなきゃ、飲み会で指紋を取られることもなかったんだぞ〟

〝だから、捜査の進展具合を探るために僕に近づいた〟

〝お前みたいなペーペーに近づいて、なにがわかるってんだよ。だいたいな、窃盗犯ってのははそんなスパイ行為みたいなことはしないの。侵入する、物を盗る、裏ルートで売って金にする、以上！〟

律子は顔を伏せたまま、警視庁本部庁舎に入った。通行証をかざして、駅の改札機のような通用口を通過する。

本部庁舎はいびつなV字形になっていて、南側がA、北側がBと呼ばれる。二つは西側にある正面玄関で繋がっている。

律子のデスクがある公安一課は十四階のBにある。滝川ら捜査三課は五階のAにいる。AとBはエレベーターも別で場所も離れているから、本部庁舎内で滝川と鉢合せする可能性は極めて低い。念のため、律子は厚化粧で滝川に近づき、本部内ではナチュラルメイクにマスクで顔を隠していた。だが、今日は火傷のせいでどうしてもマスクができなかった。

律子はBの一階エレベーターホールで、箱が下りてくるのを待った。律子しか乗る者がいない。中に入り、『14』と『閉』のボタンを押す。警視庁本部庁舎はもう築四十年近く、ところどころ改修工事が進んでいる。エレベーターも古い。反応が遅かった。

スーツ姿の男性二人が、エレベーターの扉の隙間に見切れた。滝川だ。

いま、目が合った。

律子は反射的に、『閉』ボタンを連打する。

エレベーターの扉はあと一センチで閉まるところだった。だが、開いてしまった。

滝川は捜査三課の五階フロアにある取調室に、田中奈緒を放り込んだ。

滝川が強引に奈緒を取調室へ引っ張ったので、捜査三課の大部屋に集う刑事たちは好奇の視線を向けていた。奈緒が水色のストラップを首からかけていたからだろう。通行証が入ったもので、この界隈では警視庁本部に勤める人間の目印でもある。

ドロ刑がなぜ他の警察官を取調室に放り込むのか、みなびっくりしている。

滝川は驚愕と怒りでせわしなく脈打つ鼓動を、必死に抑える。上司の高山も取調室から締め出した。扉をぴしゃりと閉ざす。

奈緒はふてぶてしい足取りで、自ら容疑者側のパイプ椅子に座った。腕を組み、挑発的な視線を送る。確かに三日前、滝川に甘い視線を送ってこの腕の中で快楽によがっていた女だ。あの日とは比べ物にならないくらい控えめなメイクをしているが、この丸い瞳――滝川の心をがんじがらめにしたこの目。忘れない。

滝川は乱暴にパイプ椅子を引く。腰かけた。前のめりになって尋ねる。

「お前。俺が誰だかわかるな」

「黙秘権を行使します」

ロボットのような口調で言う。あの晩の、くるくると変わるかわいらしい表情は今日、彫刻のように冷たい。

「俺を嵌めたな。刑事を嵌めるような女に黙秘権があってたまるか」

黙秘すると言ったのに、奈緒はこう答えた。

「女性を取り調べる際は女性警察官を同席させないと、後で問題視されますよ」

滝川は舌打ちし、取調室の外に出た。冷静になろう。冷静にならなくては、彼女にペースを持っていかれる。あの日のように。

高山がつかつかと近づいてくる。

「どこの部署の女だ？　彼女の上司に俺から報告する」

「警察手帳も通行証も出さないでしょう。令状はないから強制できません。ただ、エレベーターの箱の中では十四階のボタンが点灯していました。公安一課のフロアです。公安一課長を呼んでもらえませんか」

高山が青ざめた。

「バカ言うな、公安一課長なんていったら警視正だぞ」

ノンキャリだろうが、公安の生え抜きであることは間違いなさそうだ。

「指紋シートを奪った女ですよ。なんとか取り調べないと」

男を見せてくれ、と高山に迫る。くそ、と高山は吐き捨て、天を仰いだ。

「このヤマ――公安絡みってことか」

高山は覚悟を決めた様子で、公安一課長の元へ向かった。滝川は女性刑事に立ち会ってもらい、改めて奈緒の前に座る。同じ係内の人間が室内にいるというだけで、熱くなっていた血が少し冷める。奈緒と狭い個室で二人きりでいると、あの晩のことがよぎってどうしても冷静になれない。

滝川は改めて、奈緒に氏名と所属を尋ねた。

奈緒はあっさり言う。

「黙秘します。答える義務はありませんし、これは違法な拘束です。私はなんの罪でここに座らされているんですか」

「名前を言ってください。それから、指紋も取らせていただきたい」

「根拠はなんですか。令状は？」

滝川はデスクを叩いた。

「名前を言え！　公安がなんだ、ドロ刑なめんなよ！」

女性刑事が「なに熱くなってんの」と滝川の腕を引く。奈緒もぷっと噴き出した。滝川は更に感情を逆撫でされる。思わず立ち上がった。奈緒は滝川を心底バカにした様子だ。上目遣いでちらちらとこちらを見ては、笑いをこらえている。

あの日、通じ合った、愛し合ったと滝川は思った。快楽の頂点の瞬間に、じっと視線を絡ませ合ったのだ。奈緒のあの恥じらいと愛に溢れた潤んだ瞳を、鮮明に覚えている。同じ瞳とは思えない。目の前の女は、顔は同じだが全くの別人だ。別人だとしか思えない。

「怒ると、超こわーい」

奈緒の口調が突然、軽々しくなった。女子高生のようだ。

「エッチの時は超優しかったのに」

滝川の腕を摑んでいた女性刑事が、咎めるように滝川を見た。奈緒が火に油を注ぐ。

「超気持ちよかったじゃん。射精も長くて、コンドームから精子が溢れそうで……」

「やめろ！」

「三年越しの彼女がいるのにね！」

奈緒の口調がまた変わった。低く、早口で、皮膚を抉《えぐ》るような鋭さがあった。すでにこちらの素性を丸裸にされている。滝川は脇に汗をかいた。

「真面目そうな顔して、私の前じゃあんなにいっぱい出しちゃって……」

奈緒はまた女子高生みたいな言葉遣いに戻った。最後は殆ど噴き出して笑い、なにを言っているのか聞き取れなかった。滝川は羞恥でみるみる顔が熱くなる。茫然自失の女性刑事を取調室から締め出した。奈緒がまた低い声音で早口に言う。

「女性刑事同伴じゃないとしゃべりません」

コロコロと態度が変わる。一言発するごとに別人格に成り代わるようだ。いまは公安刑事らしい無表情だ。

滝川は戦慄した。

なんだこの女は。こんな女――いや、こんな人間が、この世に存在するのか。

驚愕し、激昂し、戦慄する。滝川の負の感情が目まぐるしく回転していた。理性は飛んでいる。滝川は激情が迸るままにつかつかとデスクに近寄る。両手でデスクを叩いた。

「お前、いい加減にしろよ！」

怒鳴り散らし、顔を近づけて睨《にら》みつける。恐怖でこの女を支配しようとする。普段、こんな威圧的な、巻き舌で凄むような取り調べはしない。こんな風に誰かと喧嘩をしたこともない。彼女の唇に滝川の唾液が飛んだ。

奈緒の下唇の上で、唾液の小さな粒が躍っている。奈緒は挑発するように、下唇を滝川の唾液ごと舐めた。スケベな顔つきで。その行為は、あの晩のむさぼるようなキスを思い出させた。

滝川の下半身が、熱くなっていく。怒りではないもので熱くなっていく。滝川は迫ったが、呻《うめ》き声のようになった。

「名前を、言え」

奈緒は鼻で笑った。

「たかだかドロ刑の分際で」

「なんだと」

「窃盗なんて、ただ物の移動でしょ？　ばっかじゃないの」

熱くなった感情に冷や水を浴びせられたようだ。怒りで言葉が震える。

「それで？　自分は公安だから、国を、命がけで守っているとでも？　医薬品を盗みまくっていたのは公安活動の一環か。だからってなにをしたっていいというのか。窃盗は刑法が定める立派な犯罪なんだぞ！」

滝川はむなしくなってきた。こんなありきたりな言葉しか投げかけられない自分の退屈さを、しみじみと感じる。

彼女は滝川の言葉を真に受けたようだ。切々と返す。

「その通りよ。私は国を守っている。罪を犯してでも国を守っている。滝川君がこうやっていま私を拘束している間も、国の危機が刻一刻と迫っている。早く私をここから出して」

今度は滝川が鼻で笑った。

「ふうん。国家の危機ね。どんな危機だ。去年のあれか――『名もなき戦士団』とかいう極左テロ組織が復活でもしたのか」

「違うわ。あの組織は私が壊滅させた。影響力のある幹部は根こそぎぶちこんだから、もう二度と息を吹き返すことはない」

滝川は大笑いしてみせた。こんな小柄で痩せっぽちの女が、AK47小銃を持ったテロリストと対峙できたはずがない。

「あの事件を解決したのは公安ではなく、刑事部捜査一課特殊捜査係と最前線に入った特殊急襲部隊だ」

「上が相談してそう落としどころを決めたのよ。特殊捜査係はあまりに殉職者が多かったでしょ。それなのに手柄が全部公安じゃ気の毒だから、そういうシナリオになったの」

滝川は彼女の与太話につきあってみることにした。

「ふうん。で？　いま、この国は危機にあると？」

「ええ。危険な組織が行動を開始している」

「君は公安一課所属だろう。別の極左勢力、ということか」

「事態は複雑で、極左勢力ではないの。私、表向きは公安一課所属だけど、本当は違うの。警察庁直轄の諜報組織のスパイなの。『チヨダ』とか『サクラ』とか。聞いたことあるでしょ?」

「あの組織はもう解体されたはずだ」

「それは表向きの話。いまは別の名前で地下活動に徹している。その活動中、私はどうしても正式ルートではない医薬品を手に入れる必要があったの。本当よ。ねえ、私の口の周りを見て」

ほんの少し口を開けた状態で、彼女は顎を突き出してきた。まるでキスをねだっているようにも見える。滝川の脳裏に、奈緒に初めて触れた瞬間が蘇った。慌てて記憶を遮断する。

「赤くなってるトコ、火傷したの。まだヒリヒリ痛む。昨日の話よ。諜報活動中に現れた謎の刃物使いの男に、マグロ包丁とサバイバルナイフで襲われて——」

いつまでこんな人を食ったような話が続くのか。

「そんな作り話、誰が信じると思ってんだ!」

怒鳴ってデスクを叩いた。彼女はまた、少女のような顔つきになって、口をすぼめた。

「なにを言っても信用してくれないのね」

落ち込んだそぶりを見せる。今度は泣き落としにかかるつもりか。奈緒が、潤んだ瞳で滝川を捉えた。

「でも、あの瞬間は、嘘じゃないよ」

あの瞬間。なにを指しているのかはわかった。あの時。互いに頂点に上り詰めた際に無言で視線を絡め合った。あそこで二人が交換したもの、共有したものは嘘じゃない――。センチメンタルで甘い空気が狭い取調室内に充満していく。

呑まれている。また騙されている。

だが、心地いい。

この女はおかしいと滝川は思うのに、彼女の言う通りにしている方がずっと楽で、気持ちがいいような気がするのだ。刑事としての筋を通して彼女に抗《あらが》う気力が、どんどんそがれていく。

滝川は、勃起していた。

乱暴に扉が開く音がした。

及び腰になりながらも「邪魔するな！」と滝川は立ち上がった。目の前に、大名行列のような一行がいた。

先頭に立つのは、見知らぬ男だ。スーツの質感やまとう空気が、明らかに刑事部の人間と違う。背後に、十人以上の刑事を引き連れていた。

みな、表情がない。暗い。刑事部の刑事のような、くたびれた中にも瞳に宿る躍動感や熱血感が、一切ない。滝川は、卒業旅行の中国で見た兵馬俑を思い出した。ただの彫像の群れで生き物の匂いがしないのに、やけに威圧感がある。いま、滝川の前に立ちはだかり、取調室にどっと入ってきた男たちは、あの石像の群れと、全く同じ空気をまとっていた。

「公安部公安第一課長の広瀬《ひろせ》警視正だ。なぜ私の部下がここにいる？」

「自分が事件捜査を担当しております、医薬品等連続窃盗事件の――」

「相手は警察官だぞ、手順を踏め！」

滝川は黙るしかなかった。広瀬公安一課長が、彼女に向き直った。隠語か符牒のような言葉を使う。

「黒江。コードB29だ。すぐ戻れ」

律子はやっと滝川から解放された。エレベーターで十四階に行く。公安一課長の広瀬に最敬礼で、謝罪した。

広瀬課長は引き連れていた部下を次の箱で来るように言いつけていた。律子と二人きりだ。

「なにやってんだ。作業なのか」

律子は口ごもった。律子が十三階作業員であることを把握している警視庁幹部は、所属している三班の人間以外に役職者三名のみだ。公安部長と広瀬公安第一課長、そして三係長。だから広瀬は引き連れてきた部下と一緒の箱に乗らなかったのだろう。

「それで、〈教祖29〉の死刑は執行されたんですか」

「ああ」

広瀬課長は短く答え、端的に説明した。

法務大臣から死刑執行命令書は前日のうちに届いていた。午前七時、九流は出房。東京拘置所内の死刑執行室に移送されたのが、七時三十分。

「〇七三三に執行。〇七三四、拘置所の医師によって死亡が確認された」

律子は腕時計を見た。現在、八時十五分だった。

「マスコミには？」

「執行情報は摑んでいるはずだ。速報が出るころかもしれないが、どの死刑囚の執行かは発表されないだろう」

法務省による正式な発表は十時ごろを予定しているという。そこで執行された死刑囚の氏名、関わった事件名などが公表される。

「相手が相手だけに、大臣による記者会見も予定されているそうだ。これが十三時だ」

律子は唇を嚙みしめる。前校長の栗山から、九流完の死刑執行が年内と知らされたのは、つい一昨日のことだ。まさか今日だとは予想していなかった。執行は、世間や官公庁が冬休みに入るころだと読んでいた。年末年始、テレビは特別番組やバラエティ番組が多く、ニュースや情報番組が減る。広く報道されないだろう。報道されること自体が、いまも五つに分かれて存在する教団の宣伝になるのを避けると思っていた。

律子の希望的観測でもあった。母はまだ輪芽11の信者で、そして古池は……。

無言の律子に、広瀬一課長が言う。

「校長からまた別途指示があるかもしれないが、いまはマニュアルに沿った対応に徹してくれ」

「コードB29発令時、三班は公安総務課のバックアップに入るようにとなっています」

「それでいい。校長からお呼びがかかったらそちらの作業が優先だ。まあお前は極左担当だから、作戦の最前線に立つことはないだろう。リラックスしていけ」

十四階に到着した。

公安一課フロアは蜂の巣をつついたような騒ぎになっていた。電話が各方面から鳴りっぱなしだ。各自が半分腰を浮かせた状態で電話を受け、またはこちらから掛けている。あまりに騒々しいのでみな片耳を塞ぎ、怒鳴り散らすようにしゃべっている。

直接の担当ではない公安一課ですらこれなのだから、長らくカイラス教団事件を担当してきた公安総務課はもっとひどいことになっているだろう。公安総務課は公安部長室と共に、十四階のAフロアにある。エレベーター前を忙しく行き過ぎるスーツの男たちが、律子を追い越していく。

律子は三係の中央にある、三班のシマのデスクに戻った。女性の律子を苦手とする中堅どころの柳田保文《やなぎだやすふみ》は、ITに強い。パソコンのモニターをじっと睨んでいる。三班最年少の南野和孝《みなみのかずたか》が、受話器を持って、額を押さえている。

律子に気づき、手を挙げた。

「黒江さん、いま古池さんに電話してるんですけど」

「繋がらないと思うわ。投入中なのよ」

「ですよね」と南野は受話器を置いた。部下たちには投入と偽り、校長には療養休暇と偽る。

古池は一体、なにをしていたのか。

だが、律子は詳細を同僚たちには話さなかった。話しようがない。

「三部《さんべ》さんは？」

古池班の主任の三部晃《あきら》は、最年長の五十歳だ。元刑事部の鑑識課員だった。

「古池さんの代わりに公安総務課に行ってます。どの部署のどの作戦行動をバックアップするのか、三部さんが指示を持ち帰ってくると思います」

柳田はウィキペディアで、カイラス教団事件の詳細を読んでいた。

「柳田さん。捜査員がウィキペディアはダメですよ」

「仕方ないだろ。四課は電話すら繋がらない」

公安資料を管理している四課資料係にカイラス教団関連の資料が大量にあるはずだ。いまは閲覧希望者が殺到しているのだろう。

三部が戻ってきた。ロマンスグレーの七三分けの額に、びっしりと玉の汗をかいている。

「律ちゃん。よかった、戻ったか。班長となんとか連絡、つかねえか」

「無理です。投入中ですから」

「しょうがねえ。俺が仕切るか」

三部が深呼吸した。

「俺らは公安総務第一課のバックアップだ。カイラス本流派杉並道場の監視映像の分析を任された。すぐにデータが回ってくると思う」

その前に、と三部が一同を見回す。

「まず、聞きたい。お前ら、カイラス事件の全容が頭に入っているか?」

南野も柳田も、黙り込んだ。三部はがっくり、うなだれる。

「もしかして、現役であの事件を見てたのは俺だけか。俺は二十九で刑事部にいたが」

「もう二十年以上前の事件ですよ、古池さんですら、大学生だったんじゃないですか」

南野が言った。柳田も答える。

「自分は中学三年生でした」

律子は「私は八歳」と答えた。南野が苦笑いで「自分は、五歳でした」と肩をすくめる。

三部に期待するしかない。律子は訊く。

「三部さん、地下鉄サリン事件の現場とか、教祖逮捕の現場とか、行ったんですか?」

三部が申し訳なさそうに肩をすくめた。

「いや、鑑識課員になる一歩手前の研修中に、サリン事件やら強制捜査やらがあった。全く関わっていない」

みな、どうしたものか、とため息をつくしかなかった。当時の空気を全く知らないであろう南野が、呑気に言う。

「いずれにせよ、分裂した教団はもう力がないでしょう。いくら人が寄り集まったって宗教法人の認可なんて絶対取れません。資金も少ないだろうし、公安が監視してたらサリンだって作れません。コード番号つけるほど警戒する必要はないんじゃないですか?」

柳田が硬い表情で否定する。

「いや、やばそうな空気がなきにしもあらずだ。ロシアに支部があったせいか、教祖奪還のためにテロを起こそうとしていたロシア人信者がＫＧＢに逮捕されている。教団内部でいうと、新たに就任した幹部も、教祖の妻や長男の処遇を巡って警察沙汰を起こしている」

それに、と三部が頷く。

「カイラス教団事件は公安部の黒歴史でしかない。森山一家殺害事件から始まって、ＶＸガス漏出事件、地下鉄サリン事件――あんな大きな事件が三度も起きてやっと逮捕だ。あまりに動きが鈍すぎて当時は相当批判を受けた。あの時最前線にいた捜査員はいまやもう幹部クラスだ。過剰反応を起こしても仕方がない」

律子は慎重に、話を持ち出した。

「五つに分かれた分派の中で輪芽11というのがあります。九流の婚外子を崇拝していて、分派の中で最も逮捕者が多い教団です」

同僚たちの反応を見たくて、敢えて口にした。三部が吐き捨てる。

「輪芽11？　初めて聞いたよ、そんな教団」

柳田はウィキペディアに夢中で、南野はぽかんとしている。

誰も、古池と輪芽11の関係を知らないようだ。

律子はため息をついた。

事件終結から二十年以上経っている。事件そのものを知らない警察官が多くいる上、世間の注目も殆どない。六年前に逃亡信者が警視庁に出頭したときも、若い機動隊員がいたずらだと思って門前払いにしたほどなのだ。

三部が書類を準備しながら一同を見た。

「とにかく、一番大事なことを言う。〈教祖29〉の死刑執行の記者会見は十三時だが、情報開示は十時だ」

律子は眉をひそめた。

「あと二時間近くありますよ。記者クラブに漏れませんか」

「箝口令が出ている。記者が接触してきてもしゃべるなよ。九階には近づくな」

警視庁記者クラブは九階にある。南野が不謹慎にも、少しワクワクした様子で言う。

「模倣犯とかいたずらとかありそうですよね。しばらくは、通勤ラッシュを避けた方がいいかな」

三部が鼻で笑う。

「個人でサリンを作れる人なんていやしないだろ」

理系の柳田が首を横に振る。

「サリンは無理でも毒ガスは可能ですよ。二つのビニール袋に別々の薬品を入れて、かつて教団がやったように、傘の先で袋を破って、その場で精製する。硫酸とか、洗剤を混ぜるだけでできちゃうんですから」

三部はデスクの引き出しからネクタイを出し、慌ただしく締めながら言った。

「とにかく、お前らはデータ待ちな。俺はちょっと校長のところに行かねばだよ。班長がいねぇから忙しいったらありゃしない」

三部は紐ネクタイを愛用しているが、校長と対面するときは普通のネクタイにしているようだ。慌てて書類を抱えて出て行く。

律子はため息と共にデスクに座った。カイラス教団事件はもう一昨日から充分復習している。正直、公安総務課のバックアップに入っている暇はなかった。母を脱会させねばならないし、古池の問題もある。

タイミング悪く、滝川には素性がバレてしまった。

早急に手を打たなくてはならない。

十時に九流の死が発表されたら、世間の注目が教団の残党である五つの分派に集中するのは必至だ。注目が集まれば公安の監視がきつくなる。律子の母親が信者であるという情報が警察組織に洩れるのは時間の問題だろう。

寺尾は泣き落としでなんとかなりそうだが、他の上層部は律子の所属を問題視するだろう。いますぐ上田に帰り、なんとか信者名簿から母の名前を削除せねばならない。

律子はトートバッグからスマートフォンを出した。萌美から五度も着信が入っていた。

一旦席を立ち、律子は女子トイレで萌美に電話を掛け直した。発信音が一度も鳴らぬうちに、萌美が「お姉ちゃん！」と電話に出た。

「ねえ、ネット見た？　竹本和美のＳＮＳ。大炎上している」

「竹本和美——輪芽11の？」

「そう。ねえ、あの教祖、死んだの？」

律子は言葉に詰まった。背筋に冷たいものが走る。まだ死刑囚の名前どころか、執行されたことすらニュースになっていない。

「——萌美。なんの話」

「こっちが聞いてるの。九流完の死刑、執行されたの？」

律子は声が上ずりそうになるのを抑え、淡々と答えた。

「そんな情報、こっちには入ってないけど」

「なら、予言が間違えているのかしら。公安のお姉ちゃんが知らないなんて」

「ちょっと待って。誰がなにを予言したの？」

「九真飛翔よ。父の死刑が執行されたって、幹部に伝えたらしいの」

輪芽11の裏の尊師、九真飛翔。

彼の余計な『予言』のせいで、霞が関は大混乱になった。

代表の竹本和美のＳＮＳ発信はこうだ。

『たったいま、九真飛翔氏が、九流尊師がアストラル界に転生したことを我々信者にお伝えになられました。本日、十二月十五日午前七時三十四分、東京の天空を突き抜ける一本の光の矢を見たと。それはまさしく九流尊師の御霊であり、救済の光に溢れていたということです。みなさん、祈りましょう』

これに端を発し、法務省を始めとする各機関への問い合わせが出始めた。警視庁本部や警察庁にも波及し、記者クラブのマスコミから直撃を受けた公安関係者は困惑で返答を拒否する。きっぱりと否定すると嘘になってしまうからこれは仕方がない。

午前九時には死刑の執行が行われた旨の情報が出た。執行されたのは誰なのか、と憶測が飛ぶ。この中に竹本和美のSNSが紛れこみ、爆発力を得てネット上に広まっていく。マスコミは即座に、カイラス教団の五つの分派の総本部、並びに全国各地の道場に突撃取材を開始。本流派や輪芽11の道場も含めると、それは全国二十都道府県、四十五カ所に及ぶ。地元住民は過剰反応した。道場の前に集結し、拡声器で撤退を呼びかけたり、出入りする信者を引き倒したりして、小競り合いが始まった。

十時、執行された確定死刑囚の氏名が公表され、新聞の号外が出た。

民放キー局は通常番組を休止し、『カイラス教団事件』の特番を垂れ流す。ネット上では竹本和美のSNSが『予言』として爆発的に拡散し、それを取り上げる報道番組すら出てくる始末だった。「信者が教祖の死刑執行を予言した」という事実ばかりがクローズアップされ始めた。

こうなると、十三時の法務大臣の記者会見に暗雲が立ち込める。法務省と官邸が発表のタイミングを計り、内容を詰めているうちに、SNS上で悪質な投稿が散見されるようになった。どれも、カイラス分派の信者を彷彿とさせる名のアカウント名だ。
9リュー完　『これから丸ノ内線A777二両目でサリンを撒きます』
カイラス蓮降会　『地下鉄霞ケ関駅のトイレに爆弾置いてきたポア!』
クルクル完の弟子『じゃー俺は日比谷線いっときまーす。VXガスなら大学の研究室の薬品ですぐ作れるし』

実際に地下鉄車両内で液体の入ったビニール袋を床に落とし、傘で突き刺そうとする写真を投稿する者まで現れた。この騒ぎに東京メトロや都営地下鉄が警察と共に対応に追われるはめになり、ラッシュを目前に次々と遅延が発生するようになった。

かつて地下鉄サリン事件発生時のパニックをリアルに体験した鉄道マンたちは年齢的に社の幹部になっている。この騒ぎに過剰反応したのだろう、一社が独断で間引き運転を実施すると、それが各社にも伝播していく。十七時のラッシュ開始時にはJR以外の全ての鉄道が間引き運転の実施を発表してしまった。

これを受けて企業のトップも動く。帰宅困難者が出ないよう、早退を認める会社も出てきた。後手に回る各省庁は、完全に面目を潰される恰好となった。

一日の利用者数が百万人を超える新宿や東京などのターミナル駅は、パニックに陥った。地下鉄や私鉄が間引き運転しているため、JR各線に人が殺到。ホームに人が溢れて落下者が出る危険があったため、入場規制がかけられた。

ホームに辿りつくまで一時間以上並ぶとなれば、駅員に詰め寄ったり、暴力を振るったりする輩が出てくる。バスに乗り切れない人々や、タクシーの順番待ちでの諍いなど、警察が出動する事態があちこちで勃発した。

こういったパニックを防ぐためのコードB29だったはずだ。もう何年も前から対策が練られ、シミュレーションされていた。

それが、九真飛翔なる人物の『予言』で台無しになってしまった。

法務大臣の記者会見も、紛糾した。

当初は詳細な執行時刻を発表する予定だったが、九真飛翔の予言を裏付けてしまう結果になるため、発表できなくなってしまった。執行時刻を何度尋ねられても、執拗に発表を拒む法務省の姿勢は、九真の予言の信ぴょう性を裏付けているようなものだった。

ネット上では、法務省が輪芽11に乗っ取られているとか、教団のスパイが官邸にいるとか、陰謀論が盛り上がる。

今回もまた、完全に司法機関が宗教団体に面目を潰されてしまった恰好だった。

律子は寺尾の許可を待たず、夜にも上田に戻ろうと考えた。

力ずくでも母を脱会させる。多忙な三部たちに咎められつつも退庁した。新幹線で上田に向かうつもりだった。明朝には東京に戻らないとまずい。

本部を出てすぐ、身動きが取れなくなってしまった。

尾行されている。

律子は一旦、通りがかりのコンビニに立ち寄った。そ知らぬふりで視界の端に尾行者の輪郭を確認する。

滝川だ。なんて暇人なのだ。そしてなんと下手くそな尾行か。

律子はコンビニを出た。滝川がついてくる。太腿の内側を強くこすりつけ、尻を振って歩きながら、赤羽橋にある官舎に帰宅した。

仕方がない。明日、仕掛ける。


教祖の死刑執行から一夜明けた、十二月十六日、土曜日の朝。

滝川は、赤羽橋にある三階建てマンションを張り込みしていた。助手席には上司の高山が座る。

滝川ら捜査三課にカイラス教団の教祖、九流完の死刑執行が知らされたのは、昨日の十時のことだった。だが、既にネット上で九流の死を伝えた宗教家がいて大騒ぎになっていたし、その直前に公安関係者がこぞって「コードB29」という謎の暗号を口走って慌てた様子だったから、教祖の死を聞いても滝川は「ふうん」としか思わなかった。

滝川はカイラス教団事件の際、七歳だった。当時の報道はカイラス一色だったらしいが、滝川の記憶に残るようなものは断片すらない。

昨夜も、実際に電車の車内でなにかを撒くような人物はいなかったし、混乱に乗じた火事場泥棒のような輩も出なかった。ドロ刑が出張ることはなにも起きなかったのだ。

滝川は徹底的に奈緒をマークすることにした。

本名は黒江律子、三十歳。公安第一課三係三班所属の巡査部長。住所は赤羽橋にある官舎。

彼女は昨日の公安の混乱のさなか、呑気にも定時退庁した。滝川の尾行にも全く気が付かない。なにが『チヨダの女』かと思う。あれははったりだったのだろう。

朝七時、律子本人が窓辺のカーテンを開けた。

双眼鏡で彼女の様子を確認する。長袖ティシャツにスウェットという恰好で、ノーメイクだった。無防備で、ひどく幼く見えた。

部屋の全てを見通すことはできないが、壁沿いに小さな段ボール箱が天井までみっしりと積み上がっていた。ナイキ、コンバース、オニツカタイガー……スニーカーの箱のようだ。

隣の高山が双眼鏡を置いた。ひとりごとのように呟《つぶや》く。

「チヨダねえ。あの女が」

「高山さん、まさか真に受けたんですか」

「五年前に解体されたらしいという噂があったけど、そう簡単になくすか。あの時は確かゼロって名前だったな。名前が変わっただけで、本当はまだ存在してるんじゃないの」

「すると、去年の『名もなき戦士団』事件も、その秘密組織の暗躍があったというんですか」

「現場が不可解な状況だったという噂は、聞いたことがある。脱走したテロリストを射殺したり、逮捕したりしたのも、どうやら公安じゃないかという噂があった」

「公安が逮捕したなら、そう発表すればいいじゃないですか」

「ただの公安じゃないからそうしなかった。『チヨダ』なら、解決したってドヤ顔で表舞台に出ることはないだろ」

「あれだけの事件を解決したのに拍手喝采されないなんて」

「それが『チヨダ』だ」

「女が？　まだ彼女、三十歳ですよ。普通は、そろそろ結婚したいなーとか、友達が出産して焦るような年齢でしょう」

律子が再び、窓の近くに現れた。クローゼットを開け、上着を脱ぐ。高山が「おっ」と小さな歓声をあげた。律子はノーブラだった。こぶりだが形のよい胸が露わになる。

高山が意味ありげな唸《うな》り声を上げて、双眼鏡からちらりと滝川に横目を流す。

「あれを頂いちまったのか、お前」

「茶化さないで下さい」

「お前の彼女の方がよっぽど豊満で美人じゃねぇか。なんであんな貧相なスニーカーマニアに引っかかるんだ」

滝川は無言を貫いた。あのセックスで滝川と律子が共有したもの——あれを、うまく言葉で説明することができない。ただ、恋人との普通のセックスでは得られない物だった。一夜限りの関係だったから燃えた、というものでもない。あれは、律子とでしかなし得ないものだったような気がする。

また下腹部に熱を感じる。カーテンを開けっぱなしで着替えるなんて、どれだけ無防備なのか。律子が純白のブラジャーを身につけた。白いセーターを着る。あの日と同じものだ。

「ん？　私服だ。非番か」

律子の姿が消える。しばらくすると、またクローゼットの前に戻ってきた。化粧をしてきたようだ。リップのはみ出しを爪の先で修正しながら、黒いダウンジャケットとバイカラーの大判ストールをまとった。

あの日と全く同じ恰好だ。

滝川は全身の血流が下腹部に集中するのを感じる。必死に別のことを考えた。因数分解とか。いや、因数分解なんかしている場合じゃない。彼女の目的はなんなのか。医薬品を盗んだのは本当に彼女なのか。

律子がカーテンを閉めた。エアコンの室外機のファンが止まった。

「出かけるようだぞ。車出せ」

滝川は駐車場を出て、都道319号に出た。

律子が官舎の表玄関から出てくる。茶色のトートバッグにナイキのスニーカーを履いていた。なにもかもあの日と同じだ。地下鉄赤羽橋駅に通じる中之橋口へ、軽やかな足取りで向かう。

「電車だな」

打ち合わせ通り、滝川は徒歩で尾行を開始した。

律子が階段を降りる。紺色のフレアスカートの裾が揺れる。階段をいやらしく舐めていった。やがて姿が見えなくなる。

滝川は早足で階段を降りる。踊り場の壁に身を潜めつつ、律子を捜した。律子が改札を抜けたのが見えた。

滝川もICカードを使って改札を抜ける。

律子の姿を見失う。小走りで、エスカレーター乗り口へ向かった。身を乗り出し、下を見る。律子の姿はない。

他にはトイレしかない。さすがに女子トイレは覗き込めない。滝川は男女トイレの手前の多目的トイレに気が付いた。そこに入って扉の隙間から様子を窺い、律子が出てくるのを待とう。

横滑り扉を開ける。

目の前に、律子が立っていた。

驚愕して呼吸を忘れる。あっという間に腕を引かれた。律子は素早く施錠すると、障害者向け簡易ベッドの上に滝川を押し倒し、馬乗りになった。滝川をとろんとした目つきで眺め下ろす。

「よかったぁ」

「なっ、なにが……」

「尾行に来てくれたのが滝川君でよかった。あなたの上司とこんなコト、したくないもの」

言葉が詰まる。だが下半身が反応していく。

「私とまたしたかったんでしょ？」

「ち、ちが……」

抗おうとするが、ふいに彼女の感触を感じる。ペニスが熱く柔らかいなにかに包まれている。いつスラックスと下着を下ろされたのかわからない。律子のスカートが空気を含んで膨らんでいた。律子がべったりと下腹部を押し付けていた。壁のフックに、律子のトートバッグがかかっている。黒いストッキングと白い下着がいやらしく絡み合い、なにかの抜け殻みたいにバッグからはみでている。

スカートの下、なにも身につけていないのか。

彼女がその入口を、滝川の股間に擦りつけてくる。熱くとろけるなにかをねっとりと感じる。あっという間に硬くなった。「入れて欲しいなァ」と奈緒が甘く囁く。

「ねぇ、滝川君は入れたい？　私の中に入りたい？　でも、お願いがあるの」

「お、お願い……？」

「もう私を尾行するのやめてくれる？　そして、ちょっと会わせて欲しい人がいるんだけど。あとね……」

囁くように言いながら、腰に含みを持たせるように動かす。彼女の割れ目の肉が、滝川のペニスの筋に沿うように蠕動《ぜんどう》する。奈緒もとろけるように滝川を見ている。あの晩のように。

それなのに、しゃべる言葉は律子のそれだ。

「窃盗事件で現場から出た指紋。あれ、破棄してほしいの」

滝川は必死に抗った。

「無理だ。そんなことできない。俺は警察官だ。あんただってそうだろ……！」

「それじゃ、もうひとつのお願いはどう」

律子は背を丸め、滝川の顔の脇に両肘を突く。彼女の掌が、滝川の頭を覆い、髪を揉みくちゃにする。密着していた下半身が離れてしまったが、今度はキスができそうなほどに顔を近づけてきた。唇を吸われるのかと思ったら、彼女はこれみよがしに顔を背け、滝川の右耳に吸いついてきた。背筋が粟立ち、下腹部がビクリと動いた。律子が熱い舌を耳に這わせる。耳の内側や穴を執拗に舐めてくる。くすぐったいのか、快楽なのか、滝川はただ律子の体の下で悶えるしかない。律子が唇を離した。

「——妹がいるでしょ」

耳元で囁きかけてくる。

「滝川理央《りお》。彼女に会わせて。そして彼女に、私の指示に従うように説得して」

混乱と快楽でとろけかけていた頭に、滝川は氷の塊を叩きつけられたかのように感じた。

反射的に、手が出る。律子のセーターの襟ぐりを摑みあげ、上半身を突き放す。

「どういうことだ。なんの話だ」

律子は少しもひるまない。冷たく言い放った。

「だから、あなたのひとつ下の妹。大学病院で外科医やってるんでしょ」

滝川はスラックスとボクサーパンツを力ずくでたくし上げた。身を起こす。律子は膝の上に乗ったままだ。

「どうして妹の話が出てくる！　彼女は関係ないだろ！」

「関係あるからいま話をしているんでしょ、あなた、バカなの？」

律子は、いつからそこに隠していたのか、セーターの下から書類袋を出した。

「いいもの見せてあげる」

律子は写真の束を取り出し、滝川の顔面に投げつけた。

滝川と奈緒が、セックスをしている画像だった。あの日は奈緒、いや律子だけが、恥じらいを見せて服を脱がなかった。滝川一人がばかみたいに素っ裸だった。彼女の体にペニスをねじ込み必死に腰を振る間抜けな自分の尻が、画像の中で踊る——。

「こんなのもあるけど」

また別の写真を頭から浴びる。妹の理央が写っている。妹は利発で優しくて、正義感の強い外科医だ。滝川よりもずっと賢い。彼女が、見知らぬ中年男と腕を組み、ホテルの部屋に入る写真だった。

理央が白衣を着ている写真もあった。病院内の中庭だろうか。同じ中年男と親し気に話している。中年男もまた、首から聴診器をぶら下げ白衣を着ている。別の写真では、同じ男と高級外車の中でキスをしていた。

「お父さんを早くに亡くしているのね」

父親は滝川が小学生の頃、くも膜下出血で急逝している。

「気持ち、わかるわ。父性に飢えているから、ずっと年上の男に惹かれるの。私も八歳で父を亡くしているから。あなたみたいに同年代の男には一切、興味が湧かない」

――この女は。

どこまで俺をコケにすれば気が済むのか。

滝川は律子の体を押しのけて立ち上がった。不意打ちだったのか、律子は頭からトイレの床に落ちた。両足の隙間から、滝川が溺れたその入口が暗く濡れて光る。

「お前、ふざけるなよ……!」

律子は悠然と手をついて体勢を立て直す。「あんまり私に逆らわないで」と静かに言った。今度は書類袋から、一枚の用紙を取り出し、滝川に突き出した。

被害届だった。

「なんだよこれは」

「私、十二月十二日に、滝川裕貴という捜査三課の男にレイプされたの」

滝川は、絶句した。

「滝川巡査部長は、事件捜査に行き詰って、イライラしていたみたい」

「なにをバカなことを……」

「これは鑑定書。レイプされた後にすぐホテルを逃げ出して、警察に駆け込んで、鑑識に膣の中に残った精液を調べてもらったの」

「ちょっと待て。コンドームを――」

つけていた。ゴミ箱に捨てた。それも持ち去られていた……。

滝川はがっくりと、障害者用ベッドに座り込んだ。律子が、勝ち誇ったように言う。

「わかるでしょ。あなたは私に逆らえない」

「こんなの、偽造じゃないか」

「偽造だけど十三階の力でいくらでも事件化が可能なの。私の上司は全員――係長も課長も部長も全員、十三階に命令されたら、この偽造書類に判を押すわ。あなたは逮捕されて取り調べを受け、送検される」

「十三階って、なんだ」

「私が忠誠を誓う組織」

「『チヨダ』のことか」

「そう。いまは十三階っていうの」

「――無理だ」

「無理じゃないわ、豚箱に入りたくないでしょ。もう警官じゃいられなくなるわよ」

「それでも――理央だけは無理だ。絶対にあんたと、理央を近づけない」

「理央ちゃんの不倫相手、病院の外科部長らしいわよ。理央ちゃん、もう病院にいられなくなるわね」

「お前……！」

今度こそ殴ってしまいそうだった。律子の襟ぐりを掴み上げ、壁に押し付ける。律子の後頭部からゴツンと音がしたが、彼女は眉を少し寄せただけで、悠然と滝川を見上げる。亡霊みたいに生気のない顔だった。いや、もう亡霊だ。生きた人間の体に巣喰う、血も涙もない怪物だ。律子が命令する。

「兄妹で地獄に落ちたくなかったら、私に従って。二度と私を尾行しないで。次は私から接線を持つ」

それまでに理央を説得しておきなさい、と教師のように指示される。

「私に従うのよ。あなたたち兄妹に残された道は、それしかない」


登庁する。

律子は滝川との行為で下腹部がねっとりと濡れていた。土曜日の人気のない地下鉄霞ケ関駅の階段を一段上がるたびに、濡れた膣が不快にべたつく。

律子の体は『律子』ではなく『任務』に忠実だ。どうでもいい男相手でもちゃんと感じてちゃんと濡れる。

すぐ校長室に呼ばれた。十八階の道場に併設された女子シャワー室で体を洗った。改めて警察庁に向かう。

律子が十三階の校長室を訪ねると、そばをすする音が聞こえてきた。上座のソファに座る寺尾は、この十二月の寒い最中にざるそばを食べていた。向かいにスーツ姿の男が座っている。彼はかけそばをすすっていた。

「私服か、珍しいな」

特に咎めるでもなく、寺尾は言った。

「ここでそばをすっている方が珍しいです」

「信州そばだ。懐かしいだろ」

ざるとかけ、どっちがいいと尋ねられた。困惑したまま「かけそばで」と答えた。寺尾が内線電話で「かけそばひとつ」と出前を取るような口調で言った。「彼は戸井田《といだ》警部補だ」と寺尾が男に自己紹介を促した。

戸井田はおしぼりで口をふくと、立ち上がり、名刺を出そうとする。表情のないのっぺりとした顔つきながら、親しみあるまなざしで律子を見る。

「君は真田幸村の方だって？　自分は武田信玄の方ですよ」

同郷の人間のようだ。信玄なら諏訪市あたりか。この信州そばは彼の手土産だろう。名刺を受け取る。長野県警本部、警備部警備第一課、公安係一班主任、という肩書だった。長野県警に所属する十三階の作業員のようだ。

座るように言われる。戸井田の隣に座ろうとして、「お前はこっち側だ」と寺尾に手招きされた。校長と同じ上座に座ることに違和感を覚えながらも、指示に従う。

寺尾はざるそばをすする。ため息をついた。

「まさか、お前の母親が信者だとわかった直後にコードB29の発令とはな。昨日はとんでもない一日だった」

戸井田はすでにかけそばを完食していた。改めて、という顔で、律子に尋ねる。

「その後、古池警部補からあなたに連絡は？」

「――いえ。ありませんが」

どうして彼が知っているのか、寺尾に視線を送る。寺尾が説明した。

「私が全て話した。彼は十三階で輪芽11を担当する唯一の作業員だ」

「富士総本山は河口湖ですよね。山梨県警ではなくて長野県警の方が担当しているんですか」

「山梨県は富士山がある関係で、多くの新興宗教団体が総本山を置いている。カイラス教団本流派もそうだ。山梨県警の十三階作業員はそっちの担当をしていて、輪芽11まで手が回らない」

戸井田が律子に言う。

「あなたのお母さんのことは、昨日校長から連絡を受けて確認が取れました。入信は今年の八月末。比較的新しい信者だ」

名簿は三カ月に一回ほど、更新しているという。

「情報提供者と頻繁に接触できないものですから。名前は把握していましたが、まだ家族関係までは調べが進んでいませんでした」

律子にたどり着くまで時間の問題だった、ということだろう。律子は質問する。

「戸井田さんは、昨日の九真飛翔の『予言』についてはどのような見解を？」

「うーん。拘置所の人間を買収したのかな」

「九真飛翔は〈教祖29〉とは接見できていたんですか？」

「いや。彼は婚外子で法的に親子関係が認められていない。確定死刑囚は家族か弁護士としか面談できない」

「それなら、どうやって拘置所の人間を買収したんでしょう」

律子が質問を重ねるのを、寺尾が止めた。

「九真については推論を重ねるだけ無駄だ。公安に対する警戒心があまりに強すぎて、写真すら撮れていない。九真の関係先情報や相関図を描けない状況なんだ」

校長の秘書が律子のかけそばを運んできた。薬味はない。かけ汁とそばだけといういたってシンプルなものだった。それでも生そばらしいかぐわしい香りと、出汁の匂いが食欲をそそる。

寺尾は最後のひとかたまりを惜しそうに箸ですくってお椀の中に沈めた。さらりと言う。

「それでだな。輪芽11が大規模テロを計画しているという情報が昨夕、私の元に届いた」

律子はそばが喉を通らず、むせた。口を押さえて咳き込みながら、やっと咀嚼《そしゃく》し、飲みこんだ。

「そばを食べながら話すことですか、それ」

「そばでも食ってないと発狂して叫び出したくなる」

　寺尾が嘆いた。

「一昨日の朝になって古池が一家ごと輪芽11に拉致されたとわかり、昨日はお前の母親が信者だと知らされた。急ぎ、戸井田に状況を話して対応しようとした矢先にコードB29だからな。てんやわんやしている最中に九真が余計な予言をして更に混乱。夕刻になって、投入作業員から喫緊のテロ警戒情報が入ってくるなんて」

　寺尾はテーブル脇にあった書類箱の中から、A4の紙一枚を律子に手渡した。

　それは、カイラス教団本流派に投入している山梨県警作業員からの、報告書だった。

〈教祖29〉亡き後の遺骨引き渡しについて。コードB29の発令時はまず、地下鉄を中心とした首都圏の混乱を防ぐことが第一だが、その後の教祖の遺骨引き渡しにおけるトラブルがテロを誘引する火種となる可能性が否めない――。

　寺尾が先を急ぐように、口で説明を始める。

「これまでに七名の人物が遺骨引き受けの名乗りを上げている。その駆け引きがずっと前から行われていた。二〇一一年に、カイラス教団事件で起訴されていた全ての被告人の裁判が結審しただろ。数年内に死刑が執行されると目されていた。その頃から誰が〈教祖29〉の遺骨を引き取るのかで、肉親や教団の間で駆け引きがあった」

法律上は妻が筆頭候補だが、妻は教団から離れている。妻と対立している息子が、引き取ると主張したらしい。だがこの息子はカイラス全盛期に教団を飛び出している。父親である九流完に勘当されていた。一方、当時はまだひとつしかなかったカイラスの残党は遺骨の一部を引き取る分骨方式を主張したという。

「だが、二〇一一年末に逃亡犯のひとりが出頭してきたことで再び裁判が始まり、死刑執行は先送りになった。その間に教団残派が五つに分裂してしまい、事態は更に複雑化したというわけだ」

「親族はわかりますが、五つの教団全てが、遺骨を欲しいと名乗り出ているのですか」

いや、と戸井田が話に入ってきた。

「遺骨に関して沈黙している教団がひとつ、ある。輪芽11だ」

律子は唇を嚙みしめた。戸井田が続ける。

「一旦遺骨は妻が引き取るが、四つの教団がひとかけらずつ遺骨を貰い受ける、という形で話し合いは終息した。だが輪芽11だけが沈黙している。土壇場になってやっぱり欲しいなんて言われたらまたトラブルになる。だから、〈教祖29〉の長男が九真本人に遺骨について確認に行ったらしい」

「異母兄弟が対面したということですか」

「そう。で、九真は『予言』という形でこう答えたそうだ――〝どんなにあなた方が抗おうとも、尊師の遺骨は我々〈輪芽11〉の元に還るだろう〟」

以上が、本流派の教団に投入されている作業員からの報告だった。

律子はため息をついた。

「九真が昨日の昼に発信した尊師の死の『予言』は、遺骨奪還を予告するものだった、とも取れます」

他のどの教団にもここまでの『力』を示せる者はいない。教祖との繋がりを誇示できたも同然だ。寺尾もうなずく。

「流れから見ると、これは明らかに親族や他教団に対する宣戦布告だ。だが『予言』の形を取っているから、公安が強制捜査する根拠にはなりえない。令状を取りたくても裁判所が許可しないだろう」

宗教団体を相手にした捜査の難しさを、律子は改めて噛みしめた。

「早急に、輪芽11に対する包囲網を敷く必要があるが、内部に人を送る作戦も必要だ」

律子は大きく頷いた。ここに呼ばれた意味を理解する。

「私、投入に入ります」

寺尾が「なにを言っているんだ」と目を丸くする。違ったのか、と律子も眉を上げた。

「またか、お前。今度は〝裏の尊師〟とセックスでもするつもりか」

ぎょっとしたように、戸井田が律子を見る。

「テロ情報を取るためならなんでもすると話したはずで、校長も昨日の昼、それを受け入れてくれましたよね」

「校長。私は中に入りやすいです。母が信者なんです。母に付き添って道場に通い――」

寺尾が遮る。

「九真と対面できるまで、その正攻法を使っていたらどれだけ時間がかかる」

「一カ月――いや、二週間で」

「甘い」と戸井田が厳しく言う。

「君は教団のシステムを知らない。修行ステージが上までいかないと、九真に会えないんだ。五年とか十年かけて、みんな上を目指す」

寺尾が頷いた。

「だが法務省側は遺骨を年内に引き渡すとしている」

戸井田が続ける。

「私が運営する情報提供者も残念ながら修行レベルが低くてね。カイラス教団時代からそうだった。修行レベルが高くて幹部にならないと、教団の裏の顔――つまりは犯罪を見ることができない。輪芽11に至っては、修行ステージが上から三番目までに入らないと、九真の顔を拝むことすらできないシステムだ」

戸井田の情報提供者は、下から六番目のステージの少師だという。少師では竹本和美にすら、説法会でしか接触できないという。

律子は戸井田に尋ねる。

「一体いくつステージがあるんです？」

「十四ステージだ。トップはそのまま『尊師』というステージで九真飛翔ただ一人。二番目が『大祭師』でこれは代表の竹本和美しかいない。三番目の『小祭師』は十人いて、このうち七人が二十代前半の若い女ときた」

律子は呆れて天を仰いだ。

「つまり、若い女じゃないと九真に会えないってことですか？」

寺尾が肩をすくめる。

「好みの女を傍においてハーレムを作っている。よくある話だ。ちなみに残りの小祭師三人は屈強な男性信者。柔道家とか空手家とかだ」

「九真は、美女とボディガードと、カイラス教団時代の幹部をアドバイザー的にひとりそばに置いているだけ、ということですか」

ばかばかしい、と律子は書類を投げたくなった。

「やはり、実際に輪芽11を運営しているのは、竹本和美では？　こんなバカげた男——」

戸井田が否定した。

「確かに、竹本和美が仕切っているんだろうが、なにせ昨日の『予言』にある通り、九真は信者のアレコレをズバッと的中させる。予知の力があるということだ」

九真が喜びそうな女が入信すると、修行ステージがいっきに上がったと適当にこじつけ、河口湖で九真と対面させるらしい。

「九真が気に入らなかったら〝修行が足りない〟と言って戻され、気に入ったら、次々と彼女の悩みや親族関係の秘密を神通力で暴露してみせる」

こう、仰々しく宣《のたま》うのだそうだ。

〝おめでとう、君は精神レベルが高いから今日から小祭師だ、僕の元で修行に励みなさい〟

律子はため息をついた。

「あらかじめ出家者の身辺調査がなされているだけでしょう」

「普通はそう思うが、悩める子羊はころっといってしまうんだろう」

「もう三十歳の私じゃ九真に近づくのは無理ですね。母も無理。還暦近いです」

戸井田が深く頷いた。寺尾に視線を送る。寺尾はその視線を受け止めて、重々しく、首を縦に振った。真っ直ぐに、律子を見据える。

それは、律子に覚悟を求めている瞳だった。

嫌な予感がする。

「なんですか」

その予感を否定したい。律子は挑発的に尋ねた。

「君にはひとり、妹がいたね。黒江萌美」

「嫌です。無理です」

律子はそれを口にされることすらいやで、拒否の言葉を連ねる。寺尾が困ったように眉をひそめる。

「私はまだなにも言っていないぞ」

「萌美を情報提供者にする――つまり、萌美を輪芽11へ入信させて、九真に近づけて情報を取る。そう命令するために私を呼んだんですね」

戸井田と寺尾はちらりと視線を合わせる。黙り込んでしまった。なにも言われないことに、強烈な圧力を感じる。律子は必死に抗った。

「ありえません。萌美はまだ大学三年生で二十歳ですよ。来年の一月でやっと二十一歳になる、まだまだ子供です……！」

「入信するのは法律上問題はないし、十三階の情報提供者対象選別にかかる禁止要項に抵触する懸念はない」

律子は肩が震えた。勝手に入信してしまった母を使うならまだしも、萌美は絶対にありえない。家族想いで、明るく人気者の妹が、姉が諜報員だったという理由で情報提供者にさせられる――。

戸井田が嘆息する。

「彼女の存在は、竹本和美も把握している」

「そりゃそうです、萌美は母を脱会させるために、松本道場に通い詰めていたはずで――」

「それで、竹本和美に何度も強く、入信を勧められている。何度も何度もね」

「九真飛翔の好みだったからですか」

「だろうね。まあ、こういう要領だよ、〝あなたは非常に精神レベルが高い。いまあなたが持っている教団への反発は同時に教団への信愛の裏返し。あなたならば出家と同時にすぐ小祭師に昇格できる〟」

「ふざけないで下さい！」

戸井田を糾弾しても仕方ないのに、律子は叫んでいた。頭を抱える。

寺尾が「黒江」と呼びかける。

「嫌です」

「時間がない」

「妹を巻き込むなんて、絶対に嫌です。妹をこんな過酷な公安世界に引き摺り込むなんて」

ふと今朝、律子の体の下で悶えながら必死に抵抗していた滝川の姿を思い出す。

妹を巻き込むまいと――。

因果応報。

「遺骨の引き渡しは二週間以内に非公式の場で行われる予定だ。輪芽11の遺骨奪還テロを阻止するための切り札を、我々は持っていない。妹さんの協力が必要だ」

「嫌です。妹に、寝ろとおっしゃるんですか。〈教祖29〉の血を引く男と、セックスしろと。そして情報を取れと、そういうことですよね⁉　私にその状況を秘聴・秘撮しろと。そうおっしゃるんですか！」

ちょっと小憎たらしいけど、かわいい妹を。父亡き後、悲しみに包まれていた黒江家に光を与えた、小さな命だった。律子はオムツを変えたし、ミルクもあげた。手を引いて歩き、公園にも連れて行ってやった。

あの無垢な妹を、顔すらもわからない謎の教祖に、差し出せというのか。

「これはカルマだな。黒江」

寺尾が断定的な口調で言う。校長たるものが監視対象組織の用語を使う——一瞬その顔が、かつての教祖と見まがうほどに、重なって見えた。

「お前だって同じことをしただろ。古池に対して」

そして滝川に対しても——。

「古池は、テロリストの元へお前を投入することをずいぶん拒んだそうじゃないか。だがお前は作戦を押し通して、古池にテロリストとのセックスを秘聴・秘撮、分析させた」

目の前のそばはもう冷えて伸びきっていた。無様にぶくぶくと膨れ上がり、醜い姿を晒している。律子は呼吸が詰まった。すさまじい圧迫感で耳鳴りがする。新興宗教という理解不能で得体のしれない底なし沼に堕ち、身動きが取れなくなっていく。

「黒江。これは命令だ」

寺尾の声には、皮膚に楔《くさび》を打つような残酷さがあった。彼を見くびっていた。情にほだされやすい単純な男だと思っていた。やはりその地位に上り詰めた人物独特の冷酷さ、非情さがある。

「黒江萌美を早急に情報提供者に育てろ。そして九真飛翔の元に送り込み、必ず大規模テロを阻止しろ」

第三章　妹

今日の上田はからっとよく晴れていた。

十二月の長野県というと、雪深いイメージを持たれるのだが、盆地の上田には雪があまり降らない。気温は氷点下になるので、都心より朝晩が冷える程度だ。

日曜日の昼間で駅の利用者が多かった。別所温泉目当ての観光客がＪＲから上田電鉄駅へ流れていく。

先に改札を出た律子の後を、萌美がとぼとぼとついてくる。黒いロングストレートの髪をハーフアップにしていた。足取りは重そうだ。

「萌」

ん、と萌美が顔を上げる。目に残るあどけなさが、律子の胸を強烈に締め付けた。

萌美を情報提供者として育て、狂った宗教団体の汚れた血を持つ教祖の元に、送り込まねばならない──。

萌美を説得するには、律子の本当の所属や、律子がしてきた任務を、話す必要があった。

昨晩のうちに、律子は十三階の詳細とその目的を大まかに話した。テロリストや容疑者を捕まえるために、女を使うこともあるのがこの組織だと、許容できそうな程度に話した。

これから萌美を、そうせざるを得ない状況に追い込むかもしれない。まだ萌美に情報提供者になれとは言っていないが、この仕事の具体性を先に話した。

情報提供者を育てる際、「過酷な任務がこの先に待ち構えている」ということには絶対に言及しない。ずるずると、少しずつ要求のハードルを上げて情報提供者をからめとっていく。応えてくれれば、報酬を与えて絶賛し、自尊心を満たしてやる。情報提供者は普通の人生では得られない達成感を得る。すると喜び勇んで、次の任務を求めてくる。そのハードルは高い方がいい。情報提供者もまた高揚し任務に没頭する。

萌美は当初、「すごーい！　リアル００７じゃーん」と無邪気だった。だが、律子が具体的になにをしてきたか言及するにつれ、口数が減っていった。目に悲しみが浮かぶ。

「お姉ちゃんもういいよ。ずっと大変だった理由は、わかったから」

妹と並んで歩き、上田駅から徒歩十分の住宅街にある実家へ到着した。

黒江家はこの上田で、父を含め三代前から地方政治に関わってきた。実家の敷地は百坪近い。広々とした庭には四季折々の色合いを楽しませてくれる植木があり、月に一回、職人が来て庭を整えた。

いま、砂利敷きの庭は、枯れた雑草や落ち葉で埋もれていた。手入れがされていないのは一目瞭然だ。

門扉手前にある駐車場はがらんどうで、母が愛用していたセルシオがない。萌美が教えてくれる。

「車、教団に寄付しちゃったの」

律子に覚悟を求めるような目で、続ける。

「家もすごく汚いの。ゴキブリが走り回っているし、ネズミまで出るようになっちゃって」

「どうしてそんなことに」

「教団の不殺生の教えのせい。全ての生き物には生きる権利があって、生きることによってカルマを清算しているとか、なんとか」

萌美が先に立ち、「ただいま」と玄関の引き戸を開けた。

がらんどうの三和土が、萌美のブーツの隙間から見える。去年の盆には親戚筋や元後援会の人たちが集い、石造りの三和土は人々の靴で賑わっていた。

上がり框にはいつも、ずらっとスリッパが並んでいた。父が議員をやっていたころから、来客が絶えない家だった。今日、そこに来客者を歓迎するものはない。なにか黒いものが点々と落ちている。冬の板敷の廊下は氷のように冷たいはずだが、そこを裸足でやってくる足が見えた。

「あら、萌。帰ってくるなら連絡してくれたらよかったのに」

母が姿を現した。律子はその変わり果てた相貌《そうぼう》に、衝撃を受けた。

昔は上品なショートボブの髪型だった。月に一度はなじみの美容院で整えて、外出予定のない日でも、いつ来客があるかわからないから、と母は化粧を欠かさなかった。ちょっと近所に買い物へ行くときでも、サンダルではなくてパンプスを選ぶ人だった。

いま、目の前の母は手入れがされていないぼさぼさの頭を後ろで束ねているだけだ。洗いっぱなしのような髪は加齢のために薄くなり、真っ白だった。

化粧気は一切ない。肌は乾燥でひび割れてたるんでいる。この一年半の間に急激に老け込んだように見えた。乱暴な年の取り方だ。

「やだ。律子なの。驚いた――」

母は胸に手を当てた。眉間に皺を寄せて、困惑したようにほほ笑む。

律子は靴を脱ぐことを躊躇した。遠くから見えた黒い点々は、ゴキブリのフンのようだ。もたついていると、萌美が言った。

「土足でいいよ、お姉ちゃん」

見本を見せるように、萌美はブーツの足で家の中にあがった。

ダイニングテーブルには、輪芽11の自費出版物やチラシ、パンフレットが山積みになっていた。壁の一面に並んでいたオーダーメイドの食器棚も、高級品ぞろいだった食器も全てお布施してしまったのか、なにもない。

母は冷蔵庫を覗いて、ため息をついている。

「困ったわ。お母さん、コーヒーとか紅茶とか、置かないようにしているの。水しか飲まないから、ダメにしちゃうでしょ」

萌美が「この中にコーヒーセットとかあるかも」と勝手口に積み上がった贈答品の山を探る。お歳暮は例年通り届いているようだ。

「それは教団のお布施にするのに」

母が顔をしかめた。きちんとお歳暮返しをしているのか、心配になった。律子は母に尋ねる。

「いつも水しか飲まないの？　お煎茶とか麦茶も飲まないの？」

「教義で禁止されているからね～」

萌美が軽い口調で言う。母は萌美の嫌味に笑顔すら見せる。

「頂いた水の方が、体の調子がずっとよいんだもの」

これのことね、と萌美が冷蔵庫の脇に積み上がる段ボール箱を指した。二リットル入りのペットボトルを一本取り出す。『RG11』というロゴが入ったラベルが貼ってあった。河口湖畔で採取できる軟水のようだ。萌美がペットボトルに指をかざす。魔法をかけるような仕草をした。

「エイ！　って、九真飛翔の『気』が入ってるんだって。一本三千円」

母は困り顔のまま、言う。

「萌。尊師のことを悪く言わないで。インチキじゃなくて、ちゃんとペットボトル一本一本にマントラを唱えてくださってるのよ」

「マントラってなに」

「輪芽11の呪文」萌美が答える。

律子は頭痛がしてきた。室内は異様に寒い。このダイニングルームでは、冬場に石油ヒーターを使用していたはずだが、見当たらない。心細いタワーファンヒーターがひとつ、あるだけだ。それすらも使っていなかった。

律子はスイッチを入れた。両手をこすりながら、母に訊く。

「石油ヒーターもお布施しちゃったの？」

「あれは修行のために捨てたのよ。暖まりたいという欲望を断ち切ることで、精神力を高めるの」

「朝晩は氷点下よ。風邪ひくわ」

「寒くもないし風邪なんてひかない。ヨガで修行するようになってから、本当に体が軽いし、冬になる前にマニプーラ・チャクラを開くことに成功したのよ。中からカーッと熱くなってね、寒さなんて感じない」

難解な用語が次々と出てきた。母は得意顔で続ける。

「お腹にあるチャクラで、ここを目覚めさせると新陳代謝が活発になる。竹本大祭師のシャクティパットでスムシュナー管を……」

予想以上ののめり込みようだった。

萌美がコーヒーのギフトセットが入ったお歳暮を見つけ出した。湯を沸かす。

母は訳のわからない教団用語を連発して説明しながら、チラシ折りを始めた。一枚一枚、丁寧な手つきで三つ折りにしていく。

「一昨日から資料請求がすごい来ているの。お母さん、朝からこの作業よ」

九真飛翔の予言の効果だろう。問い合わせが殺到しているようだ。

「お母さん、知ってるんだよね。輪芽11がカイラス教団の分派だってこと」

母は大きく頷いた。覚悟を決めた顔だった。

「ええ。もちろんよ」

「そしてお母さんが崇めている人が、テロの首謀者だった男の血縁だってことも?」

「その言い方は律子、ひどい差別だわ。死刑囚の子供はみな、危険なの?」

「彼は父親と似たようなことをしている。警戒されて当然だわ」

「宗教活動をしているだけでしょ。父親のようにテロを企てなんかない。律子、あなたも一度、道場にいらっしゃい。竹本大祭師の説法だけでも――」

「お母さん、私は警視庁の警察官なの。かつての教団に強制捜査に入って教祖を始め幹部連中を根こそぎ逮捕、起訴した。そういう組織にいるのよ」

「わかってる」

母は心痛しているという様子で胸を押さえた。目を閉じ、こまかく頷く。

「その点については、お母さんも竹本先生に相談しているの。次女が警視庁の、警備関係の部署にいる。そんな娘を持って教団に迷惑がかかることはないかと」

律子は絶句した。

そんな娘。まるで、警察官であることを卑下するような言葉だ。

「竹本先生は驚いてらっしゃったけど、輪芽11はどのような信者も温かく迎えるから、お母さん自身が公安のスパイだったとしても、教団は歓迎し、救済を目指すと」

「教団へ迷惑とかの前に、私に迷惑がかかるとは考えなかったの？」

「律子に迷惑？　迷惑どころか、あなたは警察官なんか続ける必要ない。いますぐ辞めてもらいたいくらいなのよ」

母にとって、警察官として生きる律子の人生など、風の前の塵のように軽いものでしかないのだろう。

「お母さん、お砂糖ないの～？」

萌美が、呑気な声で言った。姉と母の緊張状態を緩和しようとしているのかもしれない。

「甘いものは教義で厳禁なのよ」

もう、と萌美は軽く悪態をついた。ドリップし終えたコーヒーを三つ、ダイニングテーブルに置く。律子は口をつける。苦い。その苦さをいつにも増して感じる。律子は怒りや虚しさを必死に抑え込み、母に尋ねる。

「お母さん。一体なにがきっかけで、輪芽11の松本道場に行こうなんて思ったの」

「最初は宗教団体だと知らなかったの。ずっと体調が悪くて動けなかったから」

律子は知らないでしょうけど、と嫌味を食らう。萌美が神妙に口を挟んだ。

「あれは私の責任もあるね……。チラシが入ってたのよね、ヨガの」

萌美が五月の連休に帰省したとき、母は長女の亜美《あみ》の死を引きずったままで、引きこもり状態だったという。食欲もなく布団から出ることもできない。階段を上がることもままならないほど体力が落ちていた。チラシを見た萌美が、松本にあるヨガ道場まで強引に連れて行ったらしい。

出迎えたのは、竹本和美だった。歩行もやっとの病んだ女性がやってきても、全く驚かなかったらしい。意味ありげな表情で、歓迎したという。

「やっぱり。用意しておいてよかった」

車椅子がひとつ、準備してあったのだ。ヨガをする道場に車椅子が常備されているはずはないし、予約もしていない。飛び込みだったのに、母のための車椅子が準備されていた。竹本和美はこう説明したという。

「今朝、出がけに九真尊師に声をかけられたんです。車椅子を持っていけと」

律子はどう解釈してよいかわからず、萌美を見た。母は得意げだ。

「尊師には、お母さんが道場を訪れる未来のビジョンが見えていたのね。もうそれでびっくりしちゃって」

「あの瞬間、曲がっていた腰がビーンって伸びたよね」

萌美が引きつったように笑った。

「車椅子は元々置いてあったんじゃないの？　お母さんを惹きつけたくて、適当にこじつけたとしか思えないんだけど」

律子の言葉に、母は眉を寄せた。

「律子はそう言うと思った。あなたは現実主義者だものね。お父さんにそっくり。お父さんは典型的な凡夫だったから」

「──凡夫？」

萌美が解説した。

「教団の信者以外は、みんなそう呼ばれてバカにされてる」

怒りが、ふつふつと沸き上がる。亡き父を蔑《さげす》む言葉を母から聞くことになるとは思わなかった。あまりに情けなくて、律子は涙が出そうになる。

「お母さん。それならなぜ、いまでもこの家に住んでいるの。お父さんを凡夫と罵《ののし》るのなら、なぜお父さんが遺したこの家にまだしがみついているの。そんなに凡夫に成り下がりたくないのなら、もう全部売り払って出家でもなんでもすればいいじゃない……！」

言ってはいけない言葉だった。出家されて一番困るのは律子だ。だが一度火がついた怒りを止めることができない。家族を前にすると、どうしても感情の起伏が激しくなる。日常的に感情を抹殺しているからだ。

母は律子の激情に引きずられることなく、言った。

「誰も教えてくれなかったのよ」

さみしげに目尻を光らせる。

「自分が生き残り、大切な人ばかり失っていく人生だった。その意味を、お母さんが抱え続けるこの不条理を、みんなかわいそうだと言うばかりで、だーれも、その意味も、心の持ちようも教えてくれなかった。精神科医は睡眠薬を処方しただけ」

律子は唇を嚙みしめた。一年半もの間、母から、黒江という家から背を向けた自分を猛省する。

「でも竹本大祭師は教えてくれた。お父さんも亜美も、前世に罪を抱えた状態で、大きなカルマを背負った生だったと。だから、人よりも少し早い『死』を迎えて、カルマを落としたのだと。現世に残した家族や、残した時間の長さには価値がない。その死が早ければ早いほど、そしてその死が残酷であればあるほどカルマは鮮烈に浄化され、来世では光に包まれたコーザル界の住人に生まれ変われる」

「お母さん。カルマなんてないし、人には前世も来世もない。人はDNAに支配された原子の集合体でしかない。ただの生き物で、いつか必ずそれは死滅する。魂なんてものもない。心停止と同時に脳機能が停止して全部、終わり。なにも残らない。来世もカルマもナントカ界もない」

「ああ、いやね。まるでお父さんと話をしているみたい」

母は嘆いた。

「この世には科学では説明のつかないことがいくらでもあるのに、全部科学で片づけようとする。それなら、お父さんが殺されたのはなぜ。亜美とお腹の赤ちゃんが交通事故に巻き込まれた必然性を教えて」

「だからそれは必然じゃなくて偶然！」

律子は身を乗り出し、訴える。

「宗教は、人が死を恐れることで生まれた。死に意味をつけ、葬送儀礼をおこなうことで残された者を慰める——」

「違うわ、律子」

母も背筋を伸ばし、反論する。

「例えば仏教の開祖であるお釈迦さまは、死が怖いから仏教を始めたというの？　まずこの宇宙は現象界、アストラル界、コーザル界に分かれていて、仏教用語でも欲界、色界、無色界とちゃんと名前がある。葬送儀礼なんか関係ないの。いま私たちが生きている現象界、つまり欲界はとても粗雑な世界で——」

きりがない。律子はマグカップのコーヒーを飲み干し、勢いよくテーブルに叩きつけた。びくりと肩を震わせたのは萌美だけだ。母は宗教の話を続けている。

母を脱会させることは無理だと思った。

ならば、教団ごと潰すしかない。

九真飛翔の正体を暴き、強制捜査に持ち込んで組織を解体してみせる。

律子は警察官として、それを行う司法権を持っている。そして十三階の作業員として、それを行う手段と強権を持っている。

そう決意したとき——意味不明の言動を繰り返す母を、初めて哀れに思った。

母は、手段を持っていなかったのだ。

夫の刺殺。長女と、この世に生まれてくることなく散った初孫の命。こんな現実を目の前に、母はその無念を消化する手段を持っていなかった。

母には、宗教しかなかったのだ。

「ちょっと、外の空気を吸ってくる」

律子は立ち上がった。玄関の上がり框から三和土まで、履き物を取り換えることなく、そのままスニーカーで降りる。

「お姉ちゃん」

萌美が追いかけてきた。律子を追い越して先に玄関を出た。

律子は玄関の扉をぴっちりと閉める。萌美が律子に、向き直った。

「なんとかならないの。警察の力で。公安の力で。十三階の力で」

妹の声は振り絞るような、必死さがあった。

律子は断言する。

「潰すよ。必ず」

そして、いまがその、タイミングだった。

「萌。協力してほしい。萌にしかできない任務がある」

律子は上田市内にある別所温泉へ、萌美を連れ出した。旅館で一泊することにする。

ゴキブリとネズミの巣窟になった家で寝泊まりはしたくなかった。これから行われる作戦については、母と離れた場所で話をする必要もあった。

一泊三万円する特別室で、露天風呂付き、食事室付きという豪華な部屋を取った。萌美は贅を尽くした部屋に、はしゃいでいる。純粋でかわいいな、と思う。挨拶に来た女将とも、臆することなく世間話をする。昔から人懐っこい性格で、誰とでも友達になれる子供だった。根本的に人が好きなのだろう。学校も大好きで、小中学校九年間、皆勤賞だった。

「姉とは九歳、年が離れてるんですー。お姉ちゃんっていうか、もう親かな？　うん、パパっていう感じ」

「えーっ、そこはママじゃないんですか」

女将がケラケラと笑う。律子が苦笑いで熱燗を口にしていると、「ほらほら、この感じ。女じゃないでしょ、男でしょ。この貫禄！」と萌美が笑う。

確かに、萌美はまだ幼いころ、律子を父親代わりにしていたようなところがあった。律子が男勝りだったからかもしれない。律子は小学校にあがると萌美の勉強を見てやったし、約束を破ったら厳しく叱った。

萌美はゲーム好きで、一日一時間までと決めたテレビゲームの時間を、嘘をついてしょっちゅう誤魔化していた。母や亜美が叱っても受け流すのに、律子が一喝するとピタッとやめた。

女将が部屋を辞した。二人きりになる。今後の不穏を予感したような、深刻な沈黙があった。

突然、萌美に浴衣の上から胸を摑まれた。

なんなの、と律子は慌てて振り払う。

「やっぱりパパだよね。おっぱい、ちっちゃーい」

そういうあんたは、と萌美の胸も摑んでやった。律子の小さな手に肉が溢れる。

「やだ。いつの間にこんなに大きくなったの」

「いま、Eだよ」

「えっ。確かCカップくらいじゃなかった？　なんでそんな急成長してんの」

「お姉ちゃんはどうなっちゃってんの。ちょっと前までもうちょっとなかった？　最近、誰にも触ってもらってないでしょ」

そんなことはないと虚勢を張ってみせる。事実、数日前に滝川が存分に愛撫した。

「おっぱいって、好きな人に揉んでもらわないと萎むらしいよ」

「……なるほど」

妙に納得した律子を見て、萌美が過剰に大人ぶって言う。

「お姉ちゃんもう三十でしょ、そろそろ結婚や出産のこと考えないと、やばいよ」

国家を守っていてそれどころじゃない、とは言いにくかった。これからそれを、姉妹で背負う。

「ねえ。まじで好きな人すら、いないの」

古池の背中を、思い出す。

「いるんでしょ。職場の人？　もしかして公安の人⁉」

律子が応じないのを見て、萌美は「退屈～」と席を立った。源泉かけ流し風呂がついた隣室の襖を開け放つ。豪快に浴衣を脱ぎ捨て「もうひとっ風呂入っちゃおー！」と、素っ裸でざぶんと湯につかる。

「お姉ちゃんもおいでよー！」

大きく腕を振る。Eカップにまで膨れた胸が揺れて、湯の水面が波打つ。

萌美が生まれてすぐ、沐浴を手伝った日のことを思い出す。母の手に収まるほど小さな頭だった。母がガーゼハンカチを優しく肌に滑らせるのを、顔を真っ赤にして泣いて嫌がっていた。

あの小さな赤ん坊がいまはもうすっかり成熟した。そしてあの時、幼い娘たちや小さな命を守る聖母そのものだった母は、いまは黒江家を破壊する鬼母のようだ。

律子も席を立ち、浴衣を脱いで湯船をまたいだ。萌美がすかさず言う。

「うわー。なんかいやらしい」

「なにがよ」

「なんか、仕草が。浴衣を脱ぐとき〝はらり〟って音がするような脱ぎ方だった」

「萌はガバーって脱いだよね」

二人で大笑いする。

「そういう色っぽさとか艶っぽさみたいなの、作戦で使ううちに身につけたの？」

「一時期、研究したことはあるよ。上司に、お前は女なのに色気がないと言われて」

十三階の所属になってすぐ、古池に言われた言葉だ。

「男性が喜ぶ女性独特の動きがあるんだって。どうやるんですかって聞いたら、歌舞伎に連れて行かれた」

なにがおかしいのか、萌美はゲラゲラと笑った。

「歌舞伎の女形、男性がやってるでしょ。あれが、男性が女性に求める動きなんだって。男性がやっているだけに」

視線の流し方、振り向き方、手のしなやかな動き、恥じらう所作《しょさ》――歌舞伎の動作をそのまま日常でやるとおかしいが、確かに、学ぶことはあった。

「それじゃお姉ちゃん、好きな人落とすの一発じゃん」

「リアルに好きな人の前ではしないよ」

「どうして。そうやってこれまで調査対象を落としてきたんでしょ」

萌美が警察ぶって言う。

「うーん。本当に好きな人の前だと、できない」

「変なの」

「本当。変だね」

律子は苦笑いするしかない。

「ちょっと、悲しいね。相手の人は、お姉ちゃんの気持ちを知っているわけ」

「……うん、まあね」

「それで知らんぷりなの？」

「そんなことないよ。あっちも応えようともがいていた、というか……」

だんだん、口が重くなっていく。ここから先はうまく言えない。

「スパイって、面倒くさいね」

「ほんとね」

「で、私はなにをすればいいの」

萌美が突然、核心を衝いてきた。さっきまで陽気に酔っぱらっていたように見えるが、立ち込める湯気の間から見える妹の瞳には、独特のぎらつきがある。これから自分がしなければならないことに、強い覚悟を持った目だった。

萌美がこんな表情をすることがあるのか、と律子の方が圧倒されてしまう。戸惑いながら、説明した。

「年内に、九流完の遺骨が親族に引き渡される。九真はその遺骨を奪還、大規模テロまで計画しているらしいの。私たち十三階が欲しいのは、その詳細、概要よ」

萌美は眉をひそめた。

「年内？　全然時間がない」

「だから、萌美が適任なのよ」

「つまり、私はすぐに入信する必要があるのね」

「そう。明日にも」

「でも、スパイじゃないかって怪しまれるんじゃない？　これまで散々対立してきたのに。しかもあちらはお姉ちゃんが警察官だってことを知っているし……」

「神秘体験をしたと言えばいいわ。不思議な光が見えたとか、九真の魂を感じたとか」

「夢に九真が出てきたとか！」

萌美が大学生らしいノリのよさで言う。やがて萌美はぼんやりと宙を見た。

「入信かー。たぶん、すぐ〝喜び組〟に入れられるんだろうな」

北朝鮮の指導者に奉仕するために結成された、若い女性団体の呼び名だ。教団がそれを使っているとは、初耳だった。

「信者がそうやって悪口言っていたのを聞き齧《かじ》ったことがあるの。二十代前半で黒髪のおかっぱという条件付きらしいけど」

戸井田が持ってきた情報と同じだ。恐らく、河口湖の富士総本山にいる小祭師の女たちのことだろう。〝喜び組〟なんていうと歌でも歌わされ、広告塔になるのかと思ったが、萌美はその詳細を「家政婦みたいなもの」と言う。

「掃除とかお料理とか、お出かけの際の付き添いとかのワークを命じられるんだって。修行をほとんどしてなくって、お出かけのときは尊師のカードで買い物三昧だと聞いたこともあるけど」

つまりは、愛人集団ということか。当然、その先に求められるものがある、と勘繰る。

「私、お姉ちゃんみたいに上手にできるかな」

「え?」

「あたかもその人に溺れたふりをして、ちゃんとそういうことができるかなって」

律子は慌てて、萌美の腕を摑んだ。

「萌。そんなことしなくていい」

萌美は目を丸くした。

「でも、お姉ちゃんはしてきたんでしょ」

「私は十三階の人間だから。そういうことも辞さない。国家を守ることが仕事だから。でも萌美はあくまで協力者よ。セックスなんかしなくていい」

萌美を作戦に使うことは了承したが、そういう状況に追い込まれたら作戦は中止にするつもりだった。

だが一方で、目の前にテロ計画の詳細というニンジンがぶら下がったとき、果たしてそれを振り払って萌美を離脱させる判断ができるのか――律子には、自信がなかった。古池ができなかったように。律子もできないかもしれない。

そしてみんな、壊れていく。

風呂で汗を流し、アルコールが少し抜けたところで、律子は作戦の手順を説明した。萌美に、腕時計型の秘聴・秘撮機器を渡す。リューズ部分に、鉛筆の先よりも細い超小型

CCDカメラが内蔵されている。風防の枠には集音マイクが仕込まれていた。

対象者の符牒も暗記してもらう。九真飛翔は「きゅう」というその音や組織の隠れたトップであるという雰囲気から〈宮《みや》〉。竹本和美は苗字の漢字「竹」から竹取物語の〈かぐや〉。また、遺骨奪取とテロの情報は〈モグラ〉。かつてのカイラス教団は地下鉄にサリンを撒いた。似たようなことをするかもしれないので、地下鉄を連想させる言葉を選んだ。

電話での接触はスマホでも公衆電話でも一切禁止とした。メールもSNSもダメだ。

「それじゃ、〈モグラ〉を手に入れたとして、どうやってお姉ちゃんに知らせたらいいの？」

萌美は早速符牒を使い、尋ねた。律子は輪芽11の富士総本山施設全体の見取り図を見せ、道場手前にある郵便ポストを指さした。

「毎朝毎晩、チラシ配りのスタッフを装った作業員を向かわせるから、ポストの裏に付箋紙を貼り付けてほしいの。情報がないときは黄色。情報があるときは赤の付箋紙よ」

「情報がある時だけ付箋をつけるのじゃダメなの？」

「付箋があるかないかは安否確認でもあるの」

萌美は安否確認という言葉の響きのせいか、不安げな顔つきになった。

「赤い付箋を回収したらすぐさま、情報の受け取りができるようにこちらから接線を持つ」

萌美の表情が更に陰った。

「私からお姉ちゃんに直接連絡することはできないの？　緊急事態の時はどうしたらいいの。素性がバレたとか」

律子は、黒色の二つ折り携帯電話を見せた。

「緊急離脱する必要があるとか、命の危険が迫った場合にのみ、この電話を鳴らして。応答はしない。でも現場に飛んで行って、離脱の道筋を作って救出するから」

萌美は少し考えた後、訊く。

「つまり――この電話を鳴らした瞬間に、作戦は終わる、ということ？」

「その通り。極端な言い方をすれば、この電話が鳴った時点で、作戦は失敗」

萌美はごくりと唾を飲みこんだのち、「番号を教えて」と手帳を出した。

「メモもダメ。暗記して」

律子が教えた番号を、萌美は何度も口に出して覚えようとしている。ふいに「うっ」と呻くと、トイレに駆け込んだ。嘔吐する苦しそうな声が聞こえてくる。慌ててトイレの扉をノックする。

「萌。大丈夫？」

「……飲み過ぎたかな」

緊張と恐怖で気分が逼迫《ひっぱく》してしまったのだろう。この先が心配になるが、萌美はさっぱりした顔で、トイレから出てきた。そのまま和室にいき、仲居が敷いたふかふかの布団の上にぱたりと倒れる。

しばらく携帯電話番号を暗誦する声が聞こえていた。やがてそれは寝息に変わった。

律子は灯りを消し、隣の布団に入った。もぞもぞと音がして、萌美が「お姉ちゃ～ん」と甘えるように律子の布団に入ってきた。

「もう、子供？　狭いし」

「でも、あったかいじゃん」

確かに、柔らかくて暖かい。男性と同じベッドで過ごすのとはまた違う優しさがあった。

これは姉妹がいないと味わえない感触だろう。なにかの特権を得たような気になる。

律子は肘をついて頭を乗せ、胸と二の腕で萌美の頭を包み込むようにした。しっとりと湿気を含んだ髪が、萌美の頰にかかる。それを手でかきあげながら、律子は言った。

「お母さんのこと、任せきりでごめんね」

「いいよ。お姉ちゃんこそ。それどころじゃなかったことはわかるし」

「今日はずいぶんと物分かりがいいこと」

萌美の頰を優しくつねった。予想していたよりも柔らかく、感触が気持ちよくて何度もつまんでしまう。「くすぐったーい」と言いながらも、萌美は身を任せている。

「お姉ちゃん、案外いいママになりそう。なんだかんだ、愛情深いもの」

律子は苦笑いした。律子の無言を察したように、萌美は言う。

「もうそういう幸せは追求しないって感じね……。お姉ちゃん。辞めたいと思わないの」

萌美は急に深刻な声になった。

「十三階を辞めて普通の人生に戻りたいとは、思わないの。日々すごいプレッシャーだろうし、犠牲にするものもあまりに大きいよ」

昔っからストイックだったけどさぁ、と萌美がちょっと笑う。

「いまの仕事は究極過ぎない？　女を捨てて命がけ。結婚も出産もままならない。でも誰にも知られちゃいけない任務だから、なにを成し遂げても称賛されることもない」

改めて外側からそう評されて、律子も自分で自分が不思議になった。

なぜ私はいまでもこの組織に身を投じているのか。妹まで犠牲にしようとして――。

だが、辞めてどうするのか。辞めたあとの自分をいくら想像しようとしても思考停止してしまう。それは知らない花の名前を思い出そうとする無意味さとよく似ていた。

「辞めない」

律子は力強く、言った。

「この仕事が好きだもの。国を守っている、国民を守っている、守ってきたという自覚と誇りがある」

律子の居場所はもう十三階にしかない。全部、捨ててきたのだ。いまさら普通の人生には戻れない。

律子は翌朝、作業車を取りに警視庁にとんぼ帰りだった。

秘聴・秘撮情報を受信し分析するための特別仕様車はいくつかある。小型のバンタイプのものを選んだ。ベーカリーの出張販売車の体《てい》をしている。女性の律子が運転席にいても、違和感はないだろう。

ナンバーは長野ナンバーに付け替えた。長野県警の検問に引っかかっても、県警の戸井田に根回ししてあるので問題ない。

後ろの販売スペースに秘聴・秘撮するためのデスクや映像機器が並んでいる。通常この規模だと運転手と作業員ひとりという構成だが、隠密作戦だから同僚の三部や柳田、南野を巻き込めない。

二時間半かけて上田に戻る。作業車を実家近隣にある信州大学の敷地沿いに路上駐車した。まだ旅館に残っている萌美に作戦開始のゴーサインを出した。

萌美は予想以上の働きぶりだった。

上田の実家に戻るなり、〝お母さん、昨日怖いことがあってね……〟と神妙なそぶりで、訴える。

萌美には腕を組むクセがある。そういうとき、腕時計のリューズのレンズから、向かいに座る人物がよく映った。映像の中で、母が目を輝かせている。

〝本当？　尊師の悪口を言っている最中に？〟

〝うん。お姉ちゃん突然、失神したのよ。旅館の人は、お風呂でのぼせたんだろうっていうことで、体を冷やして少し休ませて……。お姉ちゃんすぐ目を覚ましたけど、記憶がないっていうの。教団の悪口を言ったことも全然覚えてない〟

〝尊師はやっぱりすごいわね。教団に対する悪い感情ごと、神通力で吹き飛ばしてしまったんだわ。それでいま、律子は？〟

〃もうすっかり元気になって、朝には東京に戻った。それで、お母さん。昨日の晩、夢に……〃

萌美は少し、言い淀んだ。やがて決心したように〃ずっと言いにくかったんだけど〃と切り出す。

〃時々、夢に出てくる男の人がいるの。体が大きくて、優しそう。ジーンズに紺色のシャツで。電車の中で、本を読んでいるの〃

〃誰？　どんな顔をした人？〃

〃……どことなく、九流完に似ているような〃

母は歓喜に沸いた。

〃きっとそれは、九真尊師だわ。あなたの夢に出てきて下さったのね〃

〃でも私、顔を知らないわ〃

〃お母さんだって知らない。でも、やはり親子だから。かつての尊師の面影がある方らしいわ。それで、昨晩も尊師が出てきたの？〃

〃うん。でもいつもと違うの。君の力が必要だと、静かに訴えかけてくるの〃

母が慌ただしく椅子を引く音が聞こえてきた。

〃すぐに準備して。松本道場に行きましょう。お母さん、竹本大祭師に電話するわ〃

萌美が目の前にいたら、褒めてやりたいと律子は思った。本当にうまくやっている。

それにしても——電車の中で本を読む、頻繁に夢に出てくる男。このエピソードはなんだろう。律子は指示していない。いまの会話の中でいらない部分でもある。突然夢に出てきた、では信憑性にかけると思ったのか。萌美の機転に感心する。予想以上に頼もしい情報提供者になりそうだ。

萌美は近隣に住む親戚にマーチを借りた。母を乗せて松本道場へ向かう。

律子も作業車で追う。

長野県松本市は上田からいくつかの峠を挟んだ西側にある。曲がりくねった県道を進むより、一度北にある千曲市まで出て、長野自動車道で松本へ南下する方が近い。

律子は萌美と母が乗る紺色のマーチを追いながら、イヤホンを片耳にいれて秘聴を続ける。

味方を得た母は舞い上がっていた。律子の悪口が口から溢れ出る。

昔から減らず口で母親に反抗ばかりしていた。専業主婦の母親を、無知だ無力だと馬鹿にしているに違いない――。

〝でも仕事に邁進《まいしん》したところで所詮、地方公務員でしょ。あの子が仕事の話を一切しないところを見ると、たいした実績を残せていないのよ。事実、まだ巡査部長だし〟

母は律子の階級を鼻で笑った。

〝ああいう子は結局、なにも残せずに寂しく一生を終える。三十にもなって恋人のひとりもいないんじゃ〟

腹が立つ一方で、昔の母のようでほっとする。昨日のように、悟りを開いた顔で意味不明な宗教用語を連発される方が不気味だ。

萌美が鋭く突っ込む。

〝女性は結婚や出産が最上の幸せなんて……凡夫の話みたい〟

母は言葉に詰まったようだ。竹本大祭師と連絡がつかない、と誤魔化す。

母はいま、本来の自分と教団の教義の間で、激しく揺れ動いている状態なのだろう。

松本市に入る。

律子は途中でマーチを追い越した。先に料金所を出る。

松本道場に到着した。市街地から遠く西に離れた本神山の麓《ふもと》にある。雑居ビルの一室にある東京総本部とはけた違いの広さと規模だ。周囲をケヤキの木とブロック塀に囲まれている。中の様子が見えない。正面玄関と思しき場所には特に施設名を示す看板などもなかった。

律子は正面玄関を通り過ぎる。秘聴・秘撮に適した場所がないか周囲を回った。駐車場を示す『P』という看板が見える。

そこに立つ人物が視界に入った。

竹本和美だ。

律子の心臓が大きく波打つ。慌てはしなかった。すでに変装用の伊達眼鏡を装着し、ニット帽で雰囲気を変えている。

なぜここにいるのか。彼女は河口湖の富士総本山にいるはずだ。母は電話が繋がらないと言っていた。

あそこで誰を待っているのか。

竹本和美は、律子の車には目もくれない。なにかの修行中なのか瞑想でもしているのか、伏し目がちに立っているだけだ。

個性を完全に排除した外見だった。白い上下のウィンドブレーカーはメーカー品ではなく、どこかの総合スーパーで手にいれたかのような安っぽさがあった。黒いスリッポンの中は裸足のようだ。むき出しの素肌は冬の太陽に焼かれ、浅黒い。

かつてのカイラス教団では、組織の幹部に君臨していた女だ。九流完の愛人とも言われていた。

変わらない、と思う。

いま竹本和美は五十二歳のはずだが、ノーメイクでナチュラルな雰囲気もあるせいか、妙に幼く見えた。いまどきの中年女性はみな若いが、彼女の若々しさは、現世に生活を根差していない者特有の浮世離れした雰囲気からきている。

切りそろえたおかっぱ頭はぱさついていて、打ち捨てられた日本人形のようだ。なんの目的でそこにいるのかわからないせいか、なんとも不気味な雰囲気だ。

律子は駐車場の先の路地を曲がった。公園前に車を停車させる。戸井田が発行してくれた長野県警の路上販売許可証をダッシュボードに掲げた。後部座席に回る。

秘撮機器を確認した。

萌美の腕時計が、松本道場の表玄関を捉えている。駐車場へ向かっていた。

竹本和美が先ほどとは一転、大きく手を振って二人を出迎えている。

母が仰々しく声をあげる声が、秘聴機器から流れてきた。

〝あら！　竹本大祭師がいらっしゃってる〟

〝連絡つかないって言ってなかった？〟

〝全てお見通しなのよ、竹本先生はクンダリニー・ヨガの解脱者だから〟

萌美がブレーキを踏む音がした。腕をハンドルに回し、竹本和美と助手席の母の様子を秘撮してくれる。

母が助手席の窓を開けた。竹本和美が感じのよい笑みを浮かべ、顔をのぞかせてきた。

〝よくいらっしゃいました、篤子《あつこ》さん。萌美さんも〟

親しげに母を下の名前で呼ぶ。和美は意味ありげな視線を、萌美に飛ばした。

〝電話を頂いていたのにすいません。河口湖から車を飛ばしていたんです。尊師が今朝早くにおっしゃったんですよ。今日、松本でよい報《しら》せがあるはずだと。準備と歓迎のために、すぐに行きなさいと〟

母はまた九真の神通力だと大喜びする。別の用事が偶然あったが、母からの着信を受け、道場に来ると和美は予想しただけだろう。適当に後から話を合わせているだけだ。

〝実は娘が――。どうやら夢で、尊師に導かれたようで〟

母が勢い余ったように話す。萌美が戸惑いがちに母を咎める声も、スピーカーから流れてきた。

〝知っていますよ。尊師もおっしゃっていました。夢で萌美さんと会ったと〟

ばかばかしい。

だが、作戦は順調に進んでいる。

これまでは母を脱会させるため、喧嘩腰で道場に乗り込んでいたという萌美だが、今日は母と同じように裸足になった。靴を脱ぐ様子が映像に映る。体育館のような板敷のスペースが目の前にある。そのすぐ脇に、事務室があった。母は道場の修行の輪に入った。

萌美はひとり事務室に呼ばれる。

スチールデスクのシマがある一般的な事務室がちらりと見えた。壁にシヴァ神の絵が飾られている。萌美が気を利かせて、レンズを室内にぐるっと向けてくれた。九流完の写真や、九真飛翔の顔写真と思しきものは、飾られていない。

公安だけでなく、大半の信者にも顔を見せない裏の尊師。こんなごく内部の事務室にすら、写真一枚飾らせない。なぜ彼は顔を出すことを極端に嫌うのだろう。

応接スペースには畳が敷かれていた。竹本和美は和机に座っていた。萌美に、透明のグラスに入ったホットジュースのようなものを出した。ツァンダリーレモンという、修行エネルギーを高める飲み物だという。

律子は慌ててマイクを取り、萌美に指示を出した。ロングヘアで隠した萌美の右耳に、超小型イヤホンが装着されている。

「萌。飲まないで」

睡眠薬でも入っているかもしれない。そのまま河口湖へ拉致されたら大変だ。かつての教団はそうやって資産家を拉致し、財産を奪おうとしたことがある。

ツァンダリーレモンの効能などの雑談の後、和美は本題に入った。

〝それで、今朝の尊師のお話です。すぐに松本へ行けという指示のあと、私にこうおっしゃったの。萌美は今日出家だな、と〟

九真は全て見透かしているようだ。律子は一瞬ぞっとするが、驚くことでもない、と考え直す。あちらはずっと萌美を勧誘していたのだ。偶然、こちらが動くタイミングと重なったのだろう。

萌美も戸惑ったのか、秘聴機器から聞こえてる声は、口ごもっている。

〝いきなり私、呼び捨てなんですか〟

〝尊師に呼び捨てしてもらえるなんて、素晴らしいことよ〟

それは名誉なことなのだと、押しつけてくる。

〝でも、すごく断定的に言うんですね〟

〝間違えないから、尊師は〟

和美は入信申込書と出家申込書を突き出した。相変わらず強引だ。

遺骨の引き渡しが近い以上、一分でも一秒でも早く入信して九真の下に行って欲しいが、ここは慎重に進める。今日の入信は断り、明日改めて連絡するよう萌美に指示してある。

萌美は書類を読んでいるようだ。腕時計のリューズのレンズからは、紙そのものを睨みつけているように見える。

「萌。予定通りよ。一旦持ち帰って」

律子は指示を出した。萌美が、ぱっと顔を上げて和美に言う。

〝わかりました〟

律子は腰を浮かせた。慌ててヘッドセットのマイクを摑んだ。

「萌！　今日はダメ。早急すぎる。怪しまれるわ」

萌美は万年筆で書類に記名していく。和美も疑うそぶりがない。次々と書面を出してはサインさせていく。

最近まで教団と敵対していた警察官の姉を持つ若い女性が、今日は一転して入信するどころか、出家までしてしまう。この事実に、和美はなんの疑問も抱いていないようだ。

それもこれも、九真が「萌美は今日出家だな」と口にしたからだろう。

背筋が寒くなる。

作戦が予定通りに行くことは喜ばしいことだが、進行があまりに早い。こうなると、こちらの対応が後手に回りかねない。作戦が壊れてしまう。

まるで九真が、律子に挑んでいるようだ。律子を知らないはずなのに。教団を潰せるものなら潰してみろと、挑発されているように感じる。

まだ見たこともない、声も聞いたこともない教祖に――。

電話が鳴り、律子ははっと我に返る。

スマホのディスプレイに『獣医』という文字があった。混乱する律子に拍車をかける電話だった。出ないわけにはいかない。「はい」と短く応答する。

「すぐ戻れるか。容体が急変している」

「いまはどうしても抜けられない。とにかく輸血を続けて。血液製剤は豊富にあるはずよ」

「いや、問題は出血ではなく、高熱だ。いま、四十一度。危険水域だ」

律子は唇を嚙みしめた。通話を切り、マイクに呼びかける。

「萌。私は一旦離脱する。あとで私から接線を持つまで、絶対に河口湖には行かないで。準備があるからと今日は自宅に帰るのよ。絶対よ」

秘撮動画が萌美の指先で覆われ、一瞬、暗くなった。イエス、のサインだ。二度連続で暗くなったら、ノーだ。

律子は慌てて運転席に戻る。捜査三課の滝川に電話をかけた。

滝川は、妹の理央と突っ立っていた。

月曜日の夕刻だが、帰宅ラッシュが始まっていて、北千住駅前もにぎわっている。週末にクリスマス・イブの日曜日を控えていることもあって、どこもかしこも緑と赤のデコレーションで溢れていた。

滝川は二つのバス停の間にいる。底冷えする足元を時々踏み鳴らす。緊張で張り裂けそうな内臓を、落ち着かせる。

窃盗を繰り返していた謎の女。刑事に近づいて捜査の邪魔をした末、外科医を欲する、女スパイ。

律子の向こうに、医療を必要とする急病人の存在を感じる。

警察も病院も頼れない秘密の患者、ということか。

隣の理央は、大きな襟のついたダウンジャケットに身を包んで、同じく寒さと緊張で足踏みしていた。理知的な目が、今日はいつにも増して挑発的に光り輝いている。

数年前、親族が集い河川敷でバーベキューを楽しんでいたとき、溺れた子供に遭遇したことがあった。警察官の滝川が子供を救助し、続きは理央が引き取った。水を吐かせて人工呼吸し、心臓マッサージを繰り返す。いま、理央が宙を睨みつける目は、あの時のものとよく似ていた。

あの子供は助かり、もう中学生になった。今年も実家に年賀状をくれた。母親は、警察官の息子と医者の娘がなによりの自慢で、生き甲斐だ。

いまこれから自分たちが巻き込まれる目の前の渦が、母の生き甲斐を打ち砕くものであってはならない。

白いバンがキキキとタイヤを鳴らし、ロータリーに入ってきた。出発しようとするバスをけん制するように先に出た。バスの運転手が激しくクラクションを鳴らす。

滝川と理央の目の前で、バンが急停車する。車体には『はなまるベーカリー』とクレヨン書き風にロゴが入っていた。律子は頭のよい女性なのだろうが、運転は下手なのか。かわいいなと思ってしまう自分を、滝川は叱咤する。

運転席から出てくる女は、黒江律子ではなく田中奈緒であって欲しい、と未だに願う愚かな自分がいた。彼女は自在に二つの人格を行ったり来たりする。どうか自分の前では田中奈緒でいて欲しい——。

黒江律子か、田中奈緒なのかわからない女が、運転席から降りてきた。こんにちはもはじめましてもない。ちらっと滝川兄妹を一瞥すると、観音扉になっているバックドアを開ける。無言で中に入るように促した。

ああ、黒江律子なんだなと思う。

滝川は、革靴を鳴らしてつかつかと律子に近づいた。怒りを表しているつもりだ。律子の腕を引く。バンの反対側に回って、理央に聞こえないように、言う。

「実はまだ、彼女に詳細を話してない。あの不倫の写真とかは、問い詰めていないし……」

丸いが冷酷な瞳が、滝川を非難めいた色で捉えている。

「遅い——」

「誰か、早急に治療が必要な急病人がいるんだな。そういうことなんだろ?」

律子が黙り込んだ。

「君ら十三階がやっている非合法活動中に起こった事件で急病人が出た、病院も頼れないし身内にも言えない。だが早急に治療が必要で、君は仕方なく更なる非合法活動を重ねて、命を救おうと奔走している。そういうことなんだな」

「ええ。その通りよ」

「理央にもそう説明してある。彼女はプライドが高いから、下手に不倫をネタにすると却《かえ》って意固地になる」

「そう。あなたもプライドが高いから、一夜限りの女とセックスしちゃって脅されているなんて言えないでしょうしね」

滝川は歯ぎしりして怒りを抑える。黒江律子は大嫌いだ。この女といると、胸糞が悪くなる。

「なら話が早いわ。すごい、滝川君。さすが私が見込んだだけある」

男同士がするように、律子はこぶしで滝川の胸をパンチする。全然痛くないが、相反する二つの感情に内臓が捩《ねじ》れているようだ。なにかが痛くてたまらない。

理央がバックドアからバンに入った。滝川は扉を閉めた。妹の手前、いかにも自分は事情をよく知る協力者だというふうに、助手席に座った。運転席に乗り込んだ律子が変な顔をしていたが、なにも言わずに車を発進させる。

車内はしばらく、沈黙していた。

モニターやスピーカー、パソコン、制御盤などが後部座席のスペースに並んでいる。指令用のマイクもある。こうした特殊車両は誘拐事件の捜査などで刑事部も使用することがある。滝川には特に珍しくもない。理央からも、質問は一切ない。患者の命を救うことには奔走するが、深い事情には立ち入らないという医師としてのモットーを貫いているのだろう。

滝川はハンドルを握る律子に、問う。

「で、患者はどこに？」

「団地の近くにある一軒家よ。公安一課が昔使用していた監視専用アジト」

清潔で、水も電気も通っているという。

理央が会話に入ってきた。

「患者の詳細を教えてもらえますか。怪我なのか急病なのか」

「怪我です。私も多少は救急医療の知識があるから、ある程度は手を尽くしたんだけど、限界を超えてしまっている」

「具体的には？　刺されたとか暴行とか」

「斬られたの。腹を。縦に十五センチほど。私が見たとき、腸の一部が飛び出ていたほど」

滝川は思わず、握った拳で口元を押さえた。理央はメモを取りながら質問を続ける。

「それ、いつの話ですか」

「十二月二日、土曜日」

理央は真っ青になる。

「今日はもう十八日よ。二週間以上もまともな治療が受けられずにいるなんて」

「犯人が誰なのか見当はついていないのか」

滝川は尋ねた。律子が神妙に首を横に振る。

「ずっと意識が戻らないから詳細も聞けないまま」

やがて広大な団地群が見えてきた。その目と鼻の先の住宅街にある一軒家の前で、律子は車を停めた。青い瓦屋根の、築三十年以上は経っていそうな物件が目の前にある。すでに一台、白のスカイラインが駐車していた。律子は半地下になっているガレージを開けた。二台分のスペースがある。

律子は滝川を初めて拝んだ。

「車、中に入れてくれない？　車庫入れすっごい苦手なの」

急発進、急ブレーキが多く、ハンドル捌《さば》きにも無駄が多いだろうな、と思う。

律子と理央が足早に玄関を入っていく。滝川は運転席に移動し、一発で車庫入れした。エンジンを切って車を降りる。右隣のスカイラインを覗き込んだ。

運転席のグレーのシートに黒い染みが広がる。血だろう。相当な量だ。

ダッシュボードの灰皿が引き出されたままになっていた。血のついたタバコの吸い殻が一本、残っている。ダッシュボードには、血のこびりついたセブンスターのソフトパッケージもある。

滝川は想像した。

患者は死を覚悟し、最期の一本を吸っていた。吸いながら、律子に知らせたのか。警察には話せないのに律子には言った。律子に治療してほしくて連絡をつけたわけではないということが、あの煙草の痕跡で伝わる。

最期に話したい、声を聞きたい相手が、律子だったのだろう。

滝川は玄関に飛び込んだ。古いエアコンがカタカタと音を立て、温風をまき散らしている。中は暑いくらいだ。滝川はすぐに汗ばんだ。

すぐ左手に十畳ほどのリビングがあった。古いソファセットとダイニングテーブルがある。キッチンの入口が、縦にのびている。西側には和室の入口があった。

和室の襖は開け放たれていた。中から上下ジャージ姿の男が出てきた。三十代半ばぐらいか。毎日パチンコ屋でもうろついてそうな、退廃した雰囲気があった。律子が「獣医さん、彼の熱は？」と尋ねている。

「四十一度のまま。体中のリンパ節を冷やしているけど、全然下がらない」

「獣医？」と理央が話に入った。

「患者を診てもらっているの。でも人間専門じゃないから」

その先のパイプベッドに、上半身裸の男が寝かされている。三十代から四十代くらいだろうか。高熱のせいか呼吸が苦しそうだ。厚い胸板が激しく上下している。

律子がパイプベッドのそばで立ち止まった。患者に声をかける。

「お医者さん連れてきた。大丈夫だから」

男性は目を閉じたままだが、睫毛に反応があった。瞼を開ける気力がなさそうだが、その下の眼球は動いている。理央が呼びかけたら反応はなかった。律子の声にだけ反応している。

律子の声を、認識している。

理央が「彼、名前は？」と律子に尋ねる。

「教えられない」

律子がぴしゃりと跳ねのけた。理央は負けない。

「年齢、身長、体重、教えてくれないと困る」

「昭和五十年八月七日生まれの満四十二歳、身長は百七十八センチ、体重はもともと七十五キロ」

理央が、古池のほっそりとしたふくらはぎを確認し、呟く。

「いまは七十キロ切っているでしょうね……」

再び、律子に問う。

「それで。彼、名前は?」

律子は頑なに首を横に振った。

「治療に必要な情報だとは思わない」

「治療中、万が一のとき、本人の名前で呼びかけた方が、覚醒の効果がある」

理央が深刻な顔で迫る。

「彼が呼ばれ慣れている本名を、正直に教えて」

滝川は思わず一歩、前に出た。本能だった。目の前で死にかけている人を、助けたい。

「全て終わったら、必ず忘れる。俺も、妹も」

律子が滝川と理央を、交互に見つめる。覚悟を決めた様子で、短く、言った。

「古池慎一」

第四章　金曜日の客

古池が斬られたのは、十二月二日、土曜日——いまから二週間以上前のことだ。

律子は休日で代官山にいた。なじみのスニーカーショップで、パトリックのスニーカーのカラーオーダー会を楽しんでいた。ソールの色をカスタマイズしていたら、トートバッグの中のスマートフォンがバイブした。

古池からの電話だった。

カラー見本片手に、電話に出る。もしもし、と言う前に「黒江」と古池が呼びかけた。堪えていたものを吐き出すような、切迫した気配があった。

「——古池さん？　どうしたんですか」

古池は「いや」と短く、力なく答えただけだった。沈黙の隙間に、古池の荒い呼吸音が聞こえる。ひいひいと、空気が喉を通るような音だった。尋常ではない雰囲気を感じる。

律子は慌ててオーダーを取りやめ、店の外に出た。

「緊急事態ですか。すぐ援護に向かいます」

代官山の洒落《しゃれ》たショップの隙間を縫う。行きかう若者やカップルなどに声音が漏れぬよう、気を付けた。

「――いや、いい。声を聞きたかっただけで」

優しく静謐《せいひつ》な声音だった。律子は代官山の駅の階段を駆け下りた。なにかあったと察する。

「いま、代官山の改札を抜けて東横線に乗ります。上り下り、どっちの電車に乗ればいいですか。先に警察か救急車を呼びますか？」

無駄なことを聞いたと思った。それができる状況なら、古池は律子に電話をかけずに自分で通報しただろう。

「警察にバレたらまた、やられる。校長にも――」

「なにをやられたんですか？ 寺尾さんにも言ってはいけないの？ いまどこにいるの。上り電車が出発しそう、早く教えて」

「――北千住の、アジトの。団地の……」

「革マル派監視に使用していたアジトですね」

古池の吐息だけが聞こえる。肯定したようだ。古池は十一月下旬から投入中だと聞いた。どこの組織に潜っているのかは知らされていない。校長直轄の単独作戦だと聞いていたが、違ったのか。

律子は踵を返して改札を出た。タクシーを捕まえる。警察手帳を出した。緊急事態であると説明し、切符を切らせないから飛ばせと指示した。

電話口の古池が力を振り絞るように、呼びかけてきた。「黒江、ごめん」と言う。

「ごめんって——なにがですか。いま向かってるから。お願いだから気を確かにして待っていて。すぐ行くから」

「——お前の人生を、壊した、という気が」

「そんなことない。絶対ないから」

「恨んでいる、だろ——」

「恨んでない！」

——まだ全然、好きだし。あなたのこと。

三十分で北千住のアジトに到着した。

ガレージのシャッターが上がり切っていない。そこへ斜めに突っ込むスカイラインの尻が見えた。古池はあんな停め方をしない。律子は金を多めに払ってタクシーを降りた。一目散にガレージの中に入る。

古池は運転席にいた。微動だにしない。前のめりに座っている。左腕で腹を覆っていた。寝ているように見える。

右手が、扉の操作ボタンの上に置かれたままだった。血まみれの指先が、車の扉のロックを解除するボタンに添えられている。律子が来るから、ロックを外したのだろう。

助手席から入る。古池はもう意識がなかった。何度も呼びかけるが返事はない。

律子はゆっくりとシートを倒し、古池を仰臥《ぎょうが》させた。古池が苦しそうに呻いたのと同時に、腹部からどっと血が溢れた。前屈みになっていたことで、止血状態になっていたのだろう。律子は慌てて彼の腹に手をやる。

最前線の諜報員として鍛え上げられた腹筋は、硬く引き締まっていた。そのイメージを大きく覆す、ぐにゃりとした感触があった。血まみれでなにがなんだかわからないが、腸のようなものが一部、出てしまっていた。

律子はパニックになった。叫び出してしまいたい。だが古池の腹部の皮膚から垂れさがる縫合糸を見て、必死に悲鳴を飲みこんだ。その先に縫合用の針がかかっている。自分で傷口を縫おうとして、力尽きたのか。

とくに危険を伴う投入中、諜報員は作業車に簡易救急医療セットを積んでいる。十三階に入るための警備専科教養講習では応急手当ができるように、本物の医師の指導の下、豚の皮膚を使って縫合の練習もする。被弾した傷口から銃弾を取り除く方法も教えられる。

律子はダウンジャケットを脱ぎ、後部座席に投げた。縫合の続きをする。手袋などしている暇もない。素手で古池の血で指先を滑らせながら、皮膚を繋ぎ合わせる。へたくそだが、止血しなくては始まらない。

真冬の東京で寒いはずなのに、汗が噴き出してくる。古池の皮膚と皮膚を縫い合わせながら、この先、どうすべきかを考える。感染症を防ぐために抗生物質を投与しなくてはならないだろう。相当出血しているはずで、まずは輸血だ。律子は古池と同じO型だ。血を分けてやりたいが、貯血のための器具がない。

律子は縫合を終えると、傷口にガーゼを当てた。包帯は古池の体を三周しただけでなくなってしまった。律子のストールは滅菌状態とはほど遠いが、それで患部を巻いて、これ以上出血しないようにきつく締めあげた。

古池の名を呼びながら、初めてバイタルを取る。脈は乏《とぼ》しい。血圧も低そうだ。心臓は沈黙することなく、鼓動を続けている。古池が目を開けることはなかったが、血にまみれた指先が、たまにぴくりと痙攣する。

車を出た。律子はピッキングでかつてのアジトに侵入した。

埃《ほこり》っぽい。電気がつかない。ブレーカーを探し、やっと灯りがついた。長らく使用されていなかったようで、全ての家具に白い布がかかっていた。洗面所で、手についた古池の血を洗い流す。スマホで近隣にある病院を探した。アジトのすぐ裏手に、介護施設があった。

律子は古池を車内に残したまま、介護施設に向かった。

夕方五時、すでにあたりは闇に包まれている。律子は正面玄関に入り、受付の女性をだまくらかして車椅子をひとつ借りる。そのまま車椅子を押して走って逃げた。

アジトに戻る。

運転席の古池を車椅子に移すまでが一苦労だった。古池の腹に巻き付けた律子のストールに、もう血が滲む。

人通りがないのを確認し、玄関の段差を乗り越える。やっと室内に入ることができた。古池をソファに横たわらせる。一息つく暇もなく、スマホで近隣の救急病院を検索した。

荒川近くに山田共済病院というのがあった。

律子は古池に向き直った。土気色の肌に、青い唇。髭が伸びかけている。そのざらりとした頬を撫でた。

「古池さん。薬を取ってくる。待ってて」

反応はない。呼吸も浅かった。

律子は家具にかかったいくつかの白布を取り去り、アジトを出た。スカイラインの、血まみれの運転シート上に白布を二重三重に敷いた。ハンドルを握る。

山田共済病院は中規模総合病院といった様子だった。律子は黒のダウンジャケットだ。闇夜に溶ける。マスクを着用し、髪を下ろして顔を隠した。防犯カメラに顔を捉えられないように、うつむき加減で表玄関から入る。

この規模の病院だと、薬品庫には職員のＩＤカードがないと侵入できないはずだ。ロビーの先に、待合室を中央に据えてずらっと診察室が並ぶ。女子トイレに入る女医の姿が見えた。後を追う。女医の隣の個室に入る。便座の蓋を閉めた。便器の上に立つ。隣の個室を上から覗き込んだ。

女医が排せつしている。陰部を拭くと、立ち上がった。律子は手を伸ばし、その首にぶら下がるＩＤカードを、聴診器と一緒に奪い取った。

女医は悲鳴を上げた。上から痴漢が襲撃していると勘違いしたらしい。奪われた物を取り戻すことではなく、下着とストッキングを上げることに必死になっている。

律子はトイレを飛び出し、職員専用扉を抜ける。職員用のロッカー室に入る。かたっぱしから扉を引いたが、施錠されている。ロッカーの奥に、大きなランドリーボックスがあった。桃色の、パンツタイプのナース服が山積みになっていた。サイズが合いそうなものを探し、着替える。聴診器とIDカードを下げて再び病院ロビーに戻った。

院内図を探し、薬品庫の目星をつけて突き進む。IDカードをかざす。中に入った。

薬剤師の名札をつけた職員が一人いた。ぎょっとする。

彼女は在庫チェックに夢中で、律子を見向きもしなかった。「お疲れさまでーす」と型通りの挨拶をするだけだった。

律子も適当に「お疲れでーす」と言って、血液製剤の棚を探った。O型専用のものを見つける。あるだけ棚から取り出して、壁際にあったカートに放り込む。四〇〇ミリリットルが五パックしかなかった。他に生理食塩水、ガーゼ、包帯、抗生物質のアンプルと塗り薬も盗る。出血がひどいので、エピネフリンと昇圧剤も見つけて、カートに入れた。心停止してしまったときのためのニトロ、呼吸停止時のための手動人工呼吸器であるバッグバルブマスクも付け足した。触った引き出しの指紋は全て消した。「失礼しましたー」と薬品庫を出る。

職員用ロッカーに戻った。黒のダウンジャケットを裏返しにする。リバーシブルタイプなので、今度はベージュのフリースに早変わりだ。ロッカーや出入口の扉の指紋を消し、車に戻る。

駐車場を出るころ、職員用出入口の警備員が走り出したのが見えた。ギリギリの窃盗だった。律子は古池の元に戻ったところで、トイレのドアノブの指紋を消し忘れていたことに気が付いた。後の祭りだった。

古池に血液製剤を点滴する。みるみるうちに頬や唇に血色が戻っていく。傷口に抗生物質を塗り、ガーゼも取り替えた。清潔な包帯で腹部を覆う。だが、数時間でガーゼが血に染まる。下手な縫合だったせいか、出血が止まらない。血圧も脈も貧弱なままだ。意識も戻らない。

エピネフリンや昇圧剤を投与したいが、適切な投与量がわからない。下手に入れると、どんな副作用があるかわからない。

医者の力が必要だった。

律子はSNSを頼った。この界隈にいる医者で、自己顕示欲と性欲が強そうな男を探す。コントロールしやすいし、落としやすい。金か女で操れる人間でもいい。

情報提供者を選定するように、素性を内偵して弱みを握るとか、信頼関係を構築する暇はなかった。悠長なことをしていたら、古池は死んでしまう。

自己顕示欲の強い者はSNSを好む。そういう輩を検索していると、興味深い獣医に行きついた。三十代、南千住で動物病院を経営している。ネガティブな発言が多く、毎日のように「死ぬ」とか「病院を売っ払っちまいたい」とか投稿している。

親から引き継いだ動物病院は経営悪化、従業員相手には給料不払いが続いて、訴えられそうだと嘆く。もはや開店休業状態らしいが、誰も返答をしていない。過去を遡《さかのぼ》ってみると、同じような〝死ぬ死ぬ詐欺〟を何度も繰り返していた。飽きられているのだ。

その獣医は、くたびれたミュージシャンみたいなスパイラルパーマヘアをしていた。いかにも世間からちょっとずれた人物、という印象だ。

他にもSNS発信している医者が数人見つかったが、金にも女にも困っていない様子だ。仕方なく、律子は獣医をターゲットにすることにした。

翌日、律子は公園の野良猫を捕まえて、南千住の動物病院に駆け込んだ。日曜日で動物病院は定休日だった。急患で助けて欲しいふうを装い、病院と繋がっている獣医の自宅の玄関を激しくノックした。

獣医が手を出しやすいように、肌の露出の多い恰好をしていった。素足にニーハイブーツで、タイトスカートの丈は太腿の付け根くらいまでしかない。ブラジャーにパッドを三枚ずつ入れて豊かな谷間を作った。胸元が大きくあいた大きなセーター一枚を羽織る。胸の谷間に目がいきやすい位置に猫を抱いた。獣医に甘く訴える。

「昨日から、モモコの具合が悪いんですぅ」

上下スウェット姿だった獣医は、昼間っから酒を飲んでいたようだ。目がとろんとしていた。吐く息がアルコール臭い。猫を抱き受けながら、律子の胸元を凝視していた。

公園を闊歩していた野良猫に異常が見つかるはずはなく、「やだぁ、大袈裟だったー」と律子は誤魔化す。適当に謝って、お詫びをさせてと太腿を擦り寄せ、誘う。獣医はノコノコと北千住のアジトまでついてきた。ソファで意識を失っている古池を見て、ひっくり返った。

逃げ出そうとしたので、金を払うと約束する。最初は一千万円という足下を見られた金額をふっかけられた。値切りに値切って五百万円で手を打たせた。律子の貯金ギリギリの額だ。

獣医は律子が窃盗でそろえた薬を見て、あれが足りない、これはいらない、と指示を出す。律子は荒川を渡って埼玉県戸田市の総合病院に窃盗に入った。管轄が違えば、連続窃盗と警察が気付くのに時間がかかる。

律子は窃盗を繰り返しながら、駅前のロータリーなどに献血車が停車しているのを見つけると、申し込みをした。四〇〇ミリリットルの採血が終わる直前に、針を刺したまま、血液パックを持って逃げ出す。その血をそのまま古池に捧げた。

だが、捜査三課が動き出したことで、律子の窃盗は限界を迎えた。律子も貯血のし過ぎでふらふらだ。仕方がなく、奈良県警の栗山を頼った。

警察にも校長にも言うなと古池は言った。恐らく、警察上層部にいる何者かの圧力で古池はいまこの状態に陥っている。いまは霞が関を離れている栗山なら、この件に関わっていないと踏んだのだ。

しかも栗山は校長時代、古池とは蜜月関係にあった。栗山は協力してくれるはずだ。律子は奈良県警本部に直接赴いた。その本部長室で、律子は貧血で倒れた。

栗山の協力で医薬品には事欠かなくなったが、古池の容体は改善しなかった。意識はない。血圧も低く脈も遅い。

古池の救命が始まって一週間すると、縫い合わせた患部が腫れ、妊婦のように腹が膨らみ始めた。「腹水が溜まっているのかも」と獣医が注射器を腹にさしてみる。アンプルの中に噴き出してきたのは水ではなく血液だった。

斬られた際、臓器も傷ついていた可能性に初めて気が付いたのは、その時だった。どれだけ輸血しても血圧が戻らないわけだ。

獣医は言う。

「腹部を再度開けて、臓器の状態をみないと、これ以上救命できない」

大掛かりな手術が必要だった。大量の麻酔やメスなどの手術器具も必須だ。獣医が一人で人間の体を開けるのは厳しい。

律子は手術できる医師を確保する必要に迫られた。一方で、山田共済病院で指紋を残してしまったことで、捜査の手も迫っていた。

律子は窃盗事件の捜査を担当する捜査員で、手玉に取れそうな捜査員を探した。若い刑事で私生活も充実している滝川は当初、対象外だった。私生活が破たんしていて、金や愛欲に飢えている人物を探していたが——滝川の妹が外科医とわかり、彼にターゲットを絞った。

校長の寺尾から〝古池の失踪〟を知らされたのは、この直後のことだった。

寺尾がなにも知らないことを悟った。寺尾の指示で向かった吉祥寺のアジトでは輪芽11の手先と思しき刃物使いの男に襲われた。〈コードB29〉がタイミング悪く発令、やがて遺骨奪取とテロ計画情報が舞い込む。

一体事件の中枢になにがあるのか。

古池は誰の命令でなんの組織に投入され、なぜ襲撃されたのか――。

滝川はそれを、一歩離れたところで見ているしかなかった。律子も同じだ。治療方針が固まるのを待つしかない。

妹の理央と獣医が、言い争いをしている。

腹を斬られて死にかけている古池という諜報員は、荒い呼吸を繰り返している。

「臓器の出血だけでは、ここまで高熱が続く原因にならない。なにか他に高熱の要因があるはず。傷口は化膿していないから感染症を起こしているとは思えないんだけど……」

理央はタオルケットを捲り、足首のあたりを強く押す。

「浮腫がひどい。導尿バルーンに尿が溜まっていないけど、最後に尿量を測ったのはいつ?」

獣医が言い淀んだ。

「定期的に浣腸していますか? 点滴だけでも便は出ますよ。この状態では尿も便もこちらが促さないと出ません。放っておくと体中に毒素が回ります」

「ああ……それで高熱なのかな」

「尿量くらい測って記録しておかないとダメじゃないですか!」

獣医は目を剝いた。

「知らねぇよ。俺は騙されて仕方なく……しかも獣医だぜ、人間の体なんか――」

「猫も犬もおしっこするでしょ」

理央は獣医を罵倒しそうな勢いのまま、律子に向き直った。

「CTも超音波もないから正確な診断ができないけど、私の勘でいく。いい？」

律子は「信頼する」と一言返した。

「腎機能が急激に低下していることで、尿が出なくなって、体中に毒素が回って高熱を出してるんだと思う。四十二度超えたら脳に障害が残る」

「それは腹部に溜まった血と関係がある？　斬られた際に腎臓も損傷したの？」

「背中に傷は？　もしくは強く圧迫された跡とか。血尿が出たことは？」

どれもない、と律子は断言した。

「なら、腎臓に損傷があるとは思えない。腎臓は背中側にあるから。この斬られ方で背中の方まで傷が入るとしたら、大腸や肝臓にも損傷があったはず。すると一時間と命は持たないはずだから……」

腹部穿孔の状態で、輸血と抗生物質治療のみでここまで生き延びている、でも体内の出血が続いて高熱、尿が出ない……。理央はぶつぶつ言いながら額に手を置いて、考え込む。

「恐らく穿孔があるのは胃か十二指腸、小腸だと思う。それ以外の臓器だとここまで延命できない。その傷が深くて自然治癒に至らず、炎症を起こして膨張し、腎臓を圧迫している。それで腎機能が急激に低下しているのかしら」

理央は覚悟を求める目で律子を見た。

「もし私の読み通りなら、もう一度開腹して患部を摘出しないと腎機能を取り戻せない」

獣医が無謀だ、と口を出した。

「麻酔が全然、足りない」

「麻酔薬をもっと調達してこれないか?」

自分がドロ刑であることも忘れ、滝川は律子に尋ねた。律子はわかっていると言わんばかりに頷く。

「関西に医薬品を提供してくれる協力者がいる。でも時間がかかる」

律子は古池の脇に挟んでいた体温計を抜いて、青ざめた。

「――いま、四十一度七分」

「まずい。すぐに始めないと」

理央は下ろしていた髪を高い位置に結び直した。獣医が、慌てて首を横に振る。

「無理だ、麻酔も足りない状態で腹を切ったら激痛でショック死か、意識が戻って患者は大暴れだ」

「だけどこのままじゃこの人、死ぬわよ! 助かったとしても脳に障害が残る」

獣医は「知らねぇよ」と吐き捨てる。律子は「やって」と理央に切り出した。

「彼が生き残って職場復帰できる最善の道、治療法を選んで。限られた医薬品と設備しかない中で、申し訳ないけど」

理央は大きく頷いた。獣医を助手に早速、手術準備に取り掛かった。

滝川は、理央の額に浮かぶ汗を拭いてやることぐらいしかできない。

獣医が渋々、麻酔の準備を始める。「これで最後」と投げやりに言って、空っぽのアンプルをゴミ箱に捨てた。

呼気レベルが下がらないよう、律子が呼吸器を古池の口に当て、バッグバルブマスクを定期的に押して空気を気道に送り込む。

理央は「始める」と一同を見渡し、メスを取った。

臍《へそ》の真下に走る縫合跡に沿うように、メスを滑らせていく。血が滲み溢れる。滝川は思わず目を逸らした。自分の腹を抉られているようで、腹部がピリピリする。

古池の脚の指先に、反応があった。唸り声が喉を揺らす。メスを置いた理央が、鉗子《かんし》で傷口をぐいと開けた。古池の脚が途端にばたつき、バッグバルブマスクを押さえていた律子が、古池が振り上げた腕に突き飛ばされた。

意識が戻ってしまった。麻酔が全く効いていない。古池が血走った眼で、腹を開いたまま暴れている。

「黒江、黒江黒江、どこだ……！　やめろ！」

掠《かす》れた声で悲痛に叫ぶ。獣医が上半身を押さえた。滝川も咄嗟に、ばたつく両足を抱え持つ。くろえぇ、と呻くように古池が叫ぶ。律子が彼の顔を抱くように手を添えた。「大丈夫、ここにいる」と勇気づける。

古池が彼女の苗字を、いろんな声音で呼び続ける。腹の底から絞り出すようだったり、女のような高い声だったりした。

「いまお医者さんが治療してくれている、がんばって」

「痛い、無理だ、殺してくれ。殺してくれぇ……！」

激痛に悶え、力のない声で訴える。出血量が一気に増えた。輸血パックはあっという間に空になる。獣医が予備を取りに走った。

理央が取り乱すことはなかったが、額に玉の汗をびっしりと浮かべている。開いた腹から、臓器の出血部位を探している。開腹部の出血と見分けがつかず、ガーゼを何枚も当てては捨てる。とうとう腹の中に手を突っ込んだ。小腸が蠢く穴に、ラテックス手袋の手を泳がせながら、出血・炎症部位を確認していく。

古池が、汗と涙と鼻水で顔をぐしゃぐしゃにしながら、暴れる。黒江、黒江、と律子を呼ぶ。火事場の糞力というが、斬られて弱った体で二週間以上が経っているのに、抵抗する力は凄まじかった。滝川は何度も弾き飛ばされそうになる。この人は切られる前、よほど屈強だったはずだ。

獣医が急ぎ、輸血パックを替えた。パニックを起こした古池が、律子を突き飛ばして点滴の針を引っこ抜いてしまった。理央の、彼の小腸を掴む右手首をひねり上げる。必死に冷静であろうとしていたはずの理央も、悲鳴を上げた。自制心を失ったようだ。「なんとかして！」と滝川に訴える。

古池の腕を、滝川がほどいた。今度は古池の拳が滝川のみぞおちに入り、滝川は一瞬、呼吸ができなくなった。

律子が古池の右手首をつかんだ。その懐から出したのは、手錠だ。古池の手首に容赦なく金属の輪を落とす。一度手錠のチェーンをベッドの枕側の鉄パイプにくぐらせ、今度は左手に手錠をかける。そんな乱暴なことをしておきながら、律子の指先は優しい。左右に激しく揺れる古池の顔を包み込む。

「古池さん、大丈夫だから。みんな味方で、助けようとしているの」

冷静な声だった。古池には聞こえていないようだ。喉を嗄《か》らして「痛い、やめろ」と叫び、暴れ続ける。

「理央さん、続けて」

律子の声に促され、理央は我に返ったように、手術を再開した。小腸の出血部位を見つける。穿孔部分は炎症で膨れ上がり、赤黒くなっていた。長さは十センチにも及んだ。

「単純縫合は無理ね。部分切除する」

滝川は両足を押さえ続けた。一度覚醒した古池はなかなか意識を失わず、自分の腸が断絶されるのを目前で見る。恐怖に顔をゆがめる。泣いて「殺してくれ」と懇願した。そういう状態が三分続いたところで、古池の意識が途切れた。糸が断絶した操り人形のように、唐突に手足が動かなくなる。

「呼吸と心音の確認を！」

理央が叫ぶ。獣医が「無理だ！」と返した。彼は切断された小腸を両手で持ち、理央が縫合しやすいように固定している。「私が」と律子が古池の半開きの口元と心臓に耳を当てた。ここには心電図すらないのだ。

「心肺停止」

律子は無感情に言うと、古池の顔の上を跨ぐような体勢で、心臓マッサージを始めた。

「お兄ちゃん、呼吸バッグを！」

滝川は畳の上に落ちていたバッグバルブマスクを取った。律子がやっていた動作を思い出しながら、バッグを押して肺に空気を送る。

律子が心マッサージを淡々と続ける。一定回数を終えると、胸に耳を当てる。

「戻った」

律子は顔色ひとつ変えずに輸血パックの取り替えを始めた。

上ずっていた理央と獣医のやり取りの声にも、冷静さが戻っていく。切除部位の縫合を終えた。他に傷ついた部位がないか、理央が慎重に確認する。小腸の一部を腹から取り出した。パンクしたタイヤの中のチューブを調べるような手つきで、腸に傷や炎症がないか探す。

律子も食い入るように腸管の表面を見つめていた。そこに、彼を絶対に死なせまいとする壮絶な覚悟を感じる。

滝川は、スカイラインに残っていた、血まみれの煙草を思い出した。

最期を覚悟して電話してきた男と、最期にさせまいと奔走する女。二人は夫婦だろうか。恋人同士なのだろうか——。

医者以上に、古池を見守る律子は冷静だ。その瞳に感情の片鱗が一切、見えない。

こんな警察官、いるだろうか。

こんな女、いるだろうか――。

滝川は古池を見つめる律子の無感情な瞳の中に、田中奈緒の姿を見出そうとした。

窃盗事件捜査を妨害し、理央をここに呼ぶためのセックスだった。あの時すでに、古池は斬られ、生死の境を彷徨《さまよ》っていたはずだ。獣医に二十四時間態勢の治療を命じていたとしても――。

愛する男がそんな状態で、その命を助けるためとはいえ、他の男とセックスできるだろうか。百歩譲ってできたとしても、あんなふうに情熱的な眼差しを、相手に送ることができるか。男の、快楽に向かおうとする野獣のような心と体を受け止めることができるのか。

田中奈緒とあの日、共有したものは、互いを慈しむ愛情に他ならないと、滝川は信じていた。田中奈緒の正体が黒江律子だとわかっても、まだ疑っていなかった。

目的のために滝川を手段として使ったとしても、滝川に魅力を感じていたはずだし、多少の好意はあるはずだと思っていた。そうじゃなきゃ、あんなふうに心も体も通い合わせることはできない。

でもいま、はっきりと悟った。

律子が見ているのは、古池だけだ。

午前〇時を回った。日付が十二月十九日に変わる。

手術は無事終わった。古池のバイタルは安定し始めていた。だが、意識は戻らない。予断を許さない状態は続く。

滝川は一度、玄関の外に出た。冷えた外気に触れて初めて、自分が血と汗の臭いが充満する場所にいたと気が付く。

スカイラインの助手席に座った。グローブボックスを探る。古池の財布や身分証を見つけた。車検証にも目を通す。刑事だからやってしまうのか、嫉妬からなのか、よくわからない。運転席の下を覗き込んだとき、血の跡が残るシートに手をついた。掌に、古池の乾いた血の粉がつく。

現実感なくその掌を見つめる。扉が開いた。律子が運転席に入ってきた。咎められるかと思ったが、律子は滝川の膝の上に置かれた古池の免許証や財布の中身を見ても、なにも言わなかった。

ダッシュボードに古池の煙草が残っている。律子は手を伸ばし、煙草を一本取って火をつけた。

「──煙草、吸うんだ」

「仕事が佳境に入ると、吸いたくなる」

「彼は、恋人?」

律子が急に笑い出した。煙草の煙が小さな鼻の穴から漂う。

「愛人か。不倫だったのかな」

滝川は一枚の写真を突き出した。古池の財布の中に入っていたものだ。

家族写真だった。写真館で撮られたもののようで、息子と思しき少年はランドセルを誇らしげに背負っている。スーツ姿の古池は、妻と思しき女性の横に、笑顔で立っている。

「美穂さんと大翔くん」

「やっぱり、不倫なのか」

律子は首を横に振った。そして、きっぱりと言う。

「公安の人間は、家族と写真を撮らない」

公安刑事は、テロリスト側につけ狙われることもあると説明した。情報が漏れて家族に危害が及ばぬよう、一緒に出掛けることもないし、写真も一切、残さないという。

「ましてや最も危険な任務を担う十三階の諜報員が、諜報活動中に家族写真なんか持ち歩くと思う？」

ではこの写真はなにを意味しているのか。

律子が煙草の灰を落とした。

「彼は単独で投入作業をしていた。恐らく、作戦作業の一環で偽名を名乗り、ダミーの家族と暮らして作戦に臨んでいたのよ」

「この母子も公安関係者なのか？」

「女性の方は、古池さんと古い付き合いの情報提供者だったと最近わかったの。シングルマザーで金に困っていて、男の子は彼女の息子。つい先日、別の場所で安全を確認できた」

「彼の治療に妻子の素性調査に——君は忙しいね」

「素性調査はしていない。協力者に教えてもらったの。医薬品を提供してくれている人よ」

古池は三人でいるところを襲われたわけではないらしい。古池と音信不通になったので彼女たちは慌ててアジトから出た。連絡が途切れたら、すぐに逃げろと指示されていたようだ。

「彼はそこまでして、誰を内偵していたんだ？」

「知っていたらこんなに苦労しない。内偵相手がわかればおのずと古池さんを襲った相手も判明する。逮捕できたら、古池さんを病院に連れていけるのに……」

滝川は、古池の組織内の立ち位置を考える。

「彼の上司は？　上司すら知らない作戦なのか。公安はずいぶん自由だ」

律子は、古池の家族写真を指で弾いた。

「直属の上司は、これを本物の家族と勘違いするほど間抜けよ。彼はなにも知らない。恐らく、更に上の警察官僚からの命令で、古池さんは動いていたんだと思う」

古池が警察や病院を頼れないところを見ると、なにか政治絡みの臭いもする。だが滝川は深追いしなかった。

「俺も煙草、もらっていいかな」

どうぞ、と言った律子が「煙草、吸ったっけ？」と尋ねる。

「警察学校時代にやめたんだけどね。失恋したときだけ吸うのを許している」

失恋――田中奈緒に、ということだ。律子はなにも言わない。

「バカみたいだろ。公安刑事が巻き込まれた陰謀そっちのけで、俺は田中奈緒に夢中なんだ」

「いいんじゃない。公安刑事絡みの陰謀にドロ刑が首を突っ込んだって、真相にたどり着けっこない。私はあなたと一緒に手を取り合って裏を暴こうなんて気も、さらさらないし」

「だろうね。君は俺なんか頼らないで、ひとりで全部やるんだ。器用に、自分の感情をコントロールしながら」

律子は煙を吐くことを返事とした。

「古池慎一警部補、か。恋人でもない、愛人でもない。夫婦でもない――」

「また蒸し返すの」

「黒江、黒江、って。あの人は死線を彷徨いながらそればかりだったじゃないか。よほど信頼関係があるのか。愛情ゆえなのか――」

律子は長く沈黙した後、口を開く。

「普通の人に私たちの関係を説明するのは難しい」

言いながら、煙草を灰皿に捨てた。

「うちの班に刑事部出身のオジサンがいるのよ。感覚的には、より滝川君に近いかも」

律子は古池の煙草を、滝川のジャケットの内ポケットに突っ込んできた。

「私、作戦が佳境になると、いつも古池さんの煙草を勝手にもらうの。無言でね。こうやって古池さんのジャケットの内ポケットに手を忍ばせて、勝手に煙草を取って、勝手にライターを借りて、勝手に戻す」

律子は説明しながら、二本目の煙草を、滝川の懐から取った。火をつける。

「古池さんはいつも、なにも言わずにちょっと胸を貸すだけ。私の勝手にさせているわけ。その間、互いに無言だし目も合わせない。その様子を見た元刑事部のオジサンがね、変だ、っていうの」

「──そうだね、ちょっと、変わってる」

「普通、上司と部下はそんなことしないって。恋人同士や不倫カップルなら会話がある。夫婦なら視線を合わせる。長年連れ添った倦怠期の夫婦なら、互いの体に触れることを嫌う、って」

律子は疲れたように笑う。

「鋭いね、その元刑事部の人」

「元々鑑識課員だったのよ。証拠しか信じない人かと思ったら、全然。人の心のひだみたいなのをよく理解しているオジサンなわけ。それで、私たちの煙草のやり取りを、こう分析したの。〝恋愛関係を結べないが、互いに互いを独占したいがためにやっている行為、マーキングだ〟って」

「マーキング？　犬みたいだな」

犬が自身のテリトリーを他に知らせるため、尿を少量ずつあちこちに残していく行為だ。

律子は笑った。

「そうよ。犬なのよ、私たち。頭と心と体をフル稼働してもどうしても結ばれなかった。だからもう、犬の脳みそレベル――本能で、そうしているのよ。これは俺のもの。これは私のもの、って」

律子のスマートフォンが鳴った。律子は無表情でスマホをフリックする。大きくため息をついた。頭を抱えている。通話相手に、厳しい口調になった。

「ダメ。時期尚早。一旦帰らせて。こちらから連絡するまで待っていろと……。ダメったら！」

電話が切れてしまったようだ。律子は強く二度、瞬きをした。車から降りる。

「行かなきゃ」

隣に駐めていた出張販売車に乗り込む。滝川も助手席を降りた。

「疲れてるだろ。寝ないで大丈夫か」

「情報提供者が暴走しているのよ、寝ている場合じゃない。あなたも情報提供者のひとりや二人、いるでしょ」

滝川はもちろんと頷いてみせたが、滝川の情報提供者は盗品が持ち込まれやすい質屋やリサイクルショップの店員ばかりだ。

滝川は「気をつけて」と声をかけ、見送ることにした。

「ねえ、忘れてない？」

律子が運転席の扉を閉めた。窓を開け、鼻で笑う。

「あなたも理央ちゃんも、弱みを握られて古池さんの治療をさせられているのよ」

「ここまで来たら、もう目の前の命を救うために努力するだけだ。逃げないよ」

律子は目を丸くした。半笑いで滝川をなじった。

「もう逃げない？　努力？　笑わせないで。もっと必死になりなさいよ。あの人の息が止まった瞬間、あなたたちの警官や医師としての人生も終わるのよ」

滝川は茫然と律子を見返した。律子はさっさと出張販売車をガレージから出した。センスのない運転で、路地裏に消える。

人と信頼関係を結ぼうとしない。あくまで自分が優位に立って物事を運ぼうとする、最低最悪の女だ、と――。

滝川は必死に、律子を嫌おうとした。


萌美は出家の手続きだけをして、上田の実家に戻っていた――律子はそう把握していた。深夜二時前になって、黒江家に訪問客があったらしい。九真の使いである輪芽11の女性小祭師二人組だ。

眠い目をこすり、戸惑う母と萌美に、女性二人もまた眠たそうな顔でこう言ったという。

「尊師が、萌美さんを一秒でも早く河口湖にやるようにと。悪いビジョンを見たようです」

悪いビジョンとはなにか、詳細な説明を求めた萌美に、女性たちはこう言った。

「萌美さんに、公安の影が迫っている、と」

相手に作戦がバレたのかと萌美は不安になり、断れなくなったのだろう。焦った様子で律子に直接電話をかけてきた。説得も聞かずに九真の使いの車に乗ってしまった。

作戦中、相手にペースを握られては絶対にだめだ。律子は一刻も早く河口湖畔に到着し、先手を取るしかない。

警視庁本部で、作業車を出張販売車から幌付きの白い軽トラックに替えた。すぐ出発する。

幸い、東京から河口湖は高速で二時間、上田から河口湖へ南下するよりずっと早い。道中で、校長の寺尾に連絡をつけた。事態の推移を報告する。古池のことがあったので、上田での出来事を報告できていなかった。

寺尾は不機嫌そうな声だ。

「事情はわかったが、なんでこんな時刻にまとめて報告する？　これまでどこでなにをしていたんだ」

古池のことを、どうしても言えなかった。実直な寺尾に話してしまったら「すぐに警察病院で治療をさせる」と言い出す。寺尾の、更に上の警察官僚が古池を狙っているかもしれない可能性について触れても「警備を何人かつければ大丈夫だ」となってしまうだろう。その警備に駆り出される警察官に、古池の命を狙う手先が潜んでいる可能性については考えない。

寺尾は人を信頼し過ぎている。

絶対に人を信用しない公安の血にそぐわない人だから、言いたくない。嘘をついた。

「萌美が不安がっていましたので、息抜きをさせようと、映画館にいました。明日にでも報告に上がる予定だったんですが」

わかった、と寺尾が電話の向こうでため息をついた。

「輪芽11富士総本山の見取り図は、頭に入っているか」

「戸井田さんから資料はもらっています」

「よい報告を待っている。信頼しているぞ」

礼を言い、電話を切った。〝信頼している〟なんてあからさまに言う校長は寺尾が初めてだ。かわいそうだなと思う。部下はひとりも彼を信頼していない。彼が悪人だからではなく、公安刑事は誰とも信頼関係を結ばないからだ。

河口湖は山梨県富士河口湖町にある。富士山の北側に点在する富士五湖のうち、山中湖に次いで大きな湖だ。形が横長でぎざぎざとしているため、周囲の長さは、富士五湖最長の二十キロもある。湖畔は観光施設やホテル、旅館、コテージなどでにぎわっている。

十二月も下旬に差し掛かろうとする今、河口湖周辺は積雪が五センチほどあった。道路は除雪されている。スタッドレスタイヤに替えている暇がなかった律子は、ほっと胸をなでおろした。

河口湖の北側をなめるように連なる県道21号、通称湖北ビューラインを西へ進む。まだ午前四時前で、夜明けまでほど遠い。冬の快晴の星空が凪《な》いだ湖面に反射し、幻想的だった。

暗闇の湖の奥に、雪化粧をした富士山が黒い樹海を懐に携え、悠然とそびえている。いくつかのトンネルを越えた。湖の西側に出る。この辺りは湖南に立つ山のせいで富士山の眺望が殆ど望めない。観光施設は殆どなかった。別荘も数軒だけだ。湖へつらが垂れ下がるような地形になっている岬がいくつかある。そのうちのひとつの突端に、輪芽11の富士総本山施設がある。

土地は逆三角形の形で、湖に突き出ている。北側を湖北ビューライン、他の周囲を町道に囲まれた、急こう配になっている。約二千坪の広さがあるが、東京ドームの五分の一にも満たない。地方にある新興宗教施設にしてはちょっと心細い広さだ。

一番標高の高いところに別荘のようなコテージがあり、ここに九真飛翔と〝喜び組〟こと小祭師の女たちが共同生活している。

最も土地の低い場所に、千人近くを収容できる道場がある。小学校の体育館くらいの大きさだ。

その二つを結ぶのは階段とカーブだらけの小道だった。途中に簡素なコテージが二つある。竹本和美やボディガード要員らしい男性幹部たちの住居となっている。

小さな運動場もあるが、土地はまだ開拓中のようだった。信者たちが手作業で木を切り倒し、トラクターで土地をならしている。手つかずの土地の中に、どこから持って来たのかコンテナがひとつ、放置されていた。物置き場なのかなんなのか、詳細は不明だ。

律子は湖北ビューラインの長浜トンネル手前で脇道へ折れた。総本山の周囲をぐるりと囲む道路を、道なりに進む。雪に閉ざされている、というほどではないが、斜面を雪に覆われている。葉を落とした裸の木々の間から、暗闇に沈む建物の影がいくつか見える。ぐるっと一回りしたが、他に通る車は皆無だった。路上駐車して秘聴・秘撮するのはあまりに目立つ。

律子はもう一周した。岬の突端部分で町道を逸れた。車の後部タイヤを湖面に浸す恰好で車を停車させた。あたりは雪が積もっているので、軽トラの白い屋根が周囲の景色に溶け込む。後ろの緑色の幌は湖面の暗闇にうまく紛れ、目立たない。

萌美の秘聴・秘撮機器から発する電波を受信するため、タブレット端末の専用ソフトを起動させた。

身を低くし、双眼鏡で総本山前の道を確認する。時が来るのを待った。

やがてタブレット端末に反応があった。秘聴・秘撮電波を受信する。〝そろそろ到着します〟という律儀な女性の声がした。運転している信者が、萌美に呼びかけているようだ。

律子はイヤホンマイクを装着し、萌美に呼びかけた。

「萌。私は到着してる。見守っているから。無理はしないでね」

画面が一度、暗くなる。イエスの返事だ。

萌美を乗せた車は道を逸れ、教団施設内部に駐車した。道場のすぐ脇が駐車場になっている。

車を降りる音がする。〝ご案内します〟という女性信者の声が続く。萌美は返事をしなかった。黙って雪道を踏みしめている。施設内は外灯が全くない。秘撮映像はうすぼんやりとしている。

萌美はなるべく行き先を映し出そうとしているようだ。女性信者二人が階段を上がっていく姿がモニターに映る。積雪の白さが灯となり、二人の女の背中がぼんやりと浮かぶ。二人とも、かつてのカイラス教団のようなクルタ姿ではなかった。片方はPコートにジーンズ、もう一人はファーのついたスウェード地のジャケットにワイドパンツ姿だった。

ふいに暗闇から、男が現れた。

女性二人が立ち止まった。道を開けるようにして階段脇に控える。頭を下げた。

顔はよく見えない。上下黒のスウェット姿だった。外気温はマイナス五度くらいのいま、コートもマフラーも手袋もしていない。寒そうなそぶりはなかった。吐く息は異様に白い。その白さで靄がかかり、顔をベールでおおっているようだ。

〝萌美君か〟

律子は思わず身を起こした。かつての教祖、九流完の声、そっくりだ。九流の説法やマスコミで発言した際の映像を、公安資料として見たことがある。人の耳に心地よい、やわらかなバリトンボイスだった。ほぼ同じ声と言っても過言ではない。

九真飛翔だ。

顔が見たい。そして記録したい。律子はすぐに秘撮映像を録画した。

〝君たち、寒い中ご苦労様でした。明日のワークは休みでいいよ。ゆっくり寝て〟

女性信者二人は〝ありがとうございます〟と声を揃えた。九真がそのまま萌美の横を通り過ぎ、階段を降りる。

〝萌美はこっち〟

九真はもう呼び捨てだった。萌美を道場の方へ促す。萌美との距離や、道場の入口の扉の高さを参照にすると、九真はかなり大柄のようだ。身長は一八〇センチをゆうに超えているだろう。九流完も大男だった。

九真自ら道場の鍵を開けた。無言で中に入っていく。

振り返ってほしい。早く顔が見たい——。

すのこが敷かれた玄関口で、九真がスニーカーを脱いだ。下駄箱の棚の上にあったなにかを取る。ガムテープだった。ビビッとテープを伸ばす。

〝君の右腕のそれ——電波時計？〟

秘聴・秘撮機器と感づかれたのか。気が付くはずはない。あの薄暗い中で……。

〝ノイズがひどい。なにか電波を発しているみたいだ。ちょっと見せて〟

萌美が腕を出す。レンズの反射を気にしたのだろう、リューズのある方を下に向けている。すのこ敷の三和土が映った。モニターに九真の裸足がフレームインする。足の指に豊かに生える毛と清潔そうな丸い爪が見えた。あっという間に画面がガムテープの茶色で塞がれた。なにも見えなくなった。

九真が腕時計全体にガムテープを貼ったようだ。律子は落胆した。同時に、背筋に寒いものが走る。

本当に電波をノイズとして感じたのか。秘聴・秘撮されていると気が付いたのか。しかしそれなら、腕時計を没収すればいい。中途半端にガムテープを貼る行為になんの意味があるのか、理解できない。

これまで十三階も公安総務課も、どうしても彼の顔写真をキャッチできなかった。こんなことの繰り返しだったのではないか、と律子は思った。

ここから先は、音声のみだ。

ぺたぺた、と裸足が板張りの道場を歩く音がする。萌美のストッキングの足が、寒そうに滑る音も聞こえた。

〝寒いだろうけど、我慢して。君はもう出家した身だからね。今日は一旦ここで休んでもらう〟

〝えっ……。あの、布団とかは〟

〝床で寝る。そこからスタートだ〟

〝そんな……凍え死んでしまいます〟

〝それじゃ僕のコテージに来る？〟

誘っているような声音ではなかった。真面目に問うている声だ。萌美は黙り込む。床で我慢して寝てくれと、律子の方が願った。

〝――ここで、いいです〟

九真は〝よし〟というと、萌美に座るように促した。板の間に直に座る音が、二つ聞こえる。九真は蓮華座でも組んでいるのだろう。九流完もいつもそうやって説法していた。萌美は正座していると想像する。

〝さて。萌美の出家はいまここで完了したわけだけど、なにか質問はあるかな〟

律子は呆気にとられた。夜中に突然連れ出して、道場で寝ろ。それしか説明がないなんて、そんな不親切なことがあるだろうか。

萌美は困惑した様子で、質問を連発した。

〝あの……どうしてこんな深夜に、呼び出したんですか？〟

〝善は急げというだろ〟

九真はそれしか答えなかった。気分屋だと自白しているようなものだ。

〝明日から私、なにをすれば？〟

〝まずは修行だ。どのワークに就かせるかはその後だな。まずはマントラの暗誦と基本のヨガ。他には？〟

〝はい……あの、どうして私、こんなに早くここに呼んで頂けたんでしょうか。ついこの間まで、松本道場では母のことで、なんというか、トラブルを起こしていたのに〟

〝君の魂のレベルが高いからだよ。君はずっと前からここに呼ばれていたし、君自身がここに来たかったはずだ。そうだろ？〟

断定的に言われ、萌美は返事に窮している様子だ。返事がない。頭の中は疑問符だらけなのだろうが、スパイとして潜入せねばならない。素直に頷くしかないだろう。

萌美はしばらくして、思い切ったように尋ねた。

〝母から聞いていると思うんですけど、姉が警察官なんです。その点は……〟

〝ああ。警察官じゃうちと敵対してしまうかもしれないね。よし。君のお姉さんのいまの状態を、見てみようか。頭をこちらに〟

萌美の脳天に掌でもかざしているのだろうか。当てられるものなら当ててみろ、と律子は挑むように、ヘッドセットに耳を傾けた。

〝うん。優秀なお姉さんだ。頼りがいがある。まだ階級は低いけれど、現場では認められている。職務に忠実だ。そういう強いオーラを感じるよ〟

母から、次女は仕事に没頭していて結婚の気配すらない、と聞いているはずだ。

〝――ん？〟

九真が、なにかを感じ取ったように声を潜めた。萌美の質問を、〝シーッ〟と九真は遮った。

〝お姉さん、結婚しているね〟

いきなり外れだ。萌美が否定したが、九真が乱暴に遮る。

〝強い絆だ。うん、魂のレベルといってもいい。そこで繋がっている男性がいる。恐らくご主人だと思うけど――〟

〝いえ、あの、姉は結婚していません〟

〝じゃ、恋人かな〟

〝恋人は、いないと〟

〝公式な恋人ではないんだろうけど、互いに強い執着があるね、これは。執着が複雑に絡みあっている。そういう粒子の塊だね。職場の人だね、きっと〟

律子は思わず、身を起こした。ヘッドセットをきつく、耳にあてる。

〝上司かな？ 年が離れている。アニマルサインが一緒だ〟

〝アニマルサイン？〟

〝干支だよ。ラビットだね。面白い。この二人は血液型も一緒のようだ〟

律子の背筋に、冷たい風が通り抜けた。密閉された車内にいて、隙間風など入ってくるはずもないのに。

〝うーん〟

九真は突然、唸り声を上げた。

〝お姉さんの大切な人は、いま、死線を彷徨っているようだよ〟

古池のことを知っているのか。

――いや。知っていて当然だ。これで辻褄《つじつま》が合う。古池は輪芽11の関係者に襲われたのだ。アジトに落ちていたあのプルシャがその証拠だ。九真の耳に古池の情報が入っていてもおかしくはない。

だが、なぜ律子との関係を暴けたのか。古池が輪芽11に情報を漏らすはずがない。

一体どういうことなのか。

九真が続ける。

〝怪我か病気かよくわからないけれど、彼は相当状態が悪いようだ。それから……お姉さんの気を、物凄く近くに感じる〟

誰かが唾を飲みこむ音がした。律子自身のそれだった。

〝彼女、いま河口湖にいるね〟


律子は手持ち無沙汰で、ソファに腰かけていた。

荒川区内にあるタワーマンションの三十七階の部屋にいる。都心を一望できるその部屋から見えるのは、まだ夜景だ。午前六時を過ぎたが、冬の夜は長い。太陽が昇る気配がない。

寺尾はアンダーアーマーのスポーツウェア姿で、コーヒー豆を手で挽《ひ》いていた。ついさっきまでタワーマンションに併設されているスポーツジムで汗を流していたらしい。背が高く引き締まった体つきは、〝裏の理事官〟という肩書がこの世で最も似合わない類の人種に見える。コーヒーの淹れ方にもこだわりがあるようだ。自分の納得いく粗さで豆を挽いてくれるマシンがどうしても見つからず、毎日手でグラインダーを回しているらしい。

部屋は明らかにファミリー向けの３ＬＤＫだが、寺尾はここで一人で暮らしている。まだ独身で結婚に焦っている様子はない。ファミリー向けのタワーマンションを購入するなんて、よほど自分の将来に自信があるのだろう。

律子は河口湖から東京に戻ってきたところだった。

九真に内偵を気づかれている。

校長にすぐ報告すべき事案だ。萌美を置いて河口湖を離れるのは身が斬られる想いだったが、律子があれ以上河口湖にいたら、萌美に危険が及ぶ。泣く泣く東京に戻ってきた。

コーヒーを出される。一口飲んだが、缶コーヒーとの違いがわからない。寺尾の顔が感想を欲している。無視して切り出した。

「教団側に、公安の情報が漏れている可能性があります。早急に調査をしないと――」

すでに電話で概要を話していることもあり、寺尾は冷静だった。

「まあ落ち着け、黒江」

「落ち着いていられません。萌美はいま人質状態じゃないですか。あんなに出家を急がせたのも、もしかしたら最初から公安をおびき寄せることが目的だったのかも」

「なんのために」

「だからそれを調べて欲しいんです」

「わかった。戸井田にやらせる。で、コーヒーの味はどうだ」

「缶コーヒーと変わりません。もう行きます」

律子が立ち上がると「どこへ」と寺尾が咎めた。

「ここにいてもしょうがないので」

「いま来たばかりだろ。少し休んでいけ」

「休んでいる暇なんか――」

「黒江。最後に寝たのはいつだ」

律子は思い出せなかった。

「最後に食べたのはいつだ」

記憶にない。首を傾げる。

「自分の顔を鏡で見てみろ。ひどい顔をしてる。少しは食べて休まないと、大事な局面で失敗するぞ」

寺尾は律子の飲みかけのコーヒーを持って立ち上がる。カウンターキッチンに入った。悔しそうに中身を捨てる表情は、少年のようだった。肩書のある警察官僚には見えない。

「朝食を作っておくから、仮眠を取れ。廊下の突き当りが寝室だから」

「結構です、寝るなら官舎に戻ります」

「そんな状態じゃ赤羽橋まで戻る最中に事故る。寝ていけ」

「でも校長のベッドで寝るなんて――」

「俺はもう出勤する。寝室には入らないよ」

眉を寄せ、少し笑って寺尾が言う。本気で律子を心配している顔だ。「なあ、黒江」と呼びかける。

「古池に忠実なのもいいが、そろそろ俺のことを信用してくれないか」

「――どういう意味ですか」

「君と全く信頼関係を築けないことを、非常に残念に思っている」

律子は間を置き、返す。

「お言葉ですが、校長。公安刑事は誰とも信頼関係を結びません」

「嘘だ。君と古池は深く信頼しあっている」

「直属の上司と部下で、作戦行動を共にしていますから、それは——」

「それで？　じゃあいま古池はどこにいる」

古池との独特な関係を九真に言いあてられたことは、寺尾に話した。だが、古池が斬られたことは言っていない。九真が古池のいまの状態を当てたことも報告していない。寺尾の前では古池の真実を知らない女を演じなければならない。律子は裏切られた女、みたいな顔を作った。

「河口湖からお前の報告を受けて、思ったことがある」

まあ座れ、とソファに戻るように指示される。寺尾は今度、ティーポットに茶葉を入れて湯を沸かし始めた。ハーブティーのようだ。そんな穏やかなもの、律子の体は欲していない。

「九真がお前の内偵に気が付いている——公安に裏切り者がいるということだな」

「そういうことだと思います。情報を流している人物がいます」

「だが、これは隠密作戦だ。知っている者は君と私と戸井田しかいない。君と古池の複雑な関係は、私は知る由もなかったし、戸井田もそうだ。君と古池しか共有していないものだ。それで、誰が九真に情報を流しているのか。君か古池しかない」

律子は目を閉じ、頭を抱えた。

「ちょっと待って下さい」

「古池は二週間前から行方不明だ。そして自宅に落ちていた輪芽11のバッジ」

律子は寺尾を睨む。さっき朝食を作ると言った通り、卵をボールに割りいれているところだった。片手で、慣れた様子だ。さぞかし素晴らしい夫になることだろう。

「教団に公安の情報を流しているのは、古池しかありえない。九真と古池は、繋がっているんだ」

寺尾は卵を菜箸でかきまぜながら、言った。律子はしばし、視線を逸らした。どの表情を作って寺尾と対峙すべきか、考える。卵がフライパンに広がる、じゅわっという音がした。

「いま、俺にどの顔を見せることで都合よく物事が運ぶか、考えているな」

律子は思わず、硬直した。

「裏切られた女の顔か。それでも信じるというけなげな女の顔か。ただ戸惑うだけの女の顔か」

律子は無言を貫いた。寺尾が、失望のため息をつく。

「君とは一体、どうしたら信頼関係を築けるのか。セックスでもしたらいいのか?」

寺尾はそれを欲している様子もなく、淡々と料理をしながら言った。律子は断言する。

「価値のないセックスはしません」

寺尾はあからさまに傷ついたような顔をした。律子は慌てて言葉を変えた。

「情報を取れない、目的を奪取できないセックスはしない、という意味です」

「じゃあ、愛のあるセックスは？」

律子はただ瞠目《どうもく》する。

「君は公安刑事だから人と信頼関係を結ばないんじゃない。そもそも君は非常に排他的な人間で、根本的に人を信用していない」

「あの、なにがおっしゃりたいんです」

「君は変わるべきだと言っている。人としても女性としても、公安刑事としてもね」

寺尾は手早くバゲットを切った。サク、サク、とおいしそうな音がした。卵の焼けるにおいもあいまって、律子は初めて空腹を覚えた。寺尾はサラダとスクランブルエッグを付け合わせ、律子の前に出した。

「寝てから食ってもいいし。食ってから寝てもいいし。俺はもう出る」

「校長の朝食は？」

「朝食は摂らない主義だ。それで、部下を絶対に不幸にさせない主義だ」

「十三階では無理な話です」

「そんなことはない。これまでは無理だったかもしれないが、私が改革する」

「私の意識改革がその始まりとでも？」

「そうなるといいな」

「そんなに私に幸せになって欲しいなら私の人生を引き受けて下さい。結婚するとか」

意地悪に言ってみせた。困らせるつもりだったのに、寺尾はあっさり言った。

「いいよ。いつでも来いよ、この家に。婚姻届を持って」

律子はびっくりしてしまった。

「冗談にもほどがあります……！」

寺尾が「やっと感情を見せた」と愉快そうに笑う。

「君の素を引き出すのは本当に大変だけど、やり甲斐がある」

女はやっぱり『結婚』という言葉に弱いなと意地悪に笑う。律子が腹を立てる間もなく、寺尾はすっと表情を引き締めた。「黒江」と呼びかける。

「作戦は続行だ。萌美に九真を探らせ、古池が内通者である証拠を取ってこさせる。もちろん〈モグラ〉の情報もな」

律子になにも言わせまいと、寺尾が矢継ぎ早に「それから」と言う。意をたっぷり含ませて沈黙したあと、続けた。

「遺骨の引き渡し日が正式に決まった。一月一日の午前零時だ」

「——年明けの瞬間に、ということですか」

「そう。マスコミも世間も年末年始だなんだで気もそぞろになる。誰も九流の遺骨の行方なんて追わない」

「場所は」

「陸上自衛隊、朝霞駐屯地内の事務室で、だ」

埼玉県南部の朝霞市にある、自衛隊基地だ。

「元旦は都心に多くの人が集まる。なるべく人のいない場所で、セキュリティを敷きやすいところ――それで、朝霞駐屯地が選ばれた」

セキュリティは盤石だろう。だが、万が一テロを起こされてしまったら、防衛省までも傷つけてしまうことになる。

律子は覚悟を決めて大きく頷いてみせた。

「必ずや〈モグラ〉の情報を引き出し、テロを阻止します」

寺尾がにっこりとほほ笑みかけた。律子はまたびっくりしてしまう。校長たる者はここで重々しく頷くだけでいい。栗山はそうだった。この人はどこまでいっても予想がつかない。

寺尾が廊下に向かいながら言った。

「俺はもう出る。お前は必ず朝食を食べて、最低でも九十分は寝ろ。家を出る時、鍵はかけなくていいが、連絡をくれよ。スマホで施錠できるようになっているから」

「合鍵はくれないんですね」

律子の嫌味を、寺尾は肩をすくめることで受け流し、出勤していった。

作戦開始から十日が経とうとしている、十二月二十九日金曜日。

律子は新宿にいた。

つい一週間前までクリスマスカラー一色だった街は、もう正月の装いだ。門松や正月飾りが目につく。

萌美の出家は十一日目を迎えている。

律子は九真に目をつけられている可能性があるので、秘聴・秘撮作業を戸井田に代わってもらうしかなかった。

戸井田からの情報が全てで、焦燥が募るが、萌美はそつなくスパイ活動を行っているようだ。社交的だがゲーム好きのインドア派である萌美は、カチコチに固まった体をポキポキいわせながらヨガに四苦八苦しているらしい。だが、「楽しそうにやっている」と戸井田は律子に苦笑いで報告する。

午後は道場の掃除など下働きをし、夜になると九真のコテージに呼ばれて夕食を摂る。その後は深夜遅くまで〝喜び組〟の女たちと共にゲームに興じているという。

九真もまた無類のゲーム好きのようだ。コテージにはゲーム部屋なるものがあり、４Ｋテレビに接続された任天堂Ｓｗｉｔｃｈやプレイステーション４、Ｗｉｉが揃っている。

九真が萌美を傍に置きたがった理由はゲームだったのだろうか。律子は肩透かしを食らった気分だった。

九真は〝萌美のワークは私の対戦相手だな〟と笑い、朝まで萌美相手にゲームに興じることもあった。翌日は昼過ぎまで寝ているという、教団を率いる尊師とは思えない自堕落な生活をしていた。

この十日ほど、ポストの裏側に付箋紙を貼り付けるという形で、萌美と情報のやり取りをしてきた。テロ情報――つまり〈モグラ〉がないときは黄色。〈モグラ〉があるときは赤い付箋。これまで赤が貼られたことはない。

腕時計にはガムテープを貼られたままだ。新たな秘撮機器が必要だが、渡すチャンスを見いだせない。萌美は常に九真や小祭師たちに囲まれている。直接の接触が非常に難しい。ガムテープが貼られた腕時計はポケットに忍ばせたままだ。秘聴だけはできる。日々の話から、コテージ内部の詳しい間取り図が描けるまでになっていた。〈モグラ〉の情報は全く出てこない。

それが今日、十二月二十九日――遺骨の引き渡しまであと三日と迫ったところで、事態が動いた。新聞配達員に扮した戸井田が、初めて赤の付箋を回収したのだ。

報告を受けた律子が萌美との接触の道筋を探るうち、またしても事態が動く。総本山で接線を持つことの難しさを萌美自身がよくわかっているからだろう、萌美が九真に外出を願い出たのだ。

「最新のゲームもやりつくして、全部飽きちゃいました。ちょっと気分転換に古いゲームやりたくないですか？　スーファミとか初期のプレステとかの」

いまのゲームソフトはインターネットでもダウンロードできるが、古いものはソフトを購入しないと遊べない。九真が興味を持ちそうな買い物理由を、萌美はうまく見つけ出してくれた。

九真はあっさりと認めた。

「そういえば最近外出してないな。萌美は買い物、僕は映画でも観るか」

急きょ、九真は萌美を含む喜び組の女四人を取り巻きに指名し、河口湖を出た。総本山の敷地を出る際、九真はマスクにサングラス、帽子という却って目立ついでたちで、新宿に向かった。

戸井田は九真を張っている。律子は萌美がやってくる予定の中古ソフト販売店へ入った。ゲームソフト売り場で、適当にカートに商品を入れながら、萌美がやってくるのを待つ。萌美が現れた。いつもと同じコートにマフラー、ブーツ姿だったが、いつの間にか髪をばっさり切っていた。おかっぱ頭になっている。九真の好みだ。

萌美の後ろにぴったりつき、律子は「振り返らないでね」と声をかけた。萌美は安心したようなため息を漏らした。

「毎日ゲーム三昧とか？」

縦に並び、棚の間をゆっくり歩きながら、目を合わせずに会話する。

「そうなの。修行もワークも適当よ」

「初日とは全然違うわね」

「〈宮〉は気まぐれな奴よ。あれは絶対B型ね」

九真の符牒をなめらかに使い、萌美は断定した。

「他のB型の人に失礼よ」

萌美はおかしそうに笑う。スパイとして潜入している緊張感はあまり感じられない。度胸がある。その方がいい。萌美はよくやっている。

「ゲーム機を握ったままソファで寝るとかしょっちゅうよ。急にがばっと起きて、運動不足は破戒行為だと、ヨガを始めたりとか」

「それで。〈モグラ〉は？」

萌美は周囲を気にする目になった。律子は反対側の棚に回る。萌美の鼻から下が棚で隠れている。目を合わせずに、律子は言った。

「大丈夫。来る前に関係者がいないか厳重に見たし、いまも私が人の出入りを見てる。萌は安心して」

萌美はゲームのパッケージに目を落としながら、それとなく頷いた。

「昨晩、〈宮〉が電話で〈かぐや〉と話しているのを聞いて、あれって思うことがあって」

〈かぐや〉こと竹本和美は、いま説法で関西にいる。

「予定では明日土曜日に帰る予定だったんだけど、大阪道場の地元住民との軋轢《あつれき》がヤバいらしいの」

幹部の竹本和美を来させまいと、住民が座り込みをしているという。

「それで〈かぐや〉は予定を中止して今日金曜日にも総本山に戻ると電話を入れたようなんだけど、途端に〈宮〉の顔が曇った」

「──今日帰られたら困る、ということ？」

「みたい。金曜日の夜から湖北ビューラインが工事で一時通行止めになるから、戻ってきても途中で足止めだぞ、って」

　萌美はそうなんだとしか思わなかったようだが、買い出し担当の女性信者に工事の話をしたらしい。女性信者は、通行止めの情報なんて聞いたことがない、と首を傾げたらしい。

「それでピンときたの。もしかしたら〈モグラ〉の作戦会議でもやるのかなって」

　それで朝、萌美は赤い付箋で合図を送った。

「しかも今日、外出してみて確信したよ」

　萌美はだんだん興奮してきた様子だ。棚の隙間からしっかり律子と目線を合わせ、言う。

「河口湖を出るとき、〈宮〉は言ったの。〝金曜日の客〟が来るから、六時までに帰るって」

　金曜日の客――。

「そういえば、前々からこの客について話してたのよね。金曜日の客は重要だとか、もてなさなきゃならないと。警察関係者らしいって、噂している信者もいたわ」

　十日前に寺尾が口にした疑惑が頭をもたげる。古池が九真と内通している、というものだ。だが、古池は河口湖に行ける状況にない。容態は未だ不安定で、意識も戻っていない。それを九真は知らないのか。もしくは他の警察関係者を指しているのか。

「ねえ、渡したいものがあるんだけど」

　萌美が周囲に注意を払いながら、言う。

「ケータイゲーム機。九真が私専用に使い古しをくれたんだけど、撮影機能がついていて。九真のスケジュール帳を撮影した。データが入ってる」

「本体ごともらい受けると、ゲーム機がないと騒がれる。メモリチップに移せない？」

「そんなもの河口湖にないし」

「いま私が買ってくる。萌はこの後、普通に買い物を終えて、二階のトイレに入って。それまでに萌の買い物袋にチップを入れるから。データを移したらすぐにゲーム機の画像は削除するのよ」

「データを入れた後、メモリチップはどうやって渡せばいい？」

「トイレットペーパーホルダーの裏側に、セロテープでとめておいて。いまテープも一緒に買ってくるから」

律子はやりもしないゲームソフトをひとつ購入し、急ぎ足でフロアを後にした。


午後、律子はようやく、データの入ったチップを手に入れた。

警視庁本部庁舎へ向かう。コードB29以降、ほとんど出勤していない。同じ三班の三部や柳田、南野が不思議そうに律子を見るが、なにをやっているのかと尋ねはしない。班での作業を命じられない限り、互いに詮索しあわないのが公安のルールだ。

データをパソコンに取り込み、必要な部分は拡大して印刷した。十二月を筆頭に、遡る形で九月までしかなかった。全てのページを写真撮影する暇はなかったのだろう。

神通力だ予言だと騒いでいるわりに、九真はペンの色を分けてスケジュールを書きこんでる。九真の手帳は、真面目で神経質なビジネスマンのもののようだった。

律子はこれに、強い違和感を持った。

かつてのカイラス教団の信者たちは修行とワークに明け暮れ、月日や時間の概念が飛んでしまっていた。脱会後、店先で時計を見て、「こういうものが日常の中にはあったんだ」と我に返る信者すらいたほどなのだ。

森山一家殺害事件でも、犯行日が祝日で当人が出勤していないことを、実行犯たちは失念しているのだ。それほど、暦や時間に無頓着になる。

九真の手帳は、映画を観たとか買い物とか修行とか日常のことを記しているくらいだ。果たしてスケジュール帳が必要な人生なのだろうか。

不審に思いながらも、今日十二月二十九日金曜日の欄に目をやる。確かに来客があることを思わせる記述があった。

『客K　19時〜』

K——古池のKだろうか。だが、古池は動ける状態にない。

律子は一旦トートバッグに書類をしまい、退庁することにした。〝金曜日の客〟を確認するため、十八時には河口湖に到着したい。その前に、一旦北千住に立ち寄りたかった。

三部たちに「お先です」と挨拶をして大部屋を出ようとする。咎める人がいた。

「黒江！　ちょっと」

公安一課三係長だった。彼は、律子が十三階作業員であることを知っている。上座の彼のデスクの前に立った。

「部長が君のことを気にしていてね。勤務状況を知りたいと」

「部長……？　久間《きゆうま》部長のことですか」

久間一品《かずあき》公安部長とは、朝礼の訓示などで遠くから顔を拝むだけで、直接会話をしたことはない。

警視庁公安部長といえば警察官僚のポストだ。役職は警視監。歴代の公安部長の大多数がその後、警察庁長官か、警視総監になっている。現在の久間部長も、五、六年前に十三階の校長を務めていた。律子が所属になるのと入れ違いに、異動した。

「電話で呼び出しましょうかと言ったんだが、いやそれには及ばない、とどうも口が重くてね。ただ、お前の勤務状況を細かく調べていったぞ。なにか心当たりはあるか」

全くない。律子は首を傾げるしかなかった。

腑に落ちないものを抱えつつ、北千住に向かった。

アジトの和室には、外科医の理央しかいなかった。古池の背中にできた傷の手当てをしている。もう一カ月近く寝たきりだ。浮き出た背骨に沿うように褥瘡《じよくそう》ができていた。

「傷口が開きそうで体位を変えていなかったから、皮膚が一部、壊死しちゃってて」

獣医はそんなこと、気にもしていなかった。いま獣医は上で寝ているらしい。十二時に交代予定だという。二十四時間体制で古池を診てくれていた。

滝川はいま、京都に飛んでいた。足りない医薬品を取りにいくためだ。受け取りはコインロッカーで、栗山と滝川が顔を合わせることはない。滝川は、医薬品を提供する協力者が警察官僚だということすら知らない。

律子は理央に尋ねる。

「意識はどう?」

「熱はないしバイタルも安定してきている。血圧も正常時に近づいてきた。いつ目覚めてもおかしくないと思うんだけど——」

「やっぱり、無理に起こさない方がいい?」

「もちろん」

理央は、食事を摂りに外出した。

古池と二人きりになる。

久間部長について尋ねたかった。古池は彼が校長時代、すでに作業員だった。親しいはずだ。

それに、九真との関係も。古池の口から聞くのが、真実への最短距離なのだ。

そこで律子ははたと、顔を上げた。

古池には、久間のことも九真のことも尋ねたい。

二人とも、漢字は違うが読みが同じだ。

ふと思い出す。古池は久間部長のことを「いっしょうさん」と親し気に呼んでいた。一晶という下の名前を音読みにしたのが「いっしょう」だ。

律子はすぐさまメモに二人の名前を書いた。

九真飛翔――きゅうまひしょう。

久間一品――きゅうまいっしょう。

似ている。

客Kとは、久間部長のことか。

警視庁公安部長と、かつてのテロ教団の分派トップが、奇妙にねじれた糸で繋っているようにみえる。

律子はいてもたってもいられなかった。古池が眠るベッドサイドに飛びつく。筋肉が落ちはじめた古池の肩をつかむ。そっと揺する。

「古池さん――目を開けられませんか。古池さん！」

古池の指先と、瞼に反応がある。だが眉間に深い皺がよる。まだ無理か。律子はあきらめがつかず、呼びかける。

「古池さんが投入されていたのは、輪芽11の九真飛翔ですか？　それを命じたのは久間公安部長。違いますか。イエスかノーでいいから、頷くか首を振るかだけでいいから、お願いだから教えて……！」

古池が、瞼を開けようとしている。まつ毛が揺れる。ぐっとこめかみに力が入った。青筋が立つ。だが、力尽きたように緩んでしまった。

電話がけたたましく鳴る音がした。

律子は心臓を摑まれたような気持ちになる。このアジトに電話は引いていない。律子のスマートフォンの着信音でもない。この黒電話の音は——。

律子はトートバッグをまさぐり、二つ折りの黒い携帯電話を出した。黒電話のベルの音を模した電子音が、けたたましく鳴っている。

情報提供者からの、ＳＯＳだ。


律子の運転する軽トラが湖北ビューラインを走る。湖の西側に太陽が落ちる夕暮れ時だった。雪をかぶり真っ白の富士山と、凪いだ湖面に反射するオレンジ色の夕日が眩しい。周囲に建物がなくなり、峠道が続く。裸の木や枝の隙間から、ちらちらと夕日が瞬く。星屑かネオンのような美しさだが、律子の脳裏には一切、残らない。

萌美が危ない——。

総本山の内偵を続けている戸井田も、萌美のＳＯＳをキャッチしていた。だが、律子は彼に一旦離脱を言い渡した。

古池と九真が、久間部長を介して繋がっているかもしれない。古池を守るためにも、この事実を他の作業員に知られたくなかったのだ。

トンネルを抜けた。助手席に置いたタブレット端末が、萌美の秘聴器から発せられる電波を拾った。

〝違います！〟

萌美の悲鳴のような声が聞こえた。律子は思わずタブレット端末を手に取った。またトンネルに入ってしまい、電波が途切れた。

アクセルを踏む足に、力が入る。完全にスピード違反だ。トンネルを出る。左折して脇道に入った。右手の斜面の先に、輪芽11の富士総本山施設がある。

律子は岬の突端までは下りなかった。路肩に車を停める。コテージは右手の急斜面のずっと上にある。いざとなったら斜面を登って萌美を離脱させなくてはならない。

〝やだ、やめて……！　本当に違う、違うの〟

萌美の悲鳴が聞こえる。人と人とがもみ合う音もした。相手は男だ。巻き舌で凄んでいる。やめて……と、萌美は泣き崩れた。

なにが起こっているのか。

律子の心拍数がコントロールしがたいほどに上がっていく。午前中、その元気な姿を確認したばかりだ。中古ソフト販売店での接触がバレたのか。

秘撮動画も電波を受信しているが、時計はポケットの中にあるようだし、相変わらずガムテープが貼られてなにも見えない。律子は音声に集中した。ヘッドセットを装着する。マイクで呼びかけたいが、それで萌美が余計なピンチに陥るのは避けたい。堪える。

バシ！　となにかを叩く音がした。ヘッドホンの音が割れるほどに鋭い音だった。律子の脳髄を砕きそうだ。ヘッドセットをかなぐり捨てたくなるが、ぐっと堪えた。またバシッという音がする。竹刀の音に似ていた。

萌美は音が鳴るたびに「ひっ」と声を震わせた。痛がる様子はない。誰かが竹刀で床板を叩き、威圧している。人がざわつく声も流れてくる。

床が板張りで、人が多数集まれる場所なら、コテージではなく、道場だ。

律子はすぐにエンジンをかけ、道路を下る。道場は敷地の中でも最も低い場所にあるのだ。

防衛態勢に入るため、律子はタブレット端末を持って幌の中に入った。上下黒の作業着に目出し帽、半長靴に着替える。

道具も揃えた。建物に侵入するためのピッキング等の用具、懐中電灯、防刃ベスト——。

道場内部の構造をチェックする。戸井田の情報提供者である小師の女性からの、伝聞による資料だ。正確性に欠ける。いまはこれしか頼りにできるものがない。

どうやって萌美をこの建物から離脱させるか。停電させて押し入っても、数で負けるだろう。そもそも配電盤の場所まで資料に記されていない。

道場の信者たちを外におびき寄せるか。コテージに侵入し、騒ぎを起こすしかない。隠密作戦中であるし、〈モグラ〉の情報を取れていないいま、地元警察を呼ばれるような事態は避けたい。テロ情報が埋没するようなことは、何としてでも避けなくてはならない。

〝言え、吐け！　お前は公安のスパイなんだろ！〟

男性信者の威圧的な声と、萌美の否定する声が絡み合って聞こえる。

やがて九真の声がした。

〝いま、何時？〟

〝十九時です〟

〝そろそろ客が来る頃なんだけどな。遅い。退屈してしまう、全く〟

客Kはやはり久間部長か。誰なのかはっきりすれば、真相に一歩、近づくことができる。だが、萌美がどこまで耐えられるか。

コテージへの侵入経路を確認しながら、あともう少し耐えて、と律子は祈るしかない。

竹刀で床を叩く音が定期的に続く。その度に律子の心臓が縮み上がる。萌美はもっと怖いだろう。九真が〝萌美〟と呼びかけた。氷のように冷たい声だった。

〝ずっと気になってたんだよね、ノイズが出ている腕時計。ポケットにあるんだろう？〟

見破られている。

〝ちょっと見せて欲しいな〟

〝なんのことか……〟

萌美は必死に誤魔化している。九真がため息をつき、信者に命令する。

〝ジーンズ、脱がしちゃって〟

萌美の悲鳴、衣擦れと、抵抗するバタバタという音が断続的に続く。

服を強引に脱がされているのだろう。律子は涙が込み上げてくる。いますぐ車を飛び出して救出したい。だが、『金曜日の客』が来る――。

輪芽11の遺骨奪取と大規模テロ計画情報、そして古池襲撃事件の鍵を握る人物が、あと少しで現れるのだ。

萌美がむせび泣く声を、耳で受け止める。男たちのせせら笑いと、いくつかの吐息が聞こえてきた。

九真は取り上げたジーンズのポケットから、腕時計を探しているようだ。ガチャガチャとやかましいノイズが走る。やがて、暗闇だった秘撮動画に光が入った。道場の蛍光灯の光だ。腕時計のガムテープが剝がされたのだ。

九真飛翔の顔の一部が、見える——。

〝もしかしてこれがレンズ？　小さいな、つまようじの先ほどだ。スパイ映画の世界だな〟

九真はレンズの向きを変えた。道場の様子が映し出される。

信者たちが、一堂に会している。これまで一度も見たことがなかったが、皆かつてのカイラス教団のようにクルタを着用していた。修行レベルによって、白、緑、ワインレッド、様々だ。男性は短髪だった。女たちは黒のおかっぱ頭だ。みな表情が乏しい。異様な没個性集団の真ん中に、半裸で後ろ手に拘束され、座らされている萌美の姿があった。

卑猥で屈辱的に見えるのは、ストッキングを穿いたままだからだ。ブラジャーの後ろを鋏《はさみ》で切断されていた。乳房が見えてしまっている。

〝妹がこんなだけど、君はまだ姿を見せないつもりなのかな？　警察官のお姉さん〟

呼ばれた。

律子の内偵に気が付いている。

だが堪える。『金曜日の客』が来るまでは。その姿を捉えられるまでは……！

〝僕の神通力をなめていただろ。知っているんだよ、君が河口湖に来ていることを。もう一度呼ぼうか。『十三階のモンスター』、黒江律子巡査部長〟

背筋がわっと粟立った。

律子はつい、腰を浮かせる。

なぜ知っている。なぜ十三階を知っている。

その中でもごく一部の者だけが使う、律子のあだ名を、なぜ知っている――。

タブレット端末を見る。萌美の周囲を、信者の男が竹刀で威圧しながらぐるぐる回っている。鋏を持って、次はどこを切ってやろうか、吟味する男もいる。女性信者は萌美に軽蔑の視線を投げかけるだけだ。

〝公安のスパイとその妹。僕がこれまでこの総本山で見た景色の中で最もひどい悪趣《あくしゅ》だな。だが彼女は姉に利用されていただけだ。かわいそうにね。萌美、大丈夫だよ〟

萌美が、涙で腫らした目で、九真を――レンズの方を、見つめる。目が助けを求めている。まだか。『金曜日の客』はまだ来ないのか。

〝まあ僕は、黒江律子をここに引き摺り出したくて萌美にこんな淫《みだ》らな恰好をさせているわけだけど。緊縛とか強姦とかそういう趣味はない。それは破戒行為であり、凡夫以下の下等動物の所業だからね。それでだ〟

九真が膝を叩いたような音がする。萌美の視線が、上がる。九真が立ち上がったのだ。

〝公安の姉に支配された君はもう、餓鬼道の世界に堕ちるしかない。そして一生、火あぶりの苦しみを味わうことになるんだよ、萌美。転生することもかなわずに、下位アストラル界で煉獄《れんごく》の炎に焼かれ永遠の辛苦に悶える時間が待っている。かわいそうだなぁ、彼女は姉の言いつけに従っただけなのに。ひどい話だ。君、そう思わない？〃

九真はしゃべりながら、指名した信者をレンズに映す。男性信者は目の前の光景に反応を見せず、ただ〃はい、尊師〃としか答えない。

〃ここはどうだろう。我々の慈悲の下、彼女の魂を、救済してやろうか〃

律子の体の中心が、かっと熱くなる。

彼らにとっての魂の救済とは「ポア」と呼ばれ、死を意味する。かつてのカイラス教団でその名の下に、数々の殺人、無差別テロが正当化されてきた。

〃萌美をポアする〃

九真が殺人を宣言した。

限界だ。律子は幌から飛び降り、運転席に戻った。車のエンジンをかけてギアをバックに入れる。Uターンする間も惜しい。猛烈な勢いで来た道を戻る。コテージの真下に戻ってきた。

エンジンを切る。静寂が濃くなった。信者が施設周辺を見張っている気配はない。

律子は音もなく車から降りた。敷地に入る。斜面の枯草を踏む音は、積もった雪に吸収される。二階建てのロフト付きのコテージに忍び寄った。玄関は避ける。ウッドデッキから建物に近づいた。中に人気はない。閉め切られたカーテンの隙間から、闇が漏れる。

律子はウエストポーチからガラスカッターを取り出した。リビングの窓ガラスの施錠部位を切り外す。鍵を開けた。

侵入する。

暗闇の中、人の気配はない。ついさっきまで人がいた空気を強く感じた。エアコンはつけっぱなしだ。キッチンの方から食べ物の匂いが漂ってくる。夕食の準備をしていたのが、急な出来事で信者たちが道場へ出ていったという様子だ。

暗闇に目が慣れてきた。律子はキッチンに入った。コンロは二つしかないが、この総本山には二十人近くが生活している。大量の食事を作るためか、カセットコンロがキッチン台に三つ、並んでいた。律子はそのうちの一つと、キッチン棚から見つけ出した大きな鍋を取り出した。

玄関の上がり框にコンロを置く。五徳を裏返しにした。大鍋をひっくり返し、コンロ全体を覆うように置く。

これで火をつければ、熱の逃げ道がなくなる。コンロにこもった熱でガスボンベが噴き飛ぶ。爆発音に驚いた信者たちが道場から出てくるはずだ。

律子はコンロのスイッチをひねろうとした。

突然、体が持ち上がった。なにかが口と鼻を塞ぐ。革の匂いがした。視界に、カラフルな色彩が目まぐるしく回った。白、緑、ワインレッド。クルタだ。体を屈強な片腕に拘束されていた。全く身動きが取れない。

捕まったのだ。

呼吸ができない。酸欠で視界に星が飛ぶ。必死に暴れているつもりだが、足が宙を蹴っているだけだ。腕が全く動かない。息もできない。空気、空気。目に星が飛んで視界が色を失っていく。コテージの中の闇が、更なる闇に外側から侵食されて――。

やがて律子は意識を失った。

黒江。黒江……。

古池の呼ぶ声が聞こえる。黒江、ここだ。黒江……。目を開ける。古池が目の前に立っていた。ねずみ色のスーツ姿のようだが、腹に闇が広がっている。異次元空間の入口のようだった。九流完が――死刑が執行されたはずの九流完が、いつかのように紫色のクルタを着て、古池の周りをぐるぐると回っていた。スキップしている。なにかロープのようなものを手に持って、それで古池を拘束しているようだ。「黒江、九真が」と古池が絶望的な表情で訴えている。「九真」がどうしたのか。「久間」ではないのか。律子は問いただしたいのに、声も出ず、体を一ミリたりとも動かすことができない。古池の体がどんどん萎んでいく。砂の城が崩れていくように、足元が揺らいでいく。九流はずっとスキップしている。手に持ったロープで古池を拘束しながら――いや、それはロープではなく、古池の腹の冥《くら》い空洞から延びた小腸だった。

悲鳴を上げたつもりが、上がっていなかった。

律子の呼気が蒸気となって内側にこもる。ガムテープで口を塞がれているのだ。目を開けてもなにも見えない。布の織り目が外の照明からの反射でぼやけて見える。頭から布袋をかぶせられている。足首はロープらしき拘束具で縛り上げられ、微動だにしない。芋虫のような状態で、冷たい金属の上をのたうち回る。布の織り目の隙間から、いくつもの人いきれが聞こえる。自分を見下ろす信者たちの視線を感じる。

雪を、ザクザクと靴が踏みしめる音がした。遠くから近づいてくる。「いらっしゃった」「尊師が」と囁き合うような声がする。

ギギギという、なにかが軋む音がした。扉が開く音に似ている。コテージや道場の入口は、こんな音はしなかったはずだ。まるで古い倉庫のような——。

ここは、あの謎のコンテナだ。

信者たちの気配とは反対方向から、「うらぁこらぁ！」と巻き舌ですごむ男の声がした。息遣いが獣のように荒い。萌美を脅していた男性信者たちとは、明らかに次元が違う、狂ったような声だった。ガシっと鎖が張る音もする。

〝離せよこらぁ！　皆殺しだぞこの野郎！〟

凄んでいるが、鼻をすする音もする。下っ端のヤクザが泣きながら虚勢を張っているような、迫力のなさだった。それが、自分とは関係のないと思えるほど離れたところから聞こえてくる。このコンテナはどうなっているのか。なにがなんだかわからない。パニックと恐怖で律子は発狂しそうだった。

ザク、ザクと雪を踏みしめる音が、信者の息遣いのある方向から近づいてくる。信者たちの喧騒がぴたっと止む。ザザザっと足音が遠ざかった。律子の脳裏に、預言者モーゼが海を割るイメージが湧いた。裏の尊師・九真飛翔が信者の人の波を割って、こちらに近づいてくる圧倒的な空気があった。

〝やっと現れたね、金曜日の客が〟

九真の声が、満足げに響いた。

金曜日の客は、律子自身だったのか。

今更、自身の苗字のイニシャルが『K』だったことを思い出す。

律子は、罠にはまったのだ。

九真はあの手帳を、あえて萌美に撮影させた。あえて今日、重要な客が来ると萌美に信じ込ませ、律子をおびき寄せたのだ。

九真が信者に命令する声がした。

〝顔を出してやって〟

人が近づいてくる足音がした。すぐ耳の脇で、雪と泥を含んだような、重たい靴音がする。顔にかぶせられていた布が、取り払われた。

九真飛翔。

その顔が、目の前にあった。

全国都道府県警内の公安部門の中で最も力がある警視庁公安部公安総務課や、警察庁の中でも最も強い権限を持つ諜報組織十三階をもってしても、その素顔がわからなかった〝裏の教祖〟。

その男が、いま、ようやく律子の前に姿を現した。

普通の青年だった。Vネックのシンプルなセーターにジーンズという恰好だ。

太っても痩せてもいない。目も鼻も口もこぶりで、平凡な顔つきをしている。

雑踏ですれ違っても振り返ることもない、人の印象に残りにくい相貌だ。ひとつの教団を圧倒的なカリスマ性で率いた九流完と、顔つきが似ていなくもない。だが人を惹きつけるオーラはなかった。むしろ、人から忘れ去られる顔つきだ。拘束され、芋虫のように蠢くしかない律子を、九真は興味深そうに、眺め下ろしている。

やがて、背後に仕える信者に命令する。

「萌美はもう、いらない。服を着せてやって。逃がしていい」

「いいんですか。警察に駆け込まれたら……」

「大丈夫、警察の捜査なんか僕の神通力でいくらでもねじ伏せられる」

公安部長の久間と繋がっているのか。だからそんなことを断言できるのだ。

九真は膝に手をついて中腰になった。律子の全身を舐め回すように見る。

「小さいね、君。身長いくつ。これが『十三階のモンスター』？ 信じられないね」

律子の口に貼ったガムテープを、乱暴に剝がした。口の回りがヒリヒリと痛んだ。律子が答える前に、九真とは反対側にいる男が、ガラガラ声で怒鳴り散らした。

「いいね、その女。俺にも回してよ。教祖様よぉ」

コンテナの奥に、拘束されている男がいた。出入口付近にいる律子とは、十メートル近く離れている。首輪を付けられ、犬のように鎖で繋がれていた。河口湖畔は夜間、氷点下で、雪すらも凍り付く。そのコンテナの中で、彼は全裸だった。

律子と目が合う。男はにたっと笑って立ち上がった。よほど卑猥なことを妄想したのか、もうそのペニスが屹立している。それを誇るように、どうだ、と立ちはだかっている。

男の眼球の動きがおかしい。左目は律子を捉えているのに、右目が明後日の方向に流れ、どこを見ているのかわからない。薬物中毒者のようだ。

九真が呆れた顔で男を見て、律子に言う。

「教団の名誉のために言うけど、あれはうちの信者じゃないよ。先月までは信者だったんだけど――」

「それじゃ、誰!」

恐怖から、つい律子は嚙みつくように質問する。

「君の愛する男を斬った男だよ。信者を装って僕を暗殺しに来た」

律子は反射的に男を見た。不自然に眼窩《がんか》を漂う右の眼球が、正常位置に戻った。その両目が律子を捉える。

「――あんたか。吉祥寺で会ったな」

古池が使用していた濱島亨名義のアジトで、律子を襲った男だ。彼が教団のプルシャを持っていたのは、信者を装っていたからか。

律子は九真に顎を摑み上げられた。強引に口を開けられる。信者がお盆を持って傍に立つ。お盆の上には、透明の黄色い液体の入ったグラスが載せられている。九真が手に取った。律子は顎を振り、口を閉じた。口を絶対に開けない。歯も食いしばる。信者がもうひとりやってきた。律子の鼻をきつくつまむ。息ができないが、堪えた。

「何秒持つかな？　まさかこんなところでクンバカが始まるとはな」

水中クンバカ、アンダーグラウンドクンバカ――低酸素の状態で行われる修行のことだ。律子は酸欠で顔が紅潮していく。苦しい。すみっこにいる全裸の男が、大笑いしている。

「こっちへその女、連れてこい。俺のちんこをくわえさせるんだよ！」

一分持たず、律子は喘いだ。必死に空気を欲するその口を、九真が顎ごと強く摑み上げ、黄色の液体を流し込んだ。強い酸味が舌を刺激する。吐き出そうとしたが、口を覆われた。むせる。苦しい。息ができない。律子の唇と九真の掌の隙間から、液体がだらだらと零《こぼ》れていく。絶対に飲みこまなかった。

「強情な女だな」

九真が律子の顔を投げるように手を離した。「俺のをくわえさせろ、連れてこい」とひとり騒ぐ全裸の男の傍へ、つかつかと近づいていった。九真が男の顔面を拳で殴りつける。男は失神して、仰向けに倒れた。天に向かってそそり立っていたペニスが、萎んでいく。

その向こうに、ヒンズー教の神、シヴァ神の派手な画像が貼ってあった。男のすぐ脇には、シヴァの性器、リンガの偶像まである。

狂っている。この場所はめちゃくちゃだ。

九真が律子の下に戻りながら、信者に指示した。

「バルドーのイニシエーションで使ったアレ、残ってるかな」

はい、と信者が踵を返す。律子は身を硬くした。バルドーのイニシエーションはかつてのカイラス教団が行っていた修行の中で、最も過酷なものだ。幻覚剤のLSDを注射される。真っ暗闇の狭い独房に入れられて、ひたすら地獄のビジョンを見せられるというものだ。その後、薬物を抜くための温熱療法が実施され、水風呂と熱湯風呂に交互に入れられる。この過酷な修行で何人か死亡しているのだ。

律子は震えあがった。もう、なす術がない。

九真が銀のトレーに載せられた注射器を持ち、律子の下に屈みこんだ。信者がやってきて、律子の黒の作業着の袖を捲り上げる。律子はもう、抵抗しなかった。歯を食いしばる。どこまで正気を保っていられるか。

「そんなに硬くならなくても。お肌の調子がよくなるだけさ」

九真は慣れた様子で、律子の腕の血管に注射針を刺した。冷えた液体が、右腕の中に入っていく。それが血管に染みて全身を巡っていく——神経を研ぎ澄ませているから、それが手に取るようにわかる。耐えなくては。目をきつく閉じた。

「さあ。ここから君は、僕の特別なイニシエーションを受けられる。君は本当に幸せ者だ。

そしてこれまでの悪趣行為は全てコーザル界に投げ落とされ、君の魂は救済される」

意味わかんない、と暴言を吐く気力も残っていなかった。呼吸をすることに忠実であろうとする。吐く息、吸う息の音に集中する。信者たちによって、仰向けに寝かされた。冷たい。コンテナの床は氷のようだ。

律子の頭の先に、九真が蓮華座を組んで座った。律子の額に右手の指を二本おく。人差し指と中指。魔法使いのような手つきで、律子の額を二本の指先でぐるぐると丸くなぞっていく。意味不明の呪文が九真の口から発せられる。

そばにいた信者がひとり、またひとりとコンテナから出て行く。薬物中毒者らしき男はコンテナの隅で、全裸でひっくり返ったままだ。

裸の白熱灯が心細く灯っている。まともに見ると律子の眼球に強い痕跡を残す。

信者の最後の一人が扉の外に出た。観音扉は閉められた。空気が圧縮されたように、室内の密度を濃く感じた。かなり気密性の高いコンテナのようだ。ロックがかかる音がした。窓はない。完全に、閉じ込められた。古池を襲撃した狂った男と、妙な教団を指導する狂った男と――。

マントラを唱え続けていた九真は、施錠音の直後に手を止めた。口も閉ざす。重い沈黙に包まれた。

なにが起こるのか。

これからなにをされるのか。

恐怖と寒さで、身の毛がよだつ。

白熱灯の灯りが陰った。九真が眉間に皺を寄せ、律子の顔を上から覗き込んでいる。囁くように「大丈夫？」と尋ねてくる。

空気が変わった。

律子は確かに、それを感じた。九真を見返す。九真が表情の乏しい目で、律子を見ている。どこか翳のある、陰鬱な目をしていた。律子はこの目を知っている。律子はこの目に見慣れている。律子はいつもこの目に、囲まれている――。

律子もまた、こんな目をしている。

「あなた。まさか」

この男は、久間公安部長と繋がっている可能性があったのだ。つまり――。

九真が疲れたように後ろに手をついた。長いため息をつく。

「さっきの注射は、ただのビタミン剤だよ」

肌の調子がよくなるって言ったろ、と笑う。

「飲ませようとしていたのはただのレモネードだ。教団流の、ね」

九真はなにがおかしいのか、ふふっと笑って、ジーンズのポケットから手錠の鍵を取り出した。律子は自発的に、うつぶせになる。九真が手錠の鍵を外しながら、言った。

「ここは扉を閉めてしまえば完全防音だ。外には絶対、声が漏れない。なんでも話せるよ、黒江巡査部長。あいつはあんなだし」

九真は顎で全裸の男を指した。

「古池さんを襲った男はもう拘束している。いまは失神しているし、薬物中毒者だ。なにを聞かれても問題ない」

「あなた、一体何者」

こすれた手首をさすりながら、律子はゆっくりと、上半身を起こす。九真が軽々と律子の足の上をジャンプして、足首の拘束具を解く。

「名前を聞いているの？　斉川大貴《さいかわだいき》」

「所属は」

「北海道警察、警備部公安第一課、公安総務係所属。だけど本当の奉仕先は違う――」

「十三階ね」

九真飛翔を名乗っていた男は、律子を正面から捉え、口角を上げた。笑ったようだった。暗い瞳で。

「そう。僕は君と同じ十三階の作業員だ。教祖の息子として、この教団に投入されている」

第五章　悪魔の投入

警視庁公安部長の久間一晶は、目の奥に強い痺《しび》れを感じた。

手元の書類から目を外す。

もう二十年近く眼科医にかかっている。処方された目薬を出し、多めに点眼する。部屋の暗さが気になった。目の症状がまた出ているのか。天気が悪くて暗いのか。

久間はブラインドを開け、外の景色を見た。

十二月三十日、土曜日の朝だ。

東京はあいにくの雨模様だった。警視庁本部庁舎十四階Ａフロアにある公安部長室の窓から、皇居の様子がよく見える。葉をなくした茶色の木々に、薄い水のカーテンがかかっているようだ。

寒冷前線はゆっくりと北から南下している。明日の大晦日から正月にかけて東日本に居座るらしい。東京の今日の最高気温は二度だ。年越しには珍しく、東京は雪化粧になるかもしれない。初日の出は見られないだろう。朝から各ワイドショーは、天気予報に余念がない。

もうこの日本に、コードB29の混乱は欠片《かけら》も残っていない。二十二年前、あの教祖を恐れた日本は、その死刑執行という結末を、たったの二週間で忘れ去ろうとしている。

だが、久間はあの瞬間のことを忘れないだろう。この目が、眼球が覚えている。鼻と喉、そして砂が詰まったように動かなくなった肺、全ての呼吸器が克明に、あの瞬間を覚えている。

一九九五年三月のあの日——。

まだ二十八歳だった久間は地下鉄千代田線西日暮里駅のホームで、代々木上原行き列車を待っていた。当時の所属は警察庁長官官房の人事課付だった。階級は警部だったから、どこかの都道府県警に出されたらそれなりの部下を持つことができる身分だ。

八時過ぎには霞ヶ関に到着する列車に乗り込んだ。すでに乗車率は二〇〇パーセント近かった。吊り革のある座席の方には辿り着けそうもない。サラリーマンのスーツの群れに揉まれながら、文庫本を開いた。

右足に傘があたった気がした。久間は文庫本から視線を外した。コンビニやキオスクで売っているようなごく普通のビニール傘が見えた。買ったばかりなのか、セロハンが巻かれたままだった。天気はよい。なぜこの男は傘を買ったのだろう。しかも、傘の先が異様に尖っている。

警察大学校を出てすぐの所轄署での修行時代、ビニール傘の先で人を刺した傷害事件があった。血まみれの現場が鮮烈に記憶に残っている。あの尖りが、気になってしまう。

持ち主の顔を見た。メガネをかけ、質のよさそうな生地のトレンチコートを着た、中年の男だった。品のよい優し気な顔をしている。特に不穏な空気はない。

久間は文庫本に戻った。電車は湯島駅を出発したところだった。車内アナウンスが、次は新御茶ノ水駅、と知らせている。

足元に、バシャッと水が落ちるような音がした。傘を持った男が、ビニール袋を床に落としていた。ビニール袋の中から、『しんぶん赤旗』が見えた。新聞でなにかを包んでいるようだった。

落ちましたよ――そう声をかけようと久間は、傘の男を見た。心を摑まれる。

ひどく純粋な目をしていた。こんなにきれいな目をしている人間に、初めて会った。久間がいま、生き馬の目を抜くと言われるほど熾烈な官僚人生を歩んでいるから、男の目の純粋さに見とれてしまったのかもしれない。

だがその純朴たる目は、なにかに怯《おび》え切って震えている。

「心をこめて」

男がかすかに呟いた。自分自身に言い聞かせるような声だ。男は額から玉のような汗を垂れ流していた。両腕を震わせ、傘を持つ手を新聞包みに振り下ろした。それはまるで、深夜の教会で黒ミサでもしているような、仰々しい所作だった。生贄《いけにえ》の肉体にナイフを突き刺すような、宗教的な儀式を感じさせる。

電車は新御茶ノ水駅に到着したところだった。男は食いしばった歯の隙間から呼気を漏らし、泣いていた。同じ動作を繰り返す。二度、三度と新聞包みに打撃を加える。下車する人の波に乗って、電車を降りてしまった。

新聞紙の包みの中から、液体が漏れていた。新聞の色が濃くなっていく。流れ出る液体を、新御茶ノ水駅からの乗客が踏み荒らしていく。久間は乗客に押され、反対側のドアへ流された。あの新聞の包みはもう見えない。電車が再び霞ケ関に向かって走り出した。右に大きくカーブしたとき、あの包みから漏れ出た液体が触手を伸ばすように、久間の革靴を舐めていった。

「久間部長、よろしいでしょうか」

自分を呼ぶ声がした。水の膜の向こうから聞こえるように、遠かった。

久間は記憶の海から浮上した。

返事をする。秘書官が顔を出した。

「本庁警備企画課の寺尾理事官がいらっしゃっています」

「通して」

久間はデスクから立ち上がった。寺尾が幾分憔悴《しょうすい》した様子で、室内に入ってきた。

寺尾は出世頭だ。十三階のトップでもあるが、階級は久間より二つ下の警視正だ。年齢も七つ下。寺尾の動作は恭《うやうや》しいが、久間を見る視線に非難と侮蔑を隠そうとしない。斉川がトラブルを起こしたと、すぐに察した。

久間が育てた、かわいい作業員が――。

「座って」

応接ソファに促したが、寺尾は拒否した。

「いますぐ十三階校長室へいらしてください。あなたから直接、黒江に説明していただきたい。もう私には……」

手に負えない、と言いたかったのだろうが、プライドからか口にはしなかった。

「黒江律子か」

十三階のエースだった古池が寵愛し、また恐れてもいる若き女性作業員だ。『十三階のモンスター』と揶揄される、地味で不気味な顔つきの、空っぽの女。

寺尾が苦々しく頷いた。

「斉川が素性をばらしました。黒江は激怒しています」

萌美から電話がかかってきた。

律子はそれを、警察庁の十三階校長室で取った。

「お姉ちゃん、どーなってるの。ねえ、お姉ちゃんはいまどこにいるの。捕まったってホントなの⁉」

萌美はパニックになっているが、必死に言葉を繋いでいる。

「私は大丈夫。萌はいま、どこ?」

「総本山から追い出されてどうしようと思っていたら、突然、長野県警の戸井田って人が車で現れて、保護されたの。警察に連れてかれると思ったら、上田の実家に送り届けられておしまい。戸井田って人もパニクってたよ、上司の命令で来たけど、なにがどうなってんのかさっぱりわからないって」

律子はひと呼吸置いた。

「とにかく、誰も追ってこないから、大丈夫。もうなんの心配もいらないわ」

九真飛翔が命令しない限り、信者が上田に来ることはない。九真はもう萌美に用はないのだ。萌美は、律子と九真が対面するための〝道具〟だったのだから。

「年が明けて落ち着いたら、ちゃんと話すね」

「ちょっと待ってよ全然わかんない……！」

喚く声が聞こえたが、律子は電話を切った。校長室に寺尾が入ってきたからだ。

背後にもう一人いる。公安部長の久間一晶警視監だ。白髪交じりの頭髪は薄い。剃り込みを入れたように両脇が禿げあがっている。目鼻立ちが整っているから、若いころは女性からもてはやされただろう。

律子が久間と直接対面するのは、これが初めてだ。いつも、遠巻きに見る程度だった。律子は今日、雲の上の階級に鎮座する男を、堂々とソファから睨み上げた。寺尾が慌てる。

「黒江。立って挨拶しないか」

「嫌です」

久間部長は律子の糾弾の気配をのらりくらりとかわすように、どさりと腰かけた。

「警察礼式はどうした。いまどきの作業員は教育がなっとらん。そして校長に対してその口の利き方。君、完全に舐められているじゃない」

久間が寺尾を叱責する。律子は座っているのに、寺尾は従者の如く久間の傍らに立つ。額に浮かぶ汗をハンカチでぬぐった。久間が律子をたしなめる。

「君、巡査部長でしょ。下から二番目。私は警視監。上から二番目」

「だからなに」

律子は敬語すら使わなかった。目くじらをたてたのは寺尾だけで、久間は面白そうに笑う。

「古池が溺愛していると聞いたからどんな女かと思ったら——古池はただ振り回されているだけなんじゃないの」

君も——と久間が鋭く寺尾を見た。

「寺尾君も早く座りなさいよ。首が痛い」

寺尾は慌てた様子で、律子の隣に座ろうとした。バカか、と久間に顎で指図される。

「君はこっち側だろ。自分の立場を忘れたか」

寺尾は慌てふためき、久間の隣に座った。体育会系だから、上下関係に必要以上に敏感なのだろう。その指先が細かく震えていた。左手の人差し指と中指に、絆創膏が貼られ、血が滲んでいる。お得意の料理の最中にでも包丁で切ってしまったのか。

律子は口調を敬語に戻した。強く迫る。

「久間部長。作戦〈飛翔〉について、ここで包み隠さずに話してください」

久間がくすくすと笑う。

「包み隠さずって、君」

そんな言葉、公安部門の辞書にはないとでも言いたげだ。律子は久間から目を離さない。

久間が不愉快そうに口角を歪《ゆが》める。

「もう斉川本人から概要は聞いただろう」

「作戦の首謀者、責任者である久間部長の口からも同じ話をお聞きして、事実を裏付けさせてください」

「なにから始めればいい。彼の生い立ちからいくか?」

久間はわざとらしく面倒そうなため息をつくと、一方的にまくしたてた。

「斉川大貴は一九八六年生まれの三十一歳、君のひとつ上だね。東京都東大和市出身。当時はまだ斉川大貴じゃなかった。木村《きむら》大貴、だったかな。熱心な共産党員のひとり息子だった」

「共産党員? その息子が、警察官になれたんですか」

目を丸くする律子に「まあ聞いていろ」と久間が続ける。

「彼は幼少期より父親に共産党のビラ配りなどを手伝わされていたが、本人はその思想に疑問を持っていた。父と離れるために全寮制の高校に入ったほどだ」

進学先は北海道大学だった。家族から距離を置くためらしい。斉川は北大の柔道部の大先輩で、道警のノンキャリ警部と親しくなり、彼の勧めで警察官になることを決意する。しかし、父親が共産党員ということで採用試験を落ちてしまった。

悲嘆に暮れる斉川を不憫に思い、ノンキャリ警部が、養子縁組をした。そこで名前が木村大貴から斉川大貴となった。共産党員だった両親とは絶縁し、翌年には採用試験に合格した。

ここまで聞くだけでも、彼が非常に特異な出自の持ち主だということがわかる。

久間が続けた。

「親を捨て養子縁組してまで警察官になりたい。その熱意と忠誠心を買われて、卒配後、すぐに道警警備部の公安課に呼ばれた。かつての知識を駆使して共産党北海道ブロック事務所の情報を集めていたんだが、まあ優秀だった。すぐに警備専科教養講習にお声がかかり十三階作業員になった」

その時の校長が、久間だった。

「驚いたね――諜報員になりたての彼と初めて会った日のことは鮮明に覚えているよ。皆、警専講習で個を抜かれていくだろ。凡庸であるべきなのに、私には光って見えたよ」

二〇一一年、九流完の死刑執行が近いと言われていた時期だったという。

「私は来るコードＢ29の対策を考えていた。カイラス事件の詳細を徹底的に調べ尽くしていたから、余計に斉川が光り輝いて見えた」

律子は同意する。

「――確かに、九流完と雰囲気が似てます。佇まいとか。声はほぼ同じです」

「そう。彼の自己紹介の声を聞いたとき、天命を受けたと私は思った。あの時、特に厄介だったのは、竹本和美率いる『蓮愛会』の存在だ。女はのっぴきならない。ましてや教祖の愛人だった女が立ち上がったときた。あの牙をなんとか抜かねばならない、と考えていた」

斉川は久間の寵愛と信頼を受け、特別任務に就いた。尊師の血を受け継ぐ真の後継者・九真飛翔を名乗り、過激派信者たちを穏健派へと導く。

斉川は教団の教義を半年がかりでマスターした。根幹はヒンズー教と仏教だが、密教やキリスト教などからの教えも寄せ集めにしていると言われているカイラス教団の教義は、非常に難解で複雑だ。斉川は九流の説法ビデオを何千回と見返し研究した。その一挙手一投足をまねて『九真飛翔』という架空の人物を創り上げていった。

そして、十三階がねつ造したDNA鑑定書を持ち、教団分派『蓮愛会』に接触した。

彼らは、九流完の血筋の登場に、度肝を抜かれたはずだ。しかもカイラス教団の難解な教義を完璧にマスターしていた。いかにも宗教らしい奇跡を感じたか。

斉川は更に、公安の調査能力を利用して、次々と信者たちの背景を当ててみせた。『神通力』として教団を完全掌握していった。

かつて大規模テロを起こした宗教団体のトップに、作業員を差し向ける——その狂った作戦を久間は滔々《とうとう》と語る。律子は不気味に思った。

「究極的に言えば、いま、あの教団を警察庁が運営しているということですよね。いくらなんでもやり過ぎではないですか」

久間は答えず、目も逸らさなかった。律子の存在を吟味しているような視線は、やがて窓の外に飛ぶ。

「天気が悪い。こういう日はよく古傷が痛むというが、私も未だに気怠《けだる》くなる。目の奥がものすごく痺れてね。サリンの後遺症なのか、知らんが」

律子は息を呑んだ。久間が静かに問う。

「君は一九九五年のあの日、どこでなにをしていた？」

「まだ八歳です。小学校の修了式でした」

「そうか。私は二十八歳、長官官房にいた」

「霞が関に……？」

「ああ。官舎が西日暮里にあってね」

「千代田線ですね。居合わせたんですか」

「居合わせたもなにも——目の前で見た。グラインダーで尖らせた傘の先で、新聞に包まれたサリンの袋が破れる瞬間を、ね」

律子はその重い事実に、言葉を失う。だが久間の口から出たのは、サリン中毒の苦しみでも、教団への憎しみでもなかった。

「私の隣にいたのは、かつてのカイラス教団の幹部で、教団運営の病院に勤めていた医師の男だった。純粋な、優しい目をした男だよ。病院に行って、初めまして私が主治医ですとこの男が現れたら、私だったら一発で、いい医者にあたったなぁと思っちゃう。そういう雰囲気が全身から漂っている男だったよ。それが、あの満員の千代田線でサリンの袋を破る。心をこめて、ね」

意味がわからず、律子は繰り返す。

「――心をこめて？」

「彼はそう呟いた。彼らにとっては無差別テロも、立派な真理の救済行動にあたる。丁寧に、心をこめて殺そう――そんな気持ちだったんじゃないのか。そういう風に思い込むことで、罪悪感から逃れようとしたんだろう」

ひと息ついた。久間に「黒江」と呼ばれる。

「志の高い立派な医者が、どうしてそんなことになったんだと思う」

律子は返事に窮《きゅう》した。母を思い出す。夫と娘を次々と不幸な形で亡くし、母は他に心のよりどころがなかった。輪芽11はその弱さにつけこんで、いっきに洗脳していった。

「医者という職業を通じて、助けられない命があったり、目を背けたくなるような不条理を目の当たりにして、宗教に救いと解決策を見出そうとしたんでしょう。そのうちに教祖に洗脳され、テロリストに転落した」

久間は律子の推論を鼻で笑った。

「お前はなにもわかっていない」

鋭く指摘される。

「明日は我が身だぞ」

どういう意味か。律子は目を丸くした。久間が詳細を話すことはなかった。「とにかく」

という適当な接続詞で、強引に話を打ち切る。

「あの時、破れた袋から妙な液体がこぼれても、クレヨンを溶かしたような臭いがしたくらいで、サリンだなんて夢にも思わなかった。やがて霞ケ関で下車すると、鼻水が大量に出て止まらない」

地上に出ても、暗く感じたという。そこまできてやっと、なんらかの毒ガスがまかれたと気が付いた。

「警察官僚がカイラスの毒ガスにやられた。すぐにこの一報を本庁に知らせねばと、私は死ぬ気で歩いたよ。当時は携帯電話なんか持ってないからさ、とにかく行くしかない。でもだんだん目が見えなくなってきた。なにかが喉に詰まったようになり、呼吸もままならない」

A2の出口から警察庁の玄関口まで、たったの三十メートルなのに、結局は辿り着けなかったらしい。久間は警察庁の玄関口手前でひっくり返った。

「視界がどんどん、狭まっていく。官公庁ビルの隙間から見える空は、暗かった。ああ負けたんだ、と私は思った。警察は、公安は、カイラス教団に負けたんだ。たとえその後、教団幹部を逮捕して全員死刑にしようが。公安部にとっては事件を防げなかった時点で、敗北だ」

長い、沈黙があった。

「一連のカイラス事件を許した警察庁警備局の罪は重い」

いくらでもチャンスはあったのに、と久間は悔しそうに言う。

森山一家失踪事件のときにもっと力を入れていれば。VXガス漏出事件の際に教団を疑っていれば。資産家拉致事件の際も――。

地下鉄サリン事件へ向かうあの組織を止めるきっかけはいくらでもあったはずなのに、当時の警備局はそれができなかった。

「あの失敗で我々は被害者だけでなく、加害者も増やしてしまった。ただ純粋に精神世界の充実を求めた優秀な医者や若者たちの未来を絶ったのは、九流完だけじゃない。止められなかった我々公安の責任でもある」

久間は顔を上げた。強く律子に言う。

「だからこそ、だ。コードB29の際に、教団絡みのテロや事件を絶対に許さないために、斉川を送り込んだ。それほどまでの覚悟を持たないと、新興宗教相手の対テロ捜査はまた同じ轍《てつ》を踏むことになる」

九真飛翔という、あえて自分と似た名前を作業員につけた行為に、これが久間の官僚生命をかけた作戦だったことが窺える。

だが――。

久間は目の前で犯行を見たせいなのか、加害者――つまりは教団信者に対して、感情移入し過ぎている、と律子は思った。尊師として信者を導く斉川に、強い愛情を持ち、傾倒しているようでもあった。

久間が続ける。

「本来なら、カイラス事件の裁判が全て終結する二〇一一年か年明け早々にも九流の死刑は執行され、斉川の投入は終了、私が校長の座を退く二〇一二年春までには、斉川は投入を終えて戻ってくるはずだった」

だが逃亡信者のひとりが出頭してしまった。残る逃亡犯二人も芋づる式に逮捕され、再び裁判が始まって死刑執行は延期になった。斉川の投入は続くのに、久間は異動となった。次々と校長が代わる中、斉川の投入だけがずるずると引き伸ばされる。彼は教団に取り残されたままとなっていたわけだ。

「五年経った頃から、斉川はちょっと自暴自棄になり始めた」

死刑が執行されないと斉川は戻れない。もしかしたら永遠に警察官に戻れないのではないか——。斉川はそう思ってしまったのだろう。

「最初は教祖らしく振る舞っていた。ちゃんと修行をして、一部の幹部向けに説法だってしていた。だが自暴自棄になってからは、お布施の金額をはねあげて、信者から金を巻き上げてはそれを遊興費に使うようになった。〝喜び組〟なんてのを作って好みの女性たちとゲーム三昧だ。中学生じゃあるまいし……」

久間が頭を抱える。律子は首を傾げた。

「そんなことで熱心な信者を導けますか。確かに、公安の調査能力を使った〝神通力〟は威力があると思いますが、教祖がそれでは人は離れていくと思います」

「それが不思議と、信者は教祖についていく。これが、カルトの厄介なところなんだ」

かつてのカイラス教団を見てみろ、と久間は言う。

家族への情や財産、現世での生を捨てろ、と徹底的に信者を厳しい教義で縛り付けるのに、九流本人は妻子がいた。婚外子は把握しきれないほどいる。

「九流はファミレスの食事が大好きで夜な夜な食べ歩き、カラオケも大好き。息子を連れて遊園地にもよく行っていたらしいぞ。末端の信者はそんな姿を知らないが、幹部はその姿を見ている。それでも彼らは教祖を信じて殺人まで犯す。これは教祖からかけられたマハームドラーだと言ってね」

また意味不明な教団用語が出てきた。しかも上官からだ。律子はうんざりする。久間は丁寧に説明を始めた。

「マハームドラーとは、教祖が弟子に課す試練のことを言う。ファミレスの食事も遊園地で遊ぶことも、家族を持つことも愛人に婚外子を産ませることも全て、教団の教えに背く破戒行為だ。だがそれを教祖は堂々と信者や幹部の前でやってのける」

当然、信者は首を傾げる。これだけ人の尊敬を集める素晴らしい教祖が、なぜそういう破戒行為を繰り返すのか。

「これは、教祖が自分たちを試しているに違いない、と信者は考えるようになる。教祖がやっているから私も――となった瞬間に〝お前、誘惑に負けたな〟と破門される。弟子がそう解釈して、ただ欲求を満たすためだけにやっている教祖の行為に、勝手に意味をつけて筋を通してしまう」

理解ができなくもなかった。だが、自我や意思をそこまで教祖に預けてしまう信者の心理が、律子にはよくわからない。

そもそも、これは教祖のマハームドラーだという段階にまでは普通は至らない。あれほどの凶悪テロ事件を起こして社会から糾弾されても、なおその後継団体で厳しい修行を重ねる信者たちに、全く共感できない。なぜ自らそんな、火の海を泳ぐような人生を選ぶのか。

律子はその疑問を、口には出さなかった。久間に答えられるとは思わなかったからだ。だが──彼は、かつてサリンにやられた目で、律子の全てを見透かしたように、尋ねる。

「ところで、君はなぜ十三階で働いている?」

唐突な質問だった。「え?」という返事しかできない。

「激務だろう。恋人を作るどころか友人と遊ぶ暇もない。国家の駒となって命を、その人生を捧げる。君がかつての作業で壮絶な体験をしたことを知っているよ。もはや普通の女性の人生を歩むことは不可能だ。いまはかわいい妹を事件に巻き込んでいる。そんな理不尽な要求をしてくる上司に黙って従っている。それでも君は十三階を辞めない。職務を全うしようとしている。なぜだ」

律子はきっぱりと答えた。

「この仕事が好きだからです。好きですし、国家を守っているという誇りを持っています」

「それだけか」

間髪を容れずに、久間が尋ねる。律子は咳払いし、渋々答えた。

「――ここまできて今更やめられない、ここ以外に居場所がない、というのも正直、あります」

久間はうんうん、と幼い子供と接するかのように、丁寧に頷いてみせた。

「同じだよ」

久間が、厳しく律子に投げかけた。

「信者たちも同じだ」

「なにが同じなんです」

「彼らは、宗教が好きなんだ」

律子は思わず、眉をひそめた。

宗教が、好き。

そんな感情がこの世にあると想像したこともなかった。久間が続ける。

「君は捜査や諜報活動が好きなんだろ。緻密な作戦を立てて実行することに、血湧き肉躍る高揚感を覚えて、それが楽しくて楽しくて仕方ない。彼らだってそうだ」

信者たちは宗教の話が大好きで、修行が大好き――ということなのか。

「辛い修行をすればするほど、喜びと高揚感を覚え、そして達成感を得て自分に誇りを持つようになる。だから教祖がどれだけ理不尽な言動を取ろうと、これはマハームドラーなどと思い込んで、黙って従う。好きだから、楽しいから黙って従う。特に出家信者は家族や財産を捨てて教団に飛び込んでいるんだぞ。人生をかけて」

律子はハッとする。

どれだけ過酷な試練にぶち当たっても、今更やめられないという気持ちになるだろう。教団以外に居場所がない、いまさら一般社会に戻れない、という思いも抱くだろう。

「どうだ」

久間に問われ、律子は、ぐうの音も出ない。

「君と信者、どこが違う？　同じじゃないか」

返す言葉がなかった。

全く同じだ。昨晩——同じ人間とは思えなかった、あの没個性集団。自分とは全く違う人間だと一線を引いて差別していた、あのカラフルなクルタで身を包んだ人々。律子は彼らを軽蔑して、完全に線引きしていた。

違う。同じだ。

久間が続ける。

「カイラス事件が起こった際も、ほとんどの信者が教団に残った。もしくは家族に連れ戻されても、すぐに教団に出戻ってしまった。そのからくりはそこにある。決して薬漬けにされて洗脳されたとか、カルマのせいで地獄に落ちてしまうのが怖いからとかじゃない。彼らは好きなんだよ、あの場所が」

スポーツ選手も芸能人も同じだ、と久間が説明する。厳しい練習や食事制限がある。薄給で激務の場合もある。それでも、彼らはそれが好きだからやり通す。そしてそれを疑問に思う人はほとんどいない。

野球が好き、サッカーが好き、歌うことが好き、演技することが好き——宗教に走る人も、その感覚と全く同じなのか。

久間が律子を諭した。

「そこを理解せず、彼らにどれだけ教祖の矛盾点や宗教のバカバカしさを説いたところで、なんの意味もない。野球が好き、歌や演技が好きでどんなに辛くてもそれに一生を捧げようとする人が、どんな時代も必ず一定数現れるように、宗教が好きでそれにのめり込む人も必ず一定数、出現する」

時代は関係ない、と久間は断言した。

「当時からいろんな博識者がしたり顔で的外れな分析をしていたがね。カイラス教団が生まれた背景にはバブル崩壊があるとか、先行き不透明で将来を悲観する若者が寄り集まったとか。物質主義に走った人々が心のよりどころを失ったからとか、ちょうどノストラダムスの世界滅亡預言が一九九九年に控えていた時代だからとか。どれも全くの見当違いだ」

社会が平和だろうが、戦時中であろうが、好景気だろうが不景気だろうが、必ず、宗教が好きで自分に合った神を求めようとする人は現れる。

そして彼らは犯罪に走った教祖がいなくなってもなお、宗教が好きだから教祖を求め続ける。だが、彷徨うカイラス教団の元信者たちを受け入れる宗教団体は当時、殆どなかった。仏教もキリスト教も、他のどの新興宗教も、皆カイラス信者を忌み嫌った。改宗希望者をこぞって門前払いにした。

だから信者は、カイラス教団に戻ってしまう。大好きな宗教がある場所に。他に自分を受け入れてくれる神、宗教がないのだから。

律子はやっと、久間が九真飛翔という教祖を創り上げたことに合点がいった。

彼は、路頭に迷うカイラス教団信者を引き受ける〝代わりの神〟を創ったのだ。

コードＢ29を無事、乗り切るために。

「作戦〈飛翔〉は斉川大貴を初めて見たときに思いついたものだ。彼は声が九流とよく似ている。そうか我々が神を創ればいいのか、と天啓を受けた気分だったよ。いや、私は無神論者だがね」

こうして、『九真飛翔』という新たな神を警察が創り上げる、前代未聞の作戦〈飛翔〉は実行された。彼は教団の『神』として君臨する一方、かつてのカイラス教団事件で信頼を失墜させてしまった公安の『救世主《メシア》』として、警察組織から守られてきたのだ。

律子は、いまここで殆ど存在感を失っている寺尾を見た。いつまでも苦々しい顔をしている。久間の話を聞いても、驚きも怒りもなかった。

歴代校長は知っているのだ。前校長の栗山が老舗鰻屋で輪芽11の話をした途端に、匙《さじ》を投げたように公安総務課に連絡をつけたのも、斉川の話に触れたくなかったからだろう。

「寺尾さんは輪芽11の九真飛翔が十三階の作業員で、投入中だったことを知っていたんですね」

寺尾は頷いた。糾弾を甘受しようとする、覚悟を決めた顔だった。

「知っていたのなら、なぜ萌美を情報提供者として内偵する必要があったんです？　輪芽11の遺骨奪取計画があるのなら、九真本人に内偵させて情報を上げさせればいい」

久間部長が割って入った。

「あまりに寺尾君が気の毒だから私が言い訳しようか。彼は悪くないよ」

寺尾は確かに、校長に就任してすぐこの作戦〈飛翔〉を引き継いだという。

「だが、彼は即刻、中止の決断をしたんだ」

律子は寺尾を見据えた。寺尾はただ、唇を嚙みしめている。

「警察官がかつてのテロ教団を率いているなんて、こんな狂った作戦があるかとね。自分はとても運営できない、と投入中止を命令した。それが私の耳に入り、歴代校長十人が集まって緊急会議が開かれた。民主主義の法則に則って、多数決が採られた。九対一の賛成多数で、作戦は続行となった」

その反対一が、寺尾だったのは言わずもがなだ。寺尾は苦虫を嚙み潰したような顔だ。

「以降、作戦〈飛翔〉の運営権は私に移った。反対している者に引き継がせるわけにはいかないからね」

「つまり、寺尾さんはあちら側にいる斉川と連絡を取る術を失ってしまった。そういうことですか」

久間が頷いた。

「だから、別の作業員から輪芽11のテロ計画を報告されても、彼は斉川を動かせない。これは歴代校長のみが知る隠密作戦だから君に言うこともできなかった。そして、現役校長としてのプライドからか、私に教団内のテロ情報を上げて斉川に伝えることも拒み、自らの力だけでなんとかしようとした結果がこれだ」

庇《かば》っているようでいて、久間は明らかに寺尾を糾弾している。寺尾が横目で久間を見た。飲み下しきれない怒りが見え隠れする。だが、無言で耐えている。

今度は久間が律子に質問を始めた。

「それで――こっちもこっちで聞きたいことが山ほどある。君は寺尾君の思惑で君の妹を使って輪芽11に近づこうとしたんだね」

「ええ。おっしゃる通りです」

「斉川側はどうなってるんだ。ずっと前から君の妹をしつこく勧誘していたそうじゃないか。そしてあっという間にそばに置いて君をおびき寄せ、素性をばらした。全て私のあずかり知らぬことだ。なぜだ」

「孤立無援で不安だった、と言っていました」

久間がうなる。納得しがたいようだ。

「確かに、寺尾君の作戦〈飛翔〉の中止動議を知った斉川は、不安に駆られたはずだ。だが、私が運営して密に連絡を取っていた」

「投入はもう六年に及んでいます。彼は警察官です。いつまで教祖の息子を演じ続けなければならないのか、疑心暗鬼になるのはわかります。そして、歴代校長にしか自分の存在が把握されていない不安だけでなく、現役校長が作戦を否定的に見ていることからも、相当な不満が溜まっていたんでしょう」

〝校長や久間部長経由ではない、同じ十三階の作業員に、自分がここに存在していることを把握していてほしかった〟

斉川はコンテナで、律子にこう訴えた。

斉川の周りには信者しかいない。彼は徹底的に信者を洗い、自分の手でツテを探すしかなかった。偶然にも、十三階作業員の母親が松本道場に通っていると知るや、なんとか律子をおびき寄せようと策を練った。

だが、律子は母の危機から目を逸らし続けた。だから斉川は今度、妹の萌美に目を付けた、というわけだ。

そこで、タイミング悪くコードB29が発令された。輪芽11の遺骨奪取計画や大規模テロ情報がもたらされた。律子は、萌美を使った作戦を命じられ、教団を内偵する側になってしまった。当然、律子が母親を連れ戻すために輪芽11に殴り込みに行く、という筋書きは、実現性がなくなった。痺れを切らした斉川は、かなり手荒い手段に出た。萌美に虐待めいたことをして、密談ができるコンテナに律子をおびき寄せた、というわけだ。

久間は顎をさすりながら、相槌を打つことなく律子の目を見据え、話を聞いている。

「あいつが『予言』だなんだと騒いで、私が流した九流の死刑執行やその時刻まで世間にばらしてしまったのも、そのせいか」

斉川が『予言』を垂れ流してしまい、コードB29は台無しになったのだ。

「それも、君をおびき寄せるためだったのか」

「いえ。それは、ボディガードを集めるためだと言っていました。つまり、信者です。彼に命を捧げる覚悟を持った信者を、ひとりでも多く集めたかったらしいです。古池さんが斬られた直後でしたから」

意を含ませ、律子は久間を見た。目を丸くしたのは、なにも知らない寺尾だ。殆ど腰を浮かせ、律子と久間を見比べた。

「古池が、斬られた⁉」

律子は答えず、久間に確認した。

「古池さんを、寺尾校長には病気療養と偽らせて斉川の元に投入させたのは、久間部長ですね」

久間が涼しい顔で答えた。

「斉川が、ボディガードがどうしても必要だと言うからね」

寺尾が律子に厳しい口調で問う。

「どういうことだ。古池がボディガード？　斬られた？」

「刃物使いの暗殺者は、すでに屈強な信者によって拘束され、総本山のコンテナに隔離されています。しかし次の刺客が来る可能性は捨てきれない、早急に次のボディガードを寄越せと。斉川から伝言を頼まれました」

寺尾はパニックになっていた。見ていてかわいそうなほどだ。

「待て。刺客？　どういうことだ。斉川は命を狙われている、ということか」

「教団内部で、クーデター情報があってな」

落ち着けと言わんばかりに、久間部長が寺尾の太腿をひとつ叩いた。

「穏健派の九真への不満分子が寄り集まり始めているという話だ。恐らく首謀者は、もともとあの組織を率いていた竹本和美だろう」

竹本和美は九真飛翔を暗殺し、輪芽11を再度、手中に収めようとしている——。

これが大規模テロ情報の真相か。遺骨問題が絡み、律子たちはテロの真の目的が見えなくなっていた。久間が言う。

「最初の襲撃は十一月にあった。信者のふりをして近づいてきた、刃物使いの男だ。斉川はあれでも北大では柔道で鳴らした男だよ。なんとか逃れたが、腕を負傷した。不安に思って、私にボディガードを寄越すように言ったんだ」

それで十一月の下旬から、古池が投入されたと言うわけだ。作戦〈飛翔〉に反対していた寺尾に内密になるのは当然だ。久間が律子に尋ねる。

「それで、古池は斉川を守って斬られたと斉川本人から報告は受けていたが——いま、どこにいる。容体は？」

「回復傾向にありますが、予断を許しません。意識も戻っていません」

「君はいつから古池の援護に入ったんだ？」

聞いてない、という顔で久間が尋ねる。

「古池さんが斬られた当日です。電話がかかってきました。死ぬ覚悟だったようで、今生の別れと言った電話でした。本人が警察にも言うな病院にも連れて行くなと言うので、事情がわからないまま、治療にあたりました」

「すぐに警察病院に移させる」

久間の言葉に、律子は安堵の溜息をついた。感謝の念はわかない。斬られた古池がその後どうなったのか、久間が血眼になって探さなかったことを、恨みにすら思う。

斉川は身動きが取れないだろう。久間が対処すべき事案だ。その頃にはもう久間は、次のボディガードを選定していたのだろう。

所詮、作業員は捨て駒なのだ。

捨て駒を大事に守ろうとしていた寺尾はいま、上からも下からも信頼を得られず、全くの蚊帳《かや》の外だった。

律子は寺尾に同情してしまう。

人として正しいのは寺尾だ。だが、十三階という特殊な諜報組織において、現場を引っ掻き回しているのは寺尾本人に他ならない。

彼が作戦〈飛翔〉中止動議など出したから、作戦は中途半端な形で続行し、十三階の全面的なバックアップがなくなった斉川は、教団の中で孤独感を深めることになった。それが、あのゲーム三昧、娯楽三昧で修行も説法も一切しない自堕落な生活の根源だ。そして〝尊師〟のその態度は信者の不信感を煽《あお》り、やがて過激派信者のクーデターの呼び水となって、斉川を更なる危険にさらすことになった。

長期にわたる現場の投入作業員の過酷さを思いやる。上層部のたったひとつのボタンの掛け違えが、取り返しのつかない事態を引き起こし、投入作業員を窮地に追いやる。

さて、と久間はもう全部片付いたような顔で、太腿を叩いた。

「それじゃ、私は警察病院に内々に指示を出しておく。名医を揃えさせて、立派な個室を古池のために空けておくよ。黒江、連絡をくれ。そっちのタイミングで、古池のいるアジトに救急車をやる。場所はどこだ?」

「革マル派の監視に使用していた北千住のアジトです」

わかった、と右手を振るのみで、久間が立ち上がった。律子は慌てて止める。

「待って下さい。まだなにも解決していません。斉川に追加のボディガードが必要ですし、明後日の遺骨引き渡しに備えたこちらの態勢や——」

「それは寺尾君指導の下でやりなさい。それから、斉川の方にボディガードを選定する暇はもうない」

「見捨てるんですか」

「違う。彼の役目がもう、終わるからだ」

そうか、と律子はため息をついた。もともと斉川が投入に入ったのも、コードB29を安全に乗り切るためだった。遺骨引き渡しが無事済めば、彼は役目を終えることになるのだ。

「あとのことは公安総務課や十三階での直接の担当者が引き継ぎをすればいい。クーデター計画は九真飛翔がいなくなれば自然消滅する。問題はそれまで——あと一日半、誰が斉川の命を守るのか、ということだが。この責務を担える作業員は、もうひとりしかいないだろ」

全ての事情を把握し、理解し、納得している者。

律子だ。

「寺尾君、彼女にけん銃携行許可とか、防弾ベストとか。なんでも手配してあげて」

寺尾は返事をする前に、律子を見た。引き受けるのか、という顔だ。律子は頷いた。

久間は「母校の講演会よりよくしゃべった」と咳払いし、足早に校長室を出ていった。

寺尾は、扉が閉まってもまだ腰を折っていた。やがて、疲れたようにソファに戻る。目の間を指でこする。

「——校長」

「笑ってくれていい。中間管理職の情けない姿を」

「いえ。ありがとうございました」

寺尾は驚いて、指の隙間から律子を見た。老獪《ろうかい》さあふれる歴代校長とは確実に違う、実直な目が、心細そうに光る。かわいそうで抱きしめてあげたくなるほど、優しくて真面目な人だった。

「ベレッタの射撃練習、しておいてよかったです」

寺尾はふいに目を、潤ませた。涙もろい。

「ベレッタを指定するのか。大胆だな」

寺尾は苦笑いし、立ち上がった。大きな手が律子の方へ、差し出された。

「共に乗り切ろう。この危機を」

歴代校長どころか、仲間の作業員同士すら、握手なんか交わさない。青春の一ページに出てくるような行為は公安にそぐわない。律子は戸惑った。だが断るには寺尾が不憫で、おずおずと右手を出した。

熱い。いままでもこれからもずっと、彼は無駄な熱血漢を十三階に注ぎ、彼なりの改革を推し進めていくのだろう。

そういう校長も、悪くない。


律子は古池がいる北千住のアジトに戻った。十五時を過ぎている。公安部員は基本、シグザウエルを携行するので、ベレッタは非公式な持ち出しとなる。寺尾の手配で手元にくるまで、一時間も待たされた。

古池の警察病院の移送には、律子の立ち会いが必須だ。理央や獣医から、警察病院の医師たちに引き継ぎをしなくてはならない。律子がうまく調整し、書類の整合性をつけないと、理央や獣医は違法診療で逮捕されてしまう。

ベレッタを胸に、北千住アジトの玄関扉を開けた。理央が勢いよく扉を開けて出てくる。

瞳が嬉々と輝いていた。

「古池さんが目を覚ました」

律子は靴を脱ぐのももじれったく、古池のいる和室に飛び込んだ。

古池は力なく、天井を見ていた。眠たげで瞬きが多い。ここはどこでなぜ自分は寝かされているのか——そんなことを疑問に思う余裕もなさそうだった。

滝川や獣医も、和室にいた。遠まきに古池を見ている。

「古池さん」

律子の声を探すように、古池の眼球が横に滑る。律子を捉えた。眩しそうに、目を細める。

よかった——。本当に、よかった。

律子は立っていられないほどに膝が震えた。目頭が熱くなる。泣いてしまいそうだ。

古池がなにか言いたそうに、口を開く。声は掠れていた。乾燥した喉に空気が通る音がするだけだ。

「すぐにはしゃべれないと思うわ。無理しない方がいい」

理央が言う。古池は顎をほんの僅か、下げる。頷いたのだろう。律子は言い聞かせる。

「——安心して。あなたを襲った男は拘束している」

古池の表情に変化はない。だが、目に力がこもった。心の中でうなずいている。

律子は理央と獣医、滝川に、二人きりにしてくれるよう頼んだ。三人は和室を出た。襖がぴっちりと閉められる。

律子は改めて、ベッドサイドの椅子に座った。古池に確認する。

「古池さんは、九真飛翔の警護に駆り出されていた。それでこの傷を負った。間違いない?」

古池が困ったように、眉間に皺を寄せる。失敗してしまってこの有り様だ、と言いたげだ。口を開けて、なにか言おうとする。律子は古池の口元に、耳を傾けた。玄関のチャイムの音が聞こえてきた。律子は、古池の喉が発する音声に集中した。

てらお、と言っているようだ。

律子は大きく頷いた。

「ええ。校長もいまは事態を把握しているから大丈夫。午前中、久間部長と三人で話した。古池さんの任務は私が引き継ぐ。斉川は私が守り抜く。だから安心して……」

古池の目に、悲壮感が漂う。小刻みに頭が揺れる。痙攣でも起こしているのかと思った。

「――ちが……まず、い」

古池の喉が、そう音を発している。

「逃げ、ろ……」

古池がかすれた声で言う。必死な様子だった。玄関の扉が開く音が、襖の向こうから聞こえる。「宅配便?」という滝川の声がした。

宅配便――。

古池の顔色が変わった。必死に起き上がろうとする。

「ダメよ、まだ安静にしてなくちゃ」

「九真、あん、さつ――信者、じゃない。警察……」

「え？」

「まず、い……殺《や》られ……こ、ここを……」

――この場所を。古池を匿《かくま》っているアジトを。律子は今日、二人の警察官僚に話した。

襖の向こうから、滝川が尋ねてくる。

「黒江さん、いま宅配便が届いたんだけど」

「――誰宛？」

問いながら、そんなものがここに届いていいはずがないと思った。襖を開ける。滝川が、両手に収まる大きさの小包を持って、立っていた。伝票を読む。

「古池慎一様ってなってる。届け主は、君の名前だ。黒江律子」

律子は絶叫する。

「捨てて！　すぐにそれを外に！」

滝川はきょとんとしている。律子は小包を奪い、リビングを突っ切って玄関に出た。

「みんな二階へ逃げて……！」

滝川が理央の手を引き、二階へ駆け上がっていく。獣医は一歩遅れた。慌てて追いつくと、滝川と理央を追い越そうとして、狭い階段で三人がひしめき合う恰好になった。

律子は小包を抱えて玄関を出た。遠くに投げ捨てることはできない。住宅密集地域なのだ。

ガレージに投げて扉を閉ざすのが精一杯だった。玄関に戻り、古池の元に走る。リビングの向こうの和室で、古池が半身を起こしている姿が見えた。ずいぶんと痩せこけてしまった。突然、窓から眩しい光が射し込んだ。白い光が古池の体を包み、ますます彼の体を侵食して細くする。

爆弾が爆発し、閃光を放ったのだ。

遅れて、ドンという耳をつんざく爆音がした。爆風が窓を突き破る。

律子の体が宙に浮いた。窓ガラス、車の一部と思しき鉄の板、窓辺にあったテレビやソファセット、焼けたカーテン、全てが一緒くたになって、律子の体に猛然と襲いかかってくる。抵抗する間もなく律子の体は持っていかれ、どこかの壁に激突して落ちた。

黒い煙に包まれていた。階上で理央が悲鳴を上げている。誰かが咳き込む音もした。息ができない。律子は酸素を欲して必死にもがいた。空気が入ってこない。目の前は真っ暗だ。いや、暗いのではなく黒い。必死に這いつくばった。やっと視界が開けて呼吸が楽になる。ゼイゼイと呼吸しながら、古池を呼ぼうとする。声が出ない。咳になってしまう。

古池さん、古池さん古池さん――。

心の中で泣き叫びながら、四つん這いになって瓦礫《がれき》の中を進んだ。リビングの床に飛び散ったガラスの破片が、律子の膝頭や掌の皮膚を切り裂き、抉っていく。血が流れる。熱い血が皮膚の表面を舐めていく。額がチリチリと痛む。触る勇気がなかった。自分の体がどうなっているのか、わからない。

ダイニングテーブルの上に、ソファが乗っかっていた。リビングの白い壁が煤けて、あちこちで小さな火が上がっている。ダイニングテーブルの椅子は全部倒れていた。カーペットも燃えている。律子が揃えた医薬品が散乱している。

やっと声が出た。

「こ、こい……古池さーん！」

必死に、和室へ進もうとした。

リビングの窓辺に誰かが立っている。宅配便業者の制服を着ている。堂々としていた。動揺した様子もない。

中に侵入しようとしていた。

古池が恐れていた第二の刺客が、やってきたのだ。

律子は必死に、どこにどう打撃を受けたのかわからない体を引き摺って、和室に入る。

なにかが目の前にどすんと落ちた。

「古池さん！」

古池は和室にいたため爆風を逃れたようだ。いまは歩ける体ではない。律子は彼を守らなければと、古池の体に覆いかぶさった。

いつも律子の横にいて、逞《たくま》しく律子を守ってくれた男の体は、数々の試練に猛打され、あまりに小さくなっていた。

後ろを振り返る。

帽子を目深にかぶった男が、リボルバーの銃口をこちらに向けていた。律子はつい一時間前に寺尾に配備してもらったベレッタを、脇のホルスターから抜いた。通常なら一秒でできる動作だが、負傷した体ではのろのろと、五秒近くかかる。銃を構えたのと同時に、男の硬い革靴の足先が飛んできた。あっけなくベレッタは和室の畳の上を滑る。

あとできることはもう、古池を守ることだけだった。その前に立ちふさがろうとした。だが、両手を広げるのが精いっぱいだ。爆風に吹き飛ばされ全身を打ち、立ち上がれない。黒く丸い金属の穴が、律子をとらえる。サメの瞳を思わせる、残酷さがあった。絶体絶命だった。

パン!

顔の近くで発砲音がした。キーンと耳鳴りがする。律子は思わず目を閉じた。その残像に、二人の男が残る。銃を発砲しようとする男の背後に、滝川がいた。援護のため二階から降りてきたのか。

律子は古池を守ろうとする両手を、バカみたいに広げたままだった。

沈黙がしばらくあった。

どさ、と音がした。目の前でなにかが崩れたのだ。律子は目を開けた。宅配便の男の帽子が傍らに落ちている。額の真ん中に黒い穴をあけて、男は事切れていた。

滝川が撃ったのか。だが、滝川はリビングの惨状と和室での出来事に、腰を抜かして震えていた。そもそも彼はけん銃を持っていない。

律子は、右隣を見た。古池が畳を這いつくばるようにしてそこにいる。上半身をなんとか起こしてひねり、やせ細った右腕を突き出している。その銃口の先から白い煙がもやもやと立っていた。額に玉の汗をびっしりと浮かべていた。歯を食いしばり、眼球がこぼれ落ちそうなほどに目を剝いていた。

律子を、守ったのだ。

律子の腰に、生温かく広がるなにかがあった。強引に前に出た古池の腹部がそこにあたっている。白い包帯から、赤い丸がじわじわと広がり、いびつに大きくなっていく。

「古池さん……！」

律子は絶叫した。古池の腕はぱたりと下がった。首もガクッと後ろへ倒れる。無理な体勢を急に取ったことで、腹部の傷が開いてしまったのだ。一度縫合し、くっつきかけていたのにまた開いたことで、縫合部分の皮膚が再生しづらくなっていたのだろう。

律子はベッドのシーツを引っ剝がした。古池の腹部に押さえつけ、止血する。茫然自失の滝川に叫ぶ。

「早く！　理央ちゃん呼んできて、この人死んじゃう……！」

滝川が顎を震わせながら頷いて、階段を駆け上がる。

周囲がやかましくなる。野次馬が集まってきているのだろう。パトカーや消防車のサイレンの音もする。車は吹き飛んでしまった。移動できない。援護が欲しい。しかし、誰も信じられない。寺尾も久間も頼れない。どうしたらいい――。

理央が階段を駆け下りてきた。その背後で、獣医が叫ぶ。

「ふざけんじゃねえぞ、やってられっか！」

獣医は逃げていった。

理央は、爆発で吹き飛んだリビングと、後頭部が吹き飛んだ男の死体を目の当たりにし、卒倒してしまった。

滝川が「理央、理央しっかりしろ！」と彼女を抱き抱え、頬を叩く。

律子は古池の脈を取ろうと、ぐにゃりと後ろに垂れた首に手をやった。弱い。どんどん脈が弱くなっていく——。

律子は古池のやせ細った体を、抱きしめて泣いた。どうしてこんなことになったのか。どこで見誤ったのか。なにが間違っていたのか。誰がなにを目的に動いているのか——。

「黒江」

震える声音で、呼ばれた。振り返る。カーテンが燃えて炎がチロチロと立ち昇る間から、スーツ姿の男が革靴のまま、中に入ってきた。

寺尾だ。

驚愕と恐怖からか、その顔が歪んでいる。

律子はとっさに、古池の手からベレッタを取り、寺尾に銃口を向けた。寺尾はぎょっとして、両手を前に突き出す。

「どうして俺に銃口を向ける！」

「あなたと久間部長にアジトを話した途端に、こうなった……！　古池さんは言ったわ、斉川大貴を暗殺しようとしているのは、信者じゃなくて警察だと。どうなってるの。一体誰が敵で誰が味方なの、わかるまであなたから銃口を外さない。あなたは味方だと、あなたが証明して！」

律子は言い放ち、強く古池の体を抱き寄せた。律子が片腕で抱えあげられるほどに小さくなった体。もっと大きな人だった。こんなに小さく弱った体で最後、律子を守り抜いた――。

古池の顔から、どんどん血の気が失せていく。命の灯が、小さくなっていく。

「そんなことよりまずは古池の救命だ、すぐ救急車を……！」

「やってきた救急隊員がまた刺客だったら？　ここまで来ていったい誰を信じろというの！」

「とにかく俺は救急車を呼ぶぞ。外はもう野次馬だらけだ、やってきた救急車に刺客が乗っているわけがない。冷静に考えろ」

寺尾は懐からスマホを出し、一一九番通報した。

律子はその間も、寺尾から銃口を一ミリたりとも動かさなかった。考えろ。いま、目の前にいる男は敵なのか味方なのか。だが、思考は完全に停止してしまっていた。古池の命がどこか見知らぬところにいってしまう、まさにその瞬間を、全身が拒否しようと混乱していた。

寺尾は通報を終えた。律子の向けるベレッタの銃口に恐れ戦《おのの》きながら、ジャケットの懐に手をやる。

「動かないで！　次、動いたら撃つ！」

「誤解するな。俺はけん銃なんか持ってない。証明してみせるだけだ。証明しろと言ったろ。俺が古池を襲った黒幕ではないと」

「証明できるの」

「古池からの報告書が、届いていた」

今更、報告書？　律子はバカバカしくて、「はあ？」と笑ったような口調になった。

「内容が内容で、メールや電話で私に告発できるものじゃなかった。だから複数の人の手を介して、今朝になって私のデスクに届けられていた。だが、お前が九真の正体を知ったことで朝から大騒動だった。だから目を通している暇がなかった。俺だってついさっきこれを見て、ここへすっ飛んできたんだ！」

両手を上げたまま、寺尾がじりじりとこちらに近づいてくる。目で必死に、律子に訴えかける。頼む信じてくれ、俺は味方だと……。

「お前が取れ」

寺尾は言って、律子の前にひざまずいた。ジャケットの裾を持って広げる。その内ポケットに、赤黒い染みがあちこちについた茶封筒があった。

律子はベレッタを持った手で、素早くその茶封筒を抜き取った。左腕は古池の消えゆく命を抱えている。指先だけで、封筒から中身を出す。

封筒のシミは、古池が最初の襲撃を受けたことでついた血か。中には一枚の報告書と戸籍謄本の写し、DNA親子鑑定書の三枚があった。古池が意識を取り戻したとき、いの一番に「てらお」と言った言葉が思い出される。

寺尾にこの報告書が届いているのか、確認したかったのか。

律子はベレッタを下ろした。寺尾は畳に尻もちをつくようにして座り込んだ。がっくりとうなだれる。

寺尾はひとりごとのように、呟いた。

「私が作戦〈飛翔〉の中止動議をかけたとき、久間部長は自信満々に私にこう言った。これは〝神の投入〟なのだと」

寺尾はすぐさま「違う……！」と打ち震えた。

「これは、こんなのは、〝悪魔の投入〟だ、そして久間はその悪魔に魅入られて、現実が見えなくなっている。朝の話でお前も気が付いただろう、久間は地下鉄サリン事件の被害者だが――その実行犯との距離があまりに近かった。目の前で実行犯を見てしまったことで、やがてカイラスに同情的になり、教義にも興味を持ち、結果、洗脳されてしまったんだ！」

悔しそうに言った寺尾は、今度は冷静な声でささやきかけた。

「斉川大貴は、悪魔だ」

そして久間は、悪魔に魅入られた妄信者。

律子は強く、唇をかみしめた。

プリントアウトされた古池の報告書を読むまでもない。DNA鑑定書が全てだった。それは斉川が信者を信用させるために十三階がねつ造したはずのものとは違う。

警察庁直轄の科学警察研究所が正式に調査し、発行した証明書だった。

甲、九流完。乙、斉川大貴
親子である確率、九九・九九九パーセント

古池が必死に律子に言おうとしていた言葉が、蘇る。

〝九真暗殺は信者じゃない、警察――〟

古池は報告書の最後に、こう記していた。


最善の策は、輪芽11の内部クーデターを装った騒乱を十三階が工作し、コードB29発令後の混乱に乗じて九真飛翔を暗殺することである。


古池は、九真飛翔を守ろうとしていたのではない。九真飛翔を暗殺しようとしていたのだ。

そしてそれを阻止したい久間部長が雇った刃物使いの男に、斬られた。

九真はあの刃物遣いの男をコンテナに拘束していたのではない。飼いならしていたのだ。

律子は、彼女の腕の中にいる古池を見た。

古池の呼吸は止まっていた。

一、二、三、四、五……！

東京都中野区にある警察病院の救急救命センターから、救急医の必死の掛け声が聞こえる。心マッサージの回数を数える声がする。エピ一本追加、輸液五百ミリリットル追加、除細動器、二千ボルトで……次々と医師の指示が飛ぶ。どすん、とベッドになにか落ちる音がした。

ERの処置室はカーテンに閉ざされ、律子は様子を見ることができない。いまの音は除細動器を胸に当てられ、古池の体が電気ショックでバウンドした音だろう。

心拍……！　と医者が叫ぶ声がする。機械がピーっとむなしい電子音を吐き続ける。もう一回、と救急医が心マッサージを続ける。一、二、三、四、五……！

律子は処置室前の廊下のベンチで、古池が残した短い報告書と斉川大貴の戸籍謄本の写しを、何度も見返していた。

古池の消えゆく命に対して具体的な行動を取れない自分を持て余し、ただ祈るだけという宗教的な行為はしたくなかった。祈りではなにも解決できない。修行なんかやったって、誰も救済できないのだ。

いま律子にできるのは、古池の意思を継ぐこと、ただそれだけだ。

当初、古池は久間部長の命令で斉川のボディガードをしていたようだ。だが、九流と斉川の親子関係がねつ造ではなく、事実だと知ってしまった。九流完の血縁者が警察官だった。しかも公安部門の中枢にいた。この事実が周囲に漏れたら組織に激震が走る。十三階は政府からの信頼を失い、解体されるかもしれない。古池は、全てを闇に葬り去ろうと考えた。そして九真飛翔暗殺へと、独断で作戦を切り替えたようだ。

斉川大貴の戸籍謄本を見る。

まだ彼が木村大貴を名乗っていたときのものだ。出生地の記録がない。一九八六年十二月二十日に養子縁組、という文字があるだけだった。生年月日は十二月十日。彼は、生後十日で共産党員夫婦の元へ、養子に出されたということになる。妊娠中からすでに手続きを始めていないと、生後十日という異例の早さで赤ん坊の引き渡しはできないだろう。

古池が突き止めたその戸籍謄本には、英語の書類が添付されていた。ダイキ・イノウエなる赤ん坊の出生証明書だった。発行したのはニューヨーク市。米国生まれであることを証明する社会保障番号も記されている。

父親の名前は空欄だった。母親の名前はマリア・イノウエ。日系アメリカ人だろうか。現住所はニューヨーク市マンハッタン五番街の一画だ。カイラス教団の支部があった場所らしい。彼女はここに出家した日系人信者か。カイラス教団がニューヨーク支部を立ち上げたのはこの年の十一月となっている。

支部立ち上げに教団が奔走していたころ、九流はニューヨーク在住の日系人信者に手を出したのだろう。彼女は殺生を厳しく禁ずるカイラス教団の教義のために、中絶の道を選ぶことができなかった。妊娠中に養子縁組の手続きをしたようだ。

こうしてダイキ・イノウエは共産党員の息子、木村大貴として日本の戸籍に登録されることになった。

共産党という、警察組織が長く敵とみなし公安活動の対象としてきた組織の息子である事実が、更にその奥にある彼の真の血を覆い隠していた。

彼を警察官にしようと奔走した北海道警の警部は、彼がカイラス教団の血を引く人間などとはつゆほども疑わなかったはずだ。彼に共産党思想が残っていないか、共産党からのスパイではないのかと、そちらの方に多くの調査の時間を割いただろう。出生については調査しなかったと思われる。そして、彼を警察官にするため、二度目の養子縁組をした。

まさかその血にかつてのテロ集団トップの血が流れていると、誰が想像できただろう。

そして、斉川大貴は九真飛翔になった。公安に守ってもらいながら、警察公認の教祖として、輪芽11を乗っ取った。

だが古池が、彼の素性を暴いた――。

カーテンの向こうで、古池の救命が続いている。心電図に初めて反応があったような音がする。不安定で、いまにも停止してしまいそうだ。古池は悔しかったはずだ。その悔恨の念が、心電図という音を借りて、律子に呼びかける。

九真飛翔を殺してくれ。お前の手で始末をつけてくれ、と――。

人の気配を感じる。警視庁本部に向かっていたはずの寺尾が、ERを訪れていた。疲れたようにネクタイを緩め、律子の右隣に座った。

「久間部長は？」

「素知らぬふりをしている。とにかく古池の救命が先だと——」

寺尾が拳をぎゅっと握り締める。

「アジトに送り込まれた第二の刺客は、居波組系の暴力団員だった。居波組はとある政財界のフィクサーと関係が深い。そいつとつるむ政治家も結構いるから、恐らく久間はそのツテで、二人目の暗殺者を古池の元に放ったんだ」

律子は頭を抱えた。

「私が下手にしゃべってしまったから」

回復しかけていた古池を、また窮地に追いやってしまった。涙が溢れてくる。

「泣くな」

隣に座った寺尾が、律子の肩に手を回し、引き寄せてきた。

「共に乗り切ると、約束した。大丈夫だ、彼はきっと、助かる」

寺尾は律子の頭を左胸にぎゅっと押し付けた。抱き寄せるそぶりで、ジャケットの右前身ごろを少し、持ち上げる。ホルスターに納まったベレッタが、そこにあった。寺尾の力強い鼓動が、律子の右耳に響く。左耳は、ERから漏れる古池の不安定な心電図の音を捉えていた。律子は寺尾の胸の中で、彼を上目遣いに見た。

真面目でずっと、優しかった。寺尾の瞳が、人をひとり殺める決意を固め、悲しく歪んでいた。

「黒江。俺たちで決着をつけるぞ」

律子は強く、寺尾を見返した。早く指示を出して、と乞う。命令を欲している。人を殺す命令を。

寺尾はやっとそれを、口にした。実直な彼にはいちばん似合わない、言葉を。

「九真飛翔を暗殺する」

第六章　十三階の神

滝川の目の前で、所轄署の刑事と本部の公安刑事が、もみ合っていた。

いや、もみ合う、ではない。千住署強行犯係捜査員が、一歩遅れてやってきた公安刑事たちに「これは公安マターだ。帰れ」と、追っ払われているのだ。公安部は、しっしっと、所轄を野良犬でも扱うような態度だ。

二十二時、北千住のアジトはマスコミや野次馬が集結し、年の瀬に起こった突然の爆破事件に騒然としていた。ここをいま占拠しようとしている公安刑事たちは恐らく律子と同じ十三階の諜報員たちだろう。爆破事件を今後どうマスコミに発表するのか。現場の遺留品を全て持ち去り、シナリオを作る。

爆破事件というでかいヤマを前に、刑事部捜査一課の刑事はひとりも来ていない。初動捜査を担う機動捜査隊ですら、一応駆け付けてはいるが、捜査車両から様子を見守っているのみだ。

公安部の強権ぶりは知ってはいたが、更にその上を行く諜報組織に属する人間がいる。

十三階。

その女、黒江律子を滝川が最後に見かけたのは警察病院の中だった。今日の夕方のことだ。古池のバイタルが安定しないままに、腹部の再縫合手術が行われた。もはや機械に頼って心肺を動かしている状態だ。長く適切な治療を受けられなかったせいで内臓の機能がかなり落ちているという。いつ多臓器不全に陥るかわからず、今晩が山だろう、と医師は話していた。

それを律子は、無表情に聞いていた。彼女のジャケットの裏側に、ホルスターに納まったけん銃が見えた。要人警護のSPが所持するベレッタらしかった。あんな小さな体で、あんな大きなけん銃を持って——律子は古池の最期を看取れないかもしれないのに、病院を立ち去ろうとした。

滝川は愚かにも、彼女を呼び止めてしまった。

「待って。行っていいのか。古池さんを……」

律子は無言で滝川を見上げた。個人的な感情を排した、絶望的に冥《くら》い穴がそこに、あった。そのガラス玉のような無機質な瞳が、ただ滝川を見つめる。

彼女は結局なにも言わず、病院を立ち去った。寺尾という、彼女の上司と一緒に。寺尾の胸元にも、ホルスターのベルトが見えた。

滝川はようやく、田中奈緒が実在していないことを悟った。田中奈緒は黒江律子の一部だと思っていた。滝川が心から愛してやれば、きっと黒江律子は田中奈緒に変身すると思っていた。違う。幻想だった。

彼女は『十三階の女』でしかない。

その諜報活動のために中身を、実態をくるくると変える空っぽの器なのだ。

その空っぽの器が唯一愛し、彼女の感情をかろうじて成型する原動力だった男の命は、いま消えようとしている。

彼が死んだら、たぶん律子は本当に器だけになるだろう。そういう人生を受け入れている。そういう人生に没頭している。

こんな人生があるのか、と思う。

滝川はいま、ゆっくりと、彼女の人生に背を向けようとしている。到底、受け入れられる人生ではない。知らなかったことにしようと思う。なかったことにしようと思う――。自分はあんな人生を直視できない。関われない。

病院にいても役立たずで、滝川は無意識に北千住の現場に戻ってしまった。一介のドロ刑でしかない滝川は、ここでも役立たずだ。公安が仕切っているので入りようもない。早足に現場を後にしようとした。真向かいにある古い一軒家が目に入った。

テレビの音が大音量で漏れている。爆風でガラス窓が割れ、それで室内のテレビの音が漏れているようだ。家人は窓を塞ぐこともなく、テレビを見ている。茶をすする、半纏《はんてん》を羽織った老婆の姿が見えた。

警察はこの家まで、微物の回収の手が回っていないようだ。

認知症の独居老人なのか、爆発騒ぎを把握できていない様子だ。あのテレビの音のボリュームからすると、耳も悪そうだ。滝川は気の毒に思い、庭から声をかけた。窓が割れていたのは居室の隣にある和室だ。警察とガラス屋を呼ぶように言った。老婆はあまりに耳が遠かった。伝わらない。

滝川は仕方なく和室に上がった。

「お邪魔しますよ……」

畳の上に散らばった破片はその殆どが、爆心地にあった日産スカイラインの残骸だった。ボンネットの枠もあったし、ハンドルの一部もあった。黒焦げのアタッシェケースが、カーテンの下に転がっていた。

滝川は首を傾げた。とっさに刑事の勘が働く。スカイラインにこんな荷物はなかった。ボンネット内の空洞や座席シート下などに、隠してあったのか。

爆風で吹き飛んだアタッシエケースは全体が歪み、鍵が壊れてしまっていた。だが防水防火機能のお陰で、中に入っていた一通の大判封筒は焦げや汚れがひとつもなかった。

滝川は書類を取り出した。

手書きの書類だった。古池慎一、と署名がある。書類の内容を裏付ける、証拠写真の数々が添付されていた。滝川は、慌てて老婆の家を飛び出した。

「黒江。人を殺したことがあるか」

黒のクラウンの車内で、寺尾が律子に尋ねてきた。

車は中央道の談合坂サービスエリアを通過していた。暗殺ターゲットのいる輪芽11の総本山まで、あと五十キロだ。サービスエリアには立ち寄らなかったが、多くの車が見えた。

大晦日の、二十一時になっている。

この界隈で年越しをしようとする人混みで、談合坂サービスエリアは賑わっていた。

年明けの遺骨引き渡しまで、あと三時間だ。

「死なせてしまったことはありますが、自分の手で引き金を引いたことはありません」

「古池は、あるそうだな」

「昨年のハイジャック事件の際、テロリスト二名を射殺しています」

「だから決意できたんだろう。そして俺に許可を求める直前に、襲われてしまった」

寺尾はため息混じりに「正直俺は」と言う。

「古池の件がなかったら、とてもお前に斉川の暗殺を命令できなかったと思う」

人殺しの命令を、と寺尾は喘ぐように言う。

「お前にだけは課したくなかった。前の校長の下ではテロリストに体を売ったお前に、今度は殺人者になれと。そんなことは――」

口が裂けても言いたくなかった、と寺尾は伝えたかったようだが、声にならずに嗚咽に変わった。

寺尾は泣いていた。

律子よりも寺尾の方が、その命令を下した重さを痛感し、傷つき、怯えている。寺尾は必死に涙を拭い「すまない」と謝る。恥ずかしそうにしている。感情が溢れて制御が利かなくなっているようだ。ハンドルを持つ手すら危うい。

「大丈夫ですか」

「大丈夫だが――お前は本当に、冷静だな」

寺尾が誤魔化すように笑い、ぎゅっと唇を嚙みしめる。寺尾の唇を意識して見たのは初めてだった。輪郭の際立ち方が優しく、形がよい。古池の薄く特徴のない唇とは違い、存在感があった。

車は中央道河口湖インターチェンジを降りて、国道と町道の交差点に差し掛かっていた。信号が赤になる。寺尾が静かにブレーキを踏んだ。腰を浮かせてスラックスのポケットからハンカチを取る。目元を拭う。なぜ見つめているのか、と律子を戸惑ったように見返した。

律子は身を乗り出した。顔を近づける。寺尾はハンドルを両手でぎゅっと握ったまま、抵抗しなかった。戸惑いからか半開きの唇に、律子は自分の唇を重ねた。身を引いて、その実直すぎる目を覗き込む。

寺尾は顔を引きつらせ、言った。

「――なんでだ」

「イヤじゃないでしょ。イヤなら拒む」

「………」

「私は男じゃないから。男同士、絆を深めて慰め合うとか、そういうことができません」

「だからって、愛する男が死にそうになっているときに、普通、他の男とキスをするか？」

「します。必要だと思ったら。セックスでも。実際、しましたし」

「いま、必要だったとは思えない」

「涙、止まったでしょ」

寺尾は困ったように律子を睨んだ。

「涙と心は循環しています。心が昂って泣く。その涙でまた心が昂る。大事な現場で冷静な判断ができなくなります。リラックスしてください。信号、青になりました」

寺尾は慌てた様子でアクセルを踏んだ。路地裏に車を回し、急停車した。律子を抱きすくめる。すまない、すまないと言いながら律子の唇に吸い付き、舌で中を掻きまわした。律子は存分に応えてやった。

彼は史上最弱の校長だった。

一分もしないうちに、寺尾は「なにをやっているんだ俺は」と叫んで、律子の体からぱっと離れた。

「お前といると、調子が狂う」

乱暴にハンドルを握る。男はいつも女のせいにする。だが、吹っ切れたようだ。寺尾の肩の力は抜け、リラックスした調子になった。

やがてトンネルを抜け、湖北ビューラインに入った。景色が一変している。一面の銀世界だ。

雪化粧しているであろう富士山は低い雲に覆われ、その雄大な姿は見えなかった。河口湖の湖面は、ふるいにかけられたような粉雪を受け入れ、細かく震えている。

「二〇一八年。よい年明けになる」

寺尾はいつもの調子に戻り、自信たっぷりに言った。

輪芽11富士総本山施設へ到着した。

暗殺は律子が実行する。寺尾はこの暗殺を教団内部のクーデターと見せかけるため、竹本和美や信者幹部がいるコテージ周辺で、工作を行う。

遺骨の引き渡しは埼玉県の陸上自衛隊朝霞駐屯地で午前零時に行われる。テロリストたちはそろそろ出発するはずだ。信者の数人が駐車場で、ダンボール箱を車に積み込んでいるのが見えた。北千住のアジトを吹き飛ばした爆弾は、久間の命令を受けた斉川の下、ここで製造されていたのかもしれない。あれは、遺骨引き渡し現場を吹き飛ばす爆弾だろうか。

年が明ける前に、九真飛翔こと斉川大貴の息の根を止める。彼の「ポア」のサインがなければ、信者たちは動けないはずだ。

ベレッタの動作確認と、耳にねじ込んだ無線機、袖につけたマイクを寺尾と確認する。あとは言葉もなく、視線だけで合図して、律子は車を出た。

九真はコンテナの中にいるはずだった。

律子にコンテナで素性をばらし、新たなボディガードを連れてくるように頼んで、九真は律子を解放——いや、送り出したのだ。律子が戻るまで、九真は独房修行と称してコンテナに身を潜めていると話していた。コンテナの扉の合鍵を預かっている。律子はなんなく、九真のいるコンテナ内に侵入した。

九真は暗闇の中にいた。

蓮華座を組んでマントラでも唱えているのではないかと想像していた。彼は座布団を二つ折りにして枕とし、寝転がってゲームをしていた。画面の強い光源で、顔の陰影が濃くなったせいか、死刑を執行された九流完がそのままそこに横たわっているように見えた。

「やっと来たか」

九真が起き上がった。

その奥で、古池を斬った男が相変わらず全裸で繋がれていた。寒さで縮み皮をかぶったペニスを陰毛の中にくたっと横たえ、いびきをかいて寝ている。

修行部屋に暖房器具はおかしいと思ったが、この全裸の男を凍死させないためなのか、小さな電気ストーブが置かれていた。

律子の、腰のベルトに装着したスマートフォンがバイブする。滝川からの電話だった。もう三度も着信が入っていた。必死に律子と連絡を取ろうとしているのがわかる。彼を最後に見かけたのは、警察病院だった。

古池になにかあったのだろう。

いまは、聞きたくない。律子はスマホの電源を切った。焦燥を装って九真の腕を取る。親身な視線を投げかける。

「急いで。すぐにここから脱出する」

九真がぱっと身を起こした。

「どういうことだ」

律子は早口に嘘の説明をした。

「遺骨引き渡しが行われる朝霞駐屯地を警備中の埼玉県警が、不審車両を発見した。爆弾を積んでいたの。東京総本部の輪芽11の信者だった」

九真は目を丸くする。

「どこの誰だ、それは。爆弾なんてどこでどうやって作ったんだ」

「詳細は不明だけど、あなたを狙う刺客を〝喜び組〟に放ったとも自白している。いますぐここを出る」

九真は納得しがたい表情だが、律子に促されるまま、コンテナの外に出た。

「車は目立つ。歩いて山を越えて、西隣の岬に出る。逃亡用の車があるから」

九真は大きく頷いた。

県道を行くと、朝霞駐屯地へ向かう信者の車に見つかってしまう。律子は雪の中、湖の波打ち際でぬかるむ道なき道を歩いた。降りしきる雪の勢いが増していく。

西隣の岬の突端まで、湖上を通れば直線距離で教団施設から五百メートルほどだ。岬沿いの道を進むと二キロ以上ある。その岬には、突端近くに観光客向けのコテージがひとつあるのみだ。冬場のいまは営業していない。人の気配はなかった。

コテージ近くの山林で、九真を射殺することになっている。

死体を教団施設近くの湖面に遺棄。発砲したベレッタは施設の内部に遺棄する。すでに警視庁での登録番号は削除し、登録されている線条痕も、寺尾が破棄した。教団が違法に入手したベレッタで、九真は信者によって暗殺されたという筋書きだ。輪芽11は再び警察の強制捜査の的となり、破防法が適用されて消滅するのだ。

古池の敵を討てる。母を取り戻せる。久間部長ら歴代校長は沈黙するしかないだろう。警察庁が新興宗教団体へ教祖を送り込んでいたなどと、世間に知られていいはずがなかった。

律子が引き金を引けば、全て円満に終わる。

九真が後ろを音もなく歩く。声をかけてきた。

「古池さんの容体は？」

「厳しいわ。今晩が山だと」

そうか、とため息混じりに言う。久間と目論み、古池に第二の刺客を放った張本人が、白々しい。

「そばにいてやりたいだろう。こんな時にすまない」

しおらしく九真が言う。

「彼、恋人なんだよね」

律子は首を横に振った。そう言えば、九真は萌美を通じて律子を透視した際、律子と古池の関係を「魂レベルで繋がっている」と話していた。

「古池さんは、君のことを究極の恋人だと言っていたよ」

「彼が私のことを話したの？」

「ボディガードとしてそばにいてくれたとき、結構親密に話す機会があった。恋人はいるのかと聞いたら、君の名前を出したよ。『十三階のモンスター』だと苦笑いしてね」

律子は困惑した。九真が古池が言ったという話を、続ける。

「あれは俺の女だ。ひとりで勝手にそう思っているだけだがな、って酒に酔いながら、やっぱり苦笑いしてた。君のことを話すと、彼はいつも苦笑いなんだ。でもとても誇らしげな様子だった」

不思議と、古池が語るその様子が、手に取るように想像できた。寺尾の元に届いた、九真を糾弾する印刷された文面に、なんとなく、血が通っていないような気がしてくる。

九真は気が付いているのか。律子が自分を暗殺しにきたと気が付いて、動揺させようとしているのか。律子は心のハードルを一気に上げた。感情をシャットダウンする。

後ろを振り返る。

九真は上下黒のスウェット姿だ。スニーカーの足でついてくる。律子は作業着だが手袋をしている。気持ちが張りつめているので寒くはない。着の身着のままで出てきた九真は寒いはずだ。だが、身震いのひとつもない。手をこすり合わせるそぶりもない。

けもの道すらもない林を、二十分かけて登る。ようやく、隣の岬の丘の頂上に到着した。

律子は白樺の木に手をついた。なだらかに下る斜面を指さした。

「あそこに、コテージの屋根が見えるでしょ。そこの駐車場に車が停まっている」

「わかった。急ごう」

九真が歩き出す。律子は立ち止まったまま、九真の背中を見つめる。九真が足を止めた。

「来ないのか」

「寒くない？　さすが道産子ね。寒さに強い」

九真がきょとんと、こちらを見上げている。律子は「あ、間違えた」とおどける。

「あなたは東京育ちだったわね。でも、生まれはニューヨークだから。やっぱり寒いところは得意？　生まれたのは真冬の十二月で生後二週間までは極寒のニューヨークにいたんだものね」

血色のよかった九真の顔が、みるみるうちに青くなっていく。

「君は、それをどこで」

「頭がいいわね、あなた」

九真が口を閉ざす。

「父親の創った、新興宗教の衣をまとったテロ集団。それを復活させるために、あえて公安に入るなんて。そしてカイラスに傾倒しつつあった当時の校長・久間と結託し投入作業員として父親の残した教団に戻る。警察公認の下で宗教活動を行い、やがて準備が整ったら牙を剝いて今度こそ日本国家を転覆させ——あなたを頂点とした理想郷でも創ろうとでも思っていたの？」

九真は目を丸くした。慌てて首を横に振る。

「まさか、僕はそんなこと一瞬たりとも思ったことは――」

一歩近づいて来た。律子は即座にベレッタを抜いた。

「来ないで。動かないで」

安全装置を解除し、銃口を九真に向ける。律子は九真の額の真ん中に、照準を合わせる。

外灯は一切ないが、一面の銀世界が、周囲の光景を浮かび上がらせている。

九真との距離は、五メートルもない。一発で仕留める自信があった。

九真は両手を上げ、硬直する。

「誤解だ、黒江さん。一体誰になにを吹き込まれた？」

「古池さんの報告にそうあった」

「彼が僕の素性を調査していたというのか⁉ 僕を守るフリをして？ 六年も教団に潜入捜査している僕に同情するふりをして、君の話までして腹を割って話したあの人が、僕の素性調査⁉」

「認めるのね。あなたは九流完の血を引く本物の息子だと」

「――寺尾だな」

九真の目に、初めて険が宿る。

「寺尾の差し金なんだろ、これは……！」

「イエスかノーで答えて。あなたは九流完の血を引く息子。認める?」

九真がぎゅっと口を結び、答えない。律子は引き金に指をかけた。九真は慌てて「イエス」と答える。掌をこちらに向けて振りながら、必死の様相で言い訳する。

「誤解しないでくれ、僕は本当に自分がその血だと知らなかったんだ。知らずに育った。知らずに共産党員の息子として育って必死の思いで警察官になったんだ、本当だよ!」

律子はため息をついた。

「そんな言い訳が通用するとでも?」

九真が地団駄を踏んだ。

「畜生! 君は寺尾にそそのかされている! こんな前代未聞の投入をやらせておいて、コロコロ変わる校長の都合に振り回されて、最後はポイ捨てどころか、殺すというわけか! 俺は刑事だぞ、あんたと同じ、警察官なんだぞ……!」

「違う。あなたは警察官を隠れ蓑にしたカイラス教団の熱心な信奉者」

違うんだ、本当に違う——九真は蚊の鳴くような声で懇願する。

「確かに僕は、アイツの息子だよ。アイツがニューヨーク支部を立ち上げた際にどんちゃん騒ぎしてできた子供さ。海外での出来事だから、公安が把握できるはずがない。そして僕はなんの因果か共産党員のところに養子に出された。九歳の時、養父との確執が決定的になった。地下鉄サリン事件だ——」

九真は共産党のビラ配りがいやで、大量のビラを焼却炉で処分していた。それがバレたときに〝やっぱりお前はアレの子だから〟と義父は口走ったという。

「引き取らなきゃよかったと。その時初めて、もしかしたら自分の本当の父親はあの教祖なのかと疑った。だが、父母を問いつめても、口を割らない。真実がわからないまま――」

「道警の刑事になった?」

「そうだ」

「あなたがその時にすべきは道警の刑事になることじゃなく、ニューヨークの産みの母親を捜して本当の父親が誰なのか確かめることだったんじゃないの?」

「できるか? 君が僕の立場ならそれができたとでもいうのか。もし本当に自分にあの血が流れていたらと思うと――」

こわい。九真ははっきり言った。

「知らぬが仏という言葉がある。グレーでいいと思った。白黒はっきりつけるなんて怖くて――だって、あの男だぞ、世界で初めて、化学兵器を用いたテロを指揮したあの男と、血が繋がっているなんて……!」

「そう。それで? 当時の校長・久間に気に入られて教団教祖として投入されると聞いたとき、どう思ったわけ。まあそういう流れになるわよね。あなたは本物の息子だから、背恰好や顔は似るだろうし、声も同じ。そこに偶然や奇跡はなかった。必然だったというわけね。周囲からそこまで似ていると言われても、まだ確かめる勇気がなかったの?」

九真は悔しそうに歯ぎしりする。

「確かめたさ。十三階の作業員になったら、ある程度の鑑定作業は自由にできるようになる。それで、自分でDNA鑑定を」

「それはいつ。自分が真に血縁だと知ったのは、いつのこと?」

「二〇一一年、七月のことだ」

「そう。投入の直前ということね」

九真が頼む、と懇願する。

「確かに、黙っていたことは不誠実だったと思う。だけど、真実を告白すれば確実に警察から追い出されると思った。言うか否か迷っているうちに久間部長から直接、作戦〈飛翔〉の概要を聞かされた。断れるか? だって僕にしかできない作業だ。そして父が創った教団だ。人殺しでもテロリストでも、父だから……!」

もう、暗殺される覚悟を決めたのか。九真はがっくりと膝に手をつき、うなだれた。

「父が創った教団を平和な形で未来に残していけたらと、確かにそういう気持ちもあったかもしれない。でも、双方とも目的は同じだ! カイラス教団の残党を、平和で社会貢献できる教団に生まれ変わらせる。二度と無差別テロなど起こさせないように、その牙を抜く。僕は公安刑事としても、そしてあの事件を起こしてしまった教祖の息子としても、同じことをした。同じことをしているだけなんだ!」

律子は鼻で笑ってやる。

「御託を並べたって説得力がないわよ。修行も説法も最初のうちだけ、あとは大好きなゲーム三昧で好みの女に好みの恰好をさせ、身の回りの世話をやらせて、まるで王様じゃない」

「僕は六年も投入されていたんだ。当初は半年で終わるはずだったのに、その間に指揮官ばかりが次々に代わって——ふて腐れたくもなる。遊びたくもなる。だけど、すべきことはした！　テロを起こすような、殺人を肯定するように拡大解釈できる教義は一切排除した。そもそも、信者たちは真面目で、危険な思想を持っている奴は皆無だった」

『輪芽11』は過激思想をもった暴力傾向の強い危険な集団だって——と、九真が声を裏返して叫ぶバカバカしさを演出しているようだ。

「その前提が間違っていたんだ。信者の中には確かに逮捕歴のある奴が多い。でも、それは信者だからという理由で社会から不当に扱われたからだ」

千代田区富士見町の東京総本部ビルオーナー宅の放火未遂は、そもそも情報を欲していた公安のでっちあげだった。ある者は、信者とバレて会社を解雇になり、抗議の際に少し声を荒らげただけで、警察を呼ばれ脅迫罪で逮捕された。ある者は信者というのを理由に銀行口座を開けず、かっとなって机を叩いたら警察を呼ばれ、暴行罪で検挙だ。

「自宅に落書きされる、汚物を投げつけられる、抗議をしたら『あの教団の信者だから』という理由で不当逮捕される。そしてそれがあっという間にマスコミに『また信者が暴力事件で逮捕』と仰々しく報道されてしまう。だけど事件化できるような内容ではなく、ほとんどが不起訴で釈放されているのに、その事実は誰も報道しない。君は、残った信者たちの処遇を少しでも調べたことがあるか。考えたことがあるか？」

九真は混乱している。話が逸れている。自分がいま、暗殺されようとしていることも忘れて、必死に、社会から排除され続ける信者たちを庇う。

「しかも、一度逮捕された信者は主流派から嫌われ、行き場を失ってしまう。彼らを気の毒に思って立ち上がったのが、竹本さんだ。彼らを引き取る決意をし、出来上がったのが『蓮愛会』だ。僕が投入されてから、教団の暴力志向が収まって教団が大人しくなったというのは、ただ彼らが不当逮捕されなくなったからだ」

なにかトラブルが起こったら九真がすぐに校長に報告し、不当逮捕させないようにしていただけだと九真は訴える。

やがて投げやりな調子で「ちゃんちゃらおかしい」と笑う。

「ねえ、僕は最初から投入される必要がなかったんだよ。警察は、公安は、いや社会は、必要以上に教団を恐れすぎている。その結果がこれだよ……！　十三階自らが、作業員に作業員の殺人を命じるなんて！」

「言いたいことは以上？」

律子は改めて引き金に指をかけ、一歩、二歩と斜面を降りた。九真は絶望したように目を閉じた。立ち尽くす。律子は九真の眉間に銃口をぴたりとつけた。

九真が深呼吸している。浅くなりそうな呼吸を、コントロールしているのだろう。さすが訓練された作業員だ。

「待ってくれ。頼むから待って。本当に僕は殺されるべき人間か？　引き金を引いたら、君は二十年前に地下鉄にサリンをまいた実行犯と同じということになるぞ！」

とんでもない詭弁《きべん》だ。律子は声を荒らげて「違う！」と否定する。

説得を試みようとしたのか、九真が銃口を突き返すように近づいてきた。斜面でもみ合いになる。柔道をやっていた九真にとって、小柄な律子は簡単に投げ飛ばせる相手に違いない。

だが九真は律子の肩を摑んで、揺さぶるだけだ。

「同じだ！　完全に同じ、まるっきり同じだ！　地下鉄テロだけじゃない、ガス室なんか作ってVXガスをまき散らし、その前には被害者一家を殺害した――まだ小学生の子供にまで手をかけたかつての信者たちと全く同じだ！　君は十三階という教団の教義に縛られた大真面目な信者なんだ……！」

違う、と反射的に叫びそうになった言葉が、喉に詰まって出ない。久間部長が昨日言った言葉が、蘇る。

――明日は我が身だぞ。

九真が、目を血走らせて律子を説得する。

「信仰心はない？　神などこの世にいない？　とんでもない！　君は十三階という宗教団体の熱心な信者だ。純粋な目で〝体制の擁護者〟〝国家を守る〟という教義を全うする。それはかつての教団の実行犯たちと全く同じだ。組織のトップから警察は悪だ、社会は悪だ、ポアして救済せねばならないと洗脳されて実行した、彼らとね」

本当はやりたくないだろ、と九真がまた一歩近づき、律子の心に問いかける。

「罪悪感はあるだろう。でも上からそう命令されているし、そこから逃げ出したらもう教団に、十三階には戻れない。組織を離れたらどこにも居場所がない。やるしかない。さあ、いま君がしようとしていることと、殺人を犯した信者たち、一体なにが違う？」

律子は反論できなかった。

「もう一度聞く。君は僕がテロを計画していると君の目で確認したのか。僕が国家転覆を狙っているという証拠を君の目で確認したのか？　ただ『校長』の言いなりになっているだけなんじゃないのか。君にとっての『教祖』が示した資料を根拠もなく信じ込み、国家を守るという『教義』の名の下で忠誠心を発揮しているだけだろ」

律子は二十年前の教団幹部たちと、全く同じだった。

「ただ教祖の言いなりになって世間を救済するためという『教義』の名の下で、サリンの袋を破った。君は同じだ、同じなんだ――!!」

九真がベレッタの銃身を摑む。もみ合いになり、律子は九真と絡み合ったまま斜面を転がり落ちた。白樺の木に激突して止まった。律子は改めて九真の体の上に馬乗りになり、その鼻先に銃口を突きつけた。

九真は溢れる涙を凍らせながら、訴える。「黒江巡査部長」と、あえて律子を階級で呼ぶ。十三階の諜報員である前に、律子は純然たる警察官だろう、と本能に訴えてくる。

「どうか、頼む。引き金を引く前に、考えてくれ。僕は、君が殺すべき人間か？　殺されるべき人間か？　僕は将来的に人を殺す人間か？　教祖の血を引いているというだけで、将来悪になりうる存在なのか？　そんな曖昧で雑な殺意を根拠に、君は人の命を絶つのか‼」

律子は引き金に力を込めた。込めようとした。指に力が入らない。指に通る神経が断絶されたようだ。脳が必死に指先に命令を出しているのに。

引き金を引け、この男を殺害せよと――。

だが、体が拒否している。

この男を殺す根拠が、どこにも見当たらない。

代わりに出てきたのは、涙と鼻水ばかりだ。嗚咽が漏れる。殺せない。律子には、この男を殺せない。律子はベレッタを投げ出すと、雪に身を投げ出した。笑う。爆笑してやった。

これまでずっと、犯罪者に転落した教団幹部たちを侮蔑してきた。大馬鹿者だと。終末思想や教祖の言うことを鵜呑みにし、それが正義だと信じ切って人々を殺めていった者たちを。

だが、こんなにも難しかった。引き金を引かないという決断は、これほどまでに難しい。

この、雑な殺意。

十三階という、国家が運営していると言っても過言ではない宗教の中で、この雑な殺意から逃れることの難しさ――。

九真も――いや、斉川大貴も。律子の横で寝転がり、泣いている。安堵の涙か、律子の理解を得たことへの感涙か。ただ二人で雪の地面に転がり、降りしきる雪の中で、号泣するしかない。

ふいに、獣の咆哮のようなものが、聞こえてきた。

この静謐な除夜に似合わない。獰猛《どうもう》な野獣の息遣いを、感じる。咄嗟に身構えたが、奇妙な咆哮はやがて途絶えた。不気味なまでに張り詰めた静寂が訪れる。

全裸の男が突然、白樺の木々の隙間から姿を現した。奇声を発しながら、律子たちの方へ突進してくる。

「危ない！」

とっさに斉川が身を起こす。斉川に体を押され、律子は転がった。律子が雪の上に残した人型に、刃渡り三十センチを超える刃物が突き刺さり、その型をずたずたに抉った。

コンテナで拘束されていた刃物使いの男だ。二度、三度とマグロ包丁を振り落とす。斉川が律子を立ち上がらせて、庇うように両手を広げる。

「お前、どうやって脱出した！」

「神・通・力。だよー！」

薬物でトチ狂っているのか、ゲラゲラ笑いながら、斉川にマグロ包丁を振り上げる。斉川が素早く重心を落とす。両手を振り上げ、がら空きになっている男の胴体に、斉川が猛然とタックルする。

律子はベレッタを探しながら、援護を呼ぶべく、スマホを取った。警察か——いや、その前に校長の寺尾か。いや、そのまま斉川を殺させろと彼は言うだろう。パニックになったまま、律子はスマホの電源を入れた。即座に滝川から電話がかかってきた。応答するつもりはなかったのに、通話ボタンを押してしまった。切ろうとして、受話口が割れんばかりに絶叫する滝川の声が漏れた。

〝黒江さん！　寺尾から離れろ……！〟

寺尾から、離れろ？

斉川が全裸の男をうつぶせにして雪の上に押さえつけている。「冷たいねえ！」と男が笑いながら嘘っぽい悲鳴を上げる。斉川が、刃物を握る右手をひねり上げようとする。男が海老ぞりになり、後頭部を振り上げて反撃に出た。顔面に頭突きを受けた斉川は鼻血を滴《したた》らせ、のけ反った。雪の上に倒れる。今度は刃物男が、斉川に覆いかぶさる。

電話口で、滝川がまくし立てる。

〝北千住のアジトで、車内に隠されていたと思われるアタッシェケースが見つかった。古池さんのサインがある正式な報告書だ〟

寺尾の元に届いたあの報告書は——と尋ね返そうとして、律子ははたと思い出した。古池の血がついたあの封筒。あんな怪我を負った状態で、誰にどうやって報告書を託したのか。なぜ律子に託さなかったのか。

寺尾が持っていたものは、古池の報告書ではない……？

連鎖して、寺尾の指の怪我を思い出す。左手の人差し指と中指に絆創膏が巻かれていた。あの封書の血は偽装か。あの封書そのものが、寺尾の偽装か。

滝川が電話口で、律子に訴えている。

〝古池さんは、寺尾と政財界のフィクサーとの密談現場を押さえていた。古池さんを襲った男は居波組の暴力団員だろ。恐らく古池さんは、寺尾がフィクサーを経由して雇った殺し屋に襲われたんだ……！〟

いま、その殺し屋が目の前で斉川を殺害しようとしている。今度こそ、目的を達成しようと。今度こそ、クライアントの依頼を達成しようと。人体を切り刻むその瞬間を存分に慈しむように、ずいぶんゆったりとした手つきでマグロ包丁を振り上げた。

〝君もすぐに逃げて。寺尾の近くにいたら危険だ、逃げるんだ……！〟

九真の頭の近くに、律子が落としたベレッタが雪に埋もれている。律子は叫んだ。

「斉川さん、上、ベレッタ！」

律子は手元の大きな石を摑みあげた。男と斉川がもみ合う斜面へ走り出す。斉川は男の体の下でもがきながら、必死に頭上に手をのばしている。ベレッタにもう爪の先が触れていた。

積雪に足をとられ、律子は斜面を容易に進めない。二キロ近くはありそうな石を持ち、殆ど斜面を滑る。斉川の手はどうしても、ベレッタに届かない。律子は渾身の力で石を振り上げ、男の後頭部に振り下ろした。

男は横に倒れた。降り積もった雪の中に体を埋もれさせ、痙攣している。斉川がようやくベレッタを手中におさめようとした。

「黒江！　銃を取れ、奪われるな！」

どこからか寺尾の命令する声がした。上官の声だ。殆ど条件反射だった。律子は斉川よりも早く、ベレッタを手にした。

背筋が寒くなる。

寺尾が黒幕だとわかったのに、条件反射で体が彼の命令に従ってしまう、現実に。同じだと思う。なにもかも。カイラス教団事件を起こした信者たちと。

寺尾を、振り返った。

憔悴しきった表情で立っている。黒革の手袋の右手に、しっかり彼のベレッタが握られていた。その銃口は、斉川を捉えていた。

「黒江。離れろ」

「寺尾さん――。なにやってるんですか」

「お前こそなにをやっている！　俺は暗殺の命令を出した。教祖の息子を助けろなどと一言も言っていない！」

斉川が寺尾と対決姿勢を見せるように、立ち上がる。ベレッタを持つ律子は斉川を守るべく、彼の前に立った。寺尾は心底呆れた様子だ。ため息をついた。

「失望したよ、黒江。車の中で俺を惑わすほど冷静だったのに――。斉川にほだされたのか。またキスでもセックスでもしたのか？　お前は結局、ただの尻軽女なんじゃないのか。え⁉」

寺尾が初めて見せる激昂は、迫力があった。実直で優しい雰囲気を前面に出し、必死に律子と信頼関係を結ぼうとしていた。その裏で姑息にあれこれと工作して書類までねつ造していた。

史上最弱の校長だと思っていた。

違う。史上最悪の校長だ。

「あなたがこの作戦に異を唱える気持ちはわかる。確かにこんな投入作戦はするべきじゃなかった。だからと言って彼を殺すのはやり過ぎです。彼は確かに教祖の血を引く人間ですが、芯は警察官で十三階に忠実であろうと、任務をこなしてきた！　事実、輪芽11がテロを起こそうとする証拠は未だに見つからないし――」

寺尾は真顔で答えた。

「警察官だとか十三階だとか、テロの証拠とか、どうでもいいんだ。私はただ、君に命令した。彼を暗殺しろと。だが君はそれに背いている。がっかりだ、失望したと言っている」

これだから女は、と寺尾はせせら笑う。

「土壇場で臆病だ。テロリストとセックスできたのは度胸があったからじゃない。ただお前が淫乱でセックスが好きなだけということだ。なにが『十三階のモンスター』だ。ただ臆病でスケベな女だろ。そんな女、巷《ちまた》にいくらでもいる。お前はもう十三階には戻れない。校長の命令に背いたのだからな」

寺尾が律子を徹底的に侮蔑しながら、近づいてくる。これが本心なのだろう。守る、守ると言っておいて、律子のしてきたことを心の底から軽蔑してきた。

斉川が前に出た。律子に言う。

「下がれ。君は黙っていろ」

黙ってなんかいられない。律子は寺尾に叫ぶ。

「私の協力者がすでに、古池さんのサインが入った本物の報告書を北千住のアジトで発見している。九真飛翔暗殺を目論んでいるのは教団でも竹本和美でもない、校長の寺尾美昭だと。証拠写真つきで残していたのよ」

古池が目を覚まして最初に発した言葉が「てらお」だったことを、もっと深く考慮するべきだった。寺尾が次々と出してくる、寺尾に都合がいい偽の証拠に惑わされ、〝寺尾が黒幕である〟と言いたかった古池の意を、汲み取ることができなかった。

寺尾は眉毛をハの字にした。

「そんな報告書になんの効力がある？　私は十三階の校長だ。全てのテロ事件捜査にはシナリオがある。これまでだって十三階はそうしてきた。去年お前が解決したテロ事件だってそうだろ。栗山前校長がシナリオを都合よく書いて、現場から上がった証拠なんか吟味されない。協力者が手に入れた証拠なんか、部長のハンコが押される前に私の力で灰になる」

じりじりと、斉川が下がる。律子も下がるしかない。寺尾がベレッタの安全装置を解除した。律子はとっさに自身のベレッタを構えた。斉川の肩越しに、照準を合わせる。

「なんでですか。寺尾さん、なんで。よく考えて。彼を殺す必要なんて、ない。もうコードB29は終わるんです」

「あるんだ、黒江さん」

斉川が答える。

「君は下がって。これは、僕と寺尾、二人の問題なんだ」

「――どういうこと」

ふいに、寺尾がしゃがんだ。ベレッタをこちらに向けながら、卒倒している全裸の男を揺すり起こしている。男に反応がある。寺尾が頬をしつこく叩く。

刃物使いの男が、覚醒した。獲物を探す目で、周囲を見る。律子を捉えた。

寺尾が威圧感たっぷりに立ち上がる。

「その通りだ、黒江。これは私と斉川、ただ二人の問題なんだ」

「哀れな男だな」

斉川が投げ捨てるように言い放つ。斉川は寺尾よりずっと年齢が若い。それでも、六年も教祖として組織を束ねてきた。その威厳は寺尾のそれに全く引けを取らない。

「栗山前校長が僕に教えてくれた通りだ。次の校長はちょっと気が弱い。お前が主導権を握る形で遅かれ早かれやってくるコードB29に備えろと……！」

寺尾が鼻で笑う。寺尾の前で、全裸の狂った男が頭を振っている。振りながら、目に生気が蘇っていく。ずっと律子を見ている。獲物を見る目で。

斉川が挑発を続ける。

「あんた、元々怖がりな性格なんだろ。だから必死に体を鍛える。官僚になったら出世レースにだけ集中していればいいのに、現場の刑事に交ざって道場通いとか、射撃訓練にも精を出す。あんた、怖いんだ、現場の刑事たちが――いや、十三階の作業員たちが。だから俺の戸籍も徹底的に調べたんだろ！　そして歴代校長が誰も気が付かなかった俺の血を、突き止めた！」

寺尾はもうずっと前から、斉川の正体を知っていたのか。律子は思わず斉川の肩を摑み、前に出た。二人に問う。

「それ、いつの話」

寺尾が余裕の体で答える。

「私がこの春就任してすぐのことだよ」

「それで彼は作戦〈飛翔〉中止動議をかまして歴代校長を集め、僕を呼び出した。都心の老舗料亭だったな」

政治家の密談などが行われる場所だったのだろう。歴代校長を集め、斉川が教祖の真の血縁であることを暴露した。久間もまたこの時点ですでに、斉川の血を知っていたことになる。

律子はただ愕然とするしかない。

「そんなに前から知っていて——なぜあの時、久間部長と三人で話をしたときに、教えてくれなかったんですか！」

律子は寺尾を糾弾する。久間がそれをギリギリまで隠し通そうとする気持ちはわかる。だが寺尾はそもそもこの作戦に反対だったのだから、あの時、律子に真実を言うべきだった。

寺尾はあっさりと答えた。

「言ってどうなる。どうせ久間部長の方になびいて結果は同じだろ。教祖の血だからといって、教団で育った人間じゃない。教祖とは会ったこともないし、六年間、輪芽11の教祖として平和に教団を導いているとかなんとか。皆すっかり奴に騙されている。悪魔の投入は、即刻中止すべきだったのに……！」

　律子は信じがたい思いで、問いただす。

「それで、輪芽11にテロ計画があると嘘の情報を？」

　寺尾が十一月に斉川へ放った刺客は、竹本和美がクーデターのために雇ったと誤認された。それを知らされた律子はより輪芽11を危険視するようになってしまった。

「寺尾さん、目を覚ましてください。もう遺骨の引き渡しが終わるんです。どっちにしろ彼はもう投入を終えます。暗殺する必要なんか――」

「黒江さん、言ったろ」

　斉川が口を出した。

「彼がいま並べているのはただの建前。彼はただ、怖いんだ。現場の作業員が。そして死の予言をした、教祖の息子が」

　死の予言……。

「覚えているだろう、校長。僕があんたに出した予言だよ」

　寺尾の形のよい唇が震える。怒りではないもので歪む。寺尾はそれをぐっと堪えるように嚙みしめた。

　斉川は突然、まとう空気を変えた。いつ襲われてもいいように身構えていたのに、すっと足を閉じると、なにか祈るような手つきになる。右手の指先——中指と人差し指二本をくっつけて、まじないをするように、宙に文字を書く。

「——やめろ」

寺尾が言う。真に斉川を恐れたように、寺尾が激しく首を横に振る。

「言うな。二度とそれを言うな」

「僕は予言した。お前の死を」

寺尾は真っ白い息を吐き「言うなー！」と絶叫する。

「お前には死のオーラが出ている。お前の魂は新年を迎えることができず——その部下によって、命の炎を消される」

「この野郎……！」

寺尾が引き金を引いた。恐怖と激昂、二つの感情に引き裂かれ、銃弾は均衡を失ったように明後日の方向に飛んだ。遠くの白樺の木に着弾した音がする。

斉川が身を低くして、雪の上に飛び込んだ。次々と寺尾が銃弾を放つ。逃げる斉川に向かって、引き金を引く。

寺尾は、教祖の血を真に引く男の『予言』を信じ、恐れたのか。〝その部下によって命の炎を消される〟という予言をそのまま、宣戦布告と受け取ったのだろう。自分の血を暴き晒した、寺尾に対する、斉川の宣戦布告だと——。

寺尾は教祖の血と予言、そしてその実行力を恐れたに違いない。かつて律子がカイラス教団事件の資料を読んでいたとき、九流完の『予言』について寺尾が思い悩んでいたのは、このせいだ。九流完に本当に神通力があるのなら、その息子・斉川にもその力があるかもしれない、と恐れていたのだ。

斉川が斜面を滑り下りながら、銃弾を避けて逃げていく。律子はベレッタを構えて援護しようとした。背後から刃物使いの男が覆いかぶさってきた。律子は転ぶ。仰向けにさせられた。

ぞっとするほど冷たい手が律子の顔を押し潰す。ベレッタを構えようとするが、両腕を摑みあげられて、頭の上の雪の地面に押さえつけられた。もがく。足を必死に蹴り上げる。全く歯が立たない。

男は卑猥な視線で律子の体をなめるように見た。寺尾が薬物を与えたのか、自制が利かないようだ。男の口から涎が垂れて律子の顔を濡らす。嫌だと首を激しく横に振る。男の手が離れ、律子の作業着の胸倉を摑んだ。引き裂かれる。富士山から吹きおろされる風が、河口湖の湖面を滑ってますますその温度を下げながら、律子のブラジャーの隙間に入り込んでくる。ベレッタを握り構えようとするのだが、腕を可動域外にひねられる。激痛に悲鳴を上げるしかない。

同時に、寒風吹きすさぶ胸元に暑苦しい吐息がかかる。男が律子の腕を押さえつけながら、器用に鼻と口で律子のブラジャーの中に入り込み、乳首に吸い付く。ぞっとする。必死に抵抗する。更にきつく手首をひねられた。ベレッタを握れなくなりそうだ。きつく閉じた太腿の間に、男の脚が割り込もうとする。男が顔を滑らせ、歯で作業着を引き裂く。もはや性欲の塊になった獣同然だった。屹立したペニスが律子の腹の上ではねて躍る。

律子は、全身の力を抜いた。

必死に閉じていた足が一瞬で大股開きになる。男は大喜びで律子の作業着を下まで破き、律子の下着の隙間に指を這わせた。脱がすのをよほど面倒に思ったのか。その隙間に熱くなったペニスをねじ込もうとしてくる。

早く入れろ。

律子はわざと膝をたて、太腿を開いてやった。ん、と喘ぎ声を上げる。男は、女を暴力と快楽でねじ伏せたと思ったようだ。ねっとりと律子に視線を絡ませたまま、律子の体の中にペニスをぐっと押し込んだ。もっと奥へ入りたいと、律子を拘束していた両手をあっという間に放し、律子の腰を両手で抱え上げた。

律子は自由になった手でベレッタを摑み、男の鼻先に構えた。

引き金を引く。

男の顔が律子の胸の上で炸裂し、宙に浮き、やがて重力で雪と共に大量に降り注ぐ。律子の顔や胸にべたべたといろいろな物が降ってきた。律子は男の体を足で蹴り、押しやる。急速に力を失ったペニスが、するりと律子の体から抜けた。

男の脳髄なのか皮膚なのかよくわからない肉の塊が、胸の上に大量に落ちている。皮膚には毛が生えていた。律子はそれを両手で払い落とし、動ける状態に衣服を直した。ベレッタを握り直し、斜面を駆け降りた。

　ドボン、と誰かが湖に落ちた音がどこからか聞こえた。激しく水を蹴る音が続く。争いは凍《い》てつく河口湖の中までもつれていた。斉川と寺尾の怒号が水の音と絡み、聞こえてくる。白樺の木々の隙間から、壮絶な暴力の現場が見えてきた。二人とも、膝まで湖に浸かっている。斉川が劣勢だった。銃身で激しく頭部を殴打されている。寺尾は斉川の頭を押さえつけて湖面の下に沈めた。溺死させようとしている。

　斉川が抵抗して顔を上げる。寺尾がまた激しく銃身で斉川の顔を殴打した。斉川の血が、河口湖の黒い湖面に溶けていく。

　律子は寺尾のその、鬼気迫る横顔を見た。斉川の方が死にかけているのに、死の恐怖に怯えているのは斉川ではなく、寺尾の方だった。

　怖いから、必要以上の暴力を振るっている。

　寺尾は、教祖の血を引いているというだけの男が、怖くて仕方ないのだ。だから斉川が『九真飛翔』になり切ってふざけてした『予言』を真に受けてしまった。だから先制攻撃を仕掛け暗殺しようとした――。

　同じだ、と思う。

　あの時の教団もそうだった。「警察や自衛隊が教団に攻撃を仕掛けてくる」と、教祖を始め幹部たちも本気で信じて疑わず、怯えていた。だから、地下鉄にサリンなどまくことができたのだ。同じだ。ここにも、あの時の教団実行犯たちと同じ人間が存在している。

「やめなさい！　撃つわよ！」

律子は叫び、ベレッタを構えた。寺尾に向けて。斉川の頭を湖面に沈めようとする、寺尾の手が止まった。寺尾が不思議そうに、律子を振り返る。律子の全身を見た。

律子の、破れた作業着と血まみれの乳房。それらがむき出しになっている。寺尾は眼球を震わせ、律子を凝視していた。目が恐怖に歪んでいる。

律子が、怖いのだ。

「こっちへ来るな。お前は、カマキリだ。交尾の最中にオスを喰い始める、メスのカマキリだ……！」

寺尾は斉川の襟ぐりを左手で摑んだまま、右手のベレッタの銃口を律子に向けた。

律子は寺尾より一瞬早く、引き金を、引いた。


「なんだか、気持ち悪いなァ……」

湖畔の斜面に腰かけた斉川が、ぽつりと言う。彼は全身ずぶ濡れだ。寒さでがくがくと震えていた。降雪は止み、湖面はガラスのように滑らかに凪いでいる。斉川が小石を投げる。ぽちゃんと落ちた石が小さな飛沫《しぶき》をあげて沈む。丸い波紋がじわじわと広がっていく。やがてそれは、湖面にうつぶせに浮かぶコートの男の死体にぶつかり、複雑に形を変えてその死体を通過していく。

「気持ち悪いのはこっちよ」

律子はタオルを湖の水で濡らして絞ると、刃物使いの男の頭の一部が飛び散った胸を、ふき取っていく。胸の表面にこびりつく血は、もう凍り始めていた。タオルもまた氷のように冷たい。氷を氷でぬぐっているようだ。

斉川は律子に見向きもせず、唇を震わせながら言う。

「酒の席で、ふざけ半分で言っただけだ。『予言』なんかしたつもりはなかったんだ」

自責の念にかられているような、口調だった。作戦〈飛翔〉中止動議が行われ、寺尾と斉川の仲に決定的な亀裂が入ったことを、久間部長は心配していた。寺尾と斉川を和解させようと、何度か宴席を設けたらしい。

そこで久間部長が「お前、普段はどうやって教祖みたいなことをしてるんだ、説法してみろ」とふざけ半分に命令した。

斉川は——自分の血を暴いた寺尾にちくりとひとこと、物申してやりたい、そんな軽い気持ちで、あの死の予言をしたという。

斉川は、引き金を引いた律子以上に気落ちした様子で、肩を震わせていた。

律子のスマートフォンが鳴った。久間部長からだ。二言三言会話を交わし、電話を切った。立ち上がる。

「いま、〈掃除班〉を手配してくれた。寺尾は居波組との癒着をあの刃物使いの男に脅され、殺害してしまった。そして将来を悲観し自殺した——というシナリオで、いけるだろうって」

斉川は相槌すら打たなかった。彼の背中の向こうで、何台かのバンの車列が東京方面へ向かうのが見える。あれは教団の車だ。

「さっき、なにか積んでいたわね。あれはどこへ向かっているの?」

「河口浅間神社だよ。河口湖の北東にある。明け方になると、初日の出を見にたくさんの人が河口湖へ来る。それで、そのまま初詣という流れになって、あそこには毎年人だかりができるんだ」

「まさか、信者なのに初詣に行くの」

「無料の炊き出しをするんだよ。すごく寒いからね。毎年みんな、喜ぶよ。一般家庭が年越しそばを茹でるころに、うちの教団は大鍋五つ準備して、総本山の人間総出で、豚汁を作るんだ」

新しい年を、富士山麓の人々が、幸福であるように――そう願いながら、作るのだという。

「一時間ですぐなくなる。みんなそれを振る舞っているのが、カイラス教団の残党なんて知らないけどね。知ろうともしない」

寺尾の洗脳によって、初詣客のための無料の炊き出しが、律子にはテロのための爆弾の積み込みに見えてしまった。

改めて、寒さではないもので身震いする。

斉川は腕時計をしつこく振っている。湖に浸かり、動かなくなったようだ。

「いま、零時半よ。もう年が明けた」

「遺骨の引き渡しは？」

「無事、済んだそうよ。テロリストなんかひとりも来なかったと」

斉川が、肩を揺らした。寒さで震えたのか、笑ったのか、よくわからない。さて、と立ち上がった。

「僕の投入は正式に終了だ。邪魔者は消えるとするか」

「邪魔者だなんて――」

「邪魔者さ。警察には戻れないだろう。教祖の血を引く、元公安警察官。社会からも警察からも、教団からも嫌われる。もうこの国に、僕の居場所はない」

「投入が終わったら、一旦海外へ出すと上から聞いていたけど」

「その通り。桁違いの報奨金がついた退職金が、海外に作った僕の口座にもう振り込まれているはずだ。黒江さん、元気でね」

「もう行くの？」

「いや。君が行くんだ。古池さんが待っている」

古池は今晩が山だ。もしかしたら、彼を見送る夜になるかもしれなかった。律子は唇を嚙みしめ、立ち上がった。

「大丈夫。彼はきっと、助かる」

斉川は、湖面に浮かぶ寺尾の死体に目をやった。

「僕の予言は、あたるんだ」

黒のクラウンで、寺尾と二人、河口湖まで乗り付けてきた。帰りは律子がハンドルを握る。ひとりで帰るのだ。

教団施設近くに戻り、クラウンの運転席の扉を開けた。寺尾の、糊の効いたハンカチが、座席にぽつりと残されていた。

ただの布きれが、律子を責める。

お前は一介の作業員でありながら校長を殺したのか。

彼を落ち着かせるつもりでした寺尾とのキスを思い出す。もう死んだ彼の感触が、まだ律子の唇や舌に残っている。寺尾は律子をカマキリだと言った。

交尾したままオスを喰うメスのカマキリ。

律子は校長とキスをして、食べて、殺して、そしてまた明日を生きていく。

十三階の女、またはモンスター、またはメスのカマキリとして。

もう人間ですらない。

律子は寺尾のハンカチを手で払いのけ、車外に放り出した。勢いよく車を出した。

二〇一八年一月一日。

日付は変わり、年も変わった。律子は古池の元へ急ごうと、警察病院の廊下を走っていた。

その前に立ちはだかる女がいた。律子は別のトラブルを予感する。

萌美だ。

妹は、なにかをぎゅっと握り締め、律子を待ち構えていた。

律子は破れた黒の作業着をダウンジャケットで隠しただけの恰好だ。殺した男たちの血の匂いを漂わせている。萌美はぎょっとすることも気遣うこともなく、濡れた目をこちらに向けている。

「——萌。どうしてここにいるの」

「捜してたの。ずっと電話してたのに」

「作戦が佳境に入ってて……どうやってここを知ったの」

「長野県警の戸井田さんを問い詰めた。お姉ちゃんと連絡がつかないから戸井田さんにコレを相談したら、びっくりして。俺じゃ手に負えないからお姉さんに話せと。それで、ここにいることを突き止めてもらった」

背筋が凍る。また別の大きな渦が、自分の前に立ちふさがっている。いつになったら二〇一七年は終わってくれるのか。

古池のいる治療室の窓のカーテンは、開いていた。古池が体中のありとあらゆる場所に延命器具を身に着け、仰臥している。

「どうしても、斉川さんと連絡を取りたいの。いま彼はどこにいるの？　もう教団にいないと聞いて」

——斉川さん？

律子は、萌美を鋭く見返した。

なぜ、九真飛翔の本名を知っている。なぜ、斉川大貴のことを知っているのだ——。

萌美は、涙をボロボロ流す。ずっと手に握っていた棒状の物を、律子に突き出した。陽性反応が出た妊娠検査薬だった。

「——なにこれ」

「妊娠しちゃった。どうしよう」

「は？」

「どうしよう。お姉ちゃん、どうしよう。彼の子なの。斉川さんの子なの。任務が終わったら海外に出てもう戻ってこないと聞いた。ねえ、なんとか連絡先を——」

「ちょっと、え？　待って意味が分からない」

律子は怒りと混乱でパニックになりかけた。萌美は知っている。九真の正体を知っている。そして、妊娠している。彼の子を——。

「あり得ない！　萌美の投入はたったの十日で終わったのよ。なに？　初日に彼とセックスしたの？　私はするなと言ったよね。それでアッという間に妊娠したってこと？」

「違う。お姉ちゃん、もう三カ月だった。昨日、病院に行って、確かめた」

律子は絶句した。開いた口がふさがらない。

萌美もまた、小学生の子供のように唇を震わせ、黙り込んでしまった。

「萌は、私が指示するずっと前から、九真と繋がっていた、ってこと」

「ごめんなさい――」

「ふざけないで、私を騙していたの⁉」

怒鳴り散らしてしまう。だが、止まらない。いつになったらこの悪夢は終わるのか。いつになったらこの長い夜は終わるのか。つい三時間前、気味の悪い薬物中毒者の脳髄を全身に浴び、そして信頼していた上官を、この手で殺してきたばかりだ。

今度は目の前で、かわいい妹が、かつてのテロ集団首謀者の血を引く男の子供を妊娠したと、泣いている。わけがわからない。

萌美は懇願する。

「ごめんなさい。騙すつもりはなかった。ただ、私は彼に協力していただけなの。彼とは運命的な出会いだったの。本当に、あれは運命だった。電車の中でばったり。それまでずっと、夢で逢っていたの、私たち」

「なに意味わかんないこと言ってんの」

「この春のことよ。春先の銀座線の中で――彼は、彼と、それは、運命で」

律子は「萌」と妹の肩を摑む。それは律子よりも高い位置にあった。小さな妹は速いスピードで女になり、そして母になっていく。胸があんなに大きかったのも、嘔吐していたのも、すでに作戦実行前から妊娠していたからか。萌美はわめき続ける。

「斉川さんと恋人同士になって、でもその時は教祖として新興宗教組織に潜入しているなんて知らなくて。でも愛し合って。そして事情を知って。お姉ちゃんと同じ組織の人だとわかって――ああ、これは運命だと」

「ちょっと！　運命運命って、事実を勝手にきれいに彩らないで。どういうことなのかちゃんと説明して！」

「斉川さんは命を狙われていたんでしょう。お姉ちゃんの助けをずっと求めていた。『十三階のモンスター』と言われる作業員の助けを……。だから、お姉ちゃんをなんとか、十三階ではなく、教団を通して引き込む方法はないかと――」

「まさか。お母さんの入信はその後の話？」

萌美が上目遣いに律子を見た。お姉ちゃんに怒られる、ゆるして、という顔。小さいときから、変わっていない。

「バカ、萌！　私を教団に呼び寄せるためだけに、お母さんを利用したの？　お母さんを洗脳させたの？　お母さんはあの時どれだけ心が弱っていたと思っているの。あんた、なにやってんのよ！」

手が出そうになる。必死に我慢する。ERにいる医師や看護師が、激しい姉妹喧嘩を遠巻きに見ている。

「ごめんなさい。ごめんなさい。だって――どうしても斉川さんの力になりたくて」

「斉川はもう日本には戻ってこない。すぐに中絶してきなさい」

萌美は真っ青になった。

「そんな――産むよ、私。だって彼はお姉ちゃんと同じ刑事でしょ？　道警の刑事さんだって。彼に妊娠を話して、結婚して、北海道ででもどこでも暮らして——」

「バカ！　萌のバカ！」

律子は押し殺した声で妹罵った。心では猛烈に叫んで、妹を糾弾した。

「あいつは確かに刑事だったけど、本当に教祖の血を引く男なの。あんたのお腹の中にいるその赤ん坊には、二十年以上前に罪もない人々を三十人以上殺戮《さつりく》した男の血が入っているのよ！」

萌美は、ぽかんと口を開けている。律子は自分を止められない。

「そんな悪魔の血を引く子を産むなんて私は認めない。すぐに中絶してきなさい……！」

つい数時間前、血は関係ないと言って斉川をかばった律子は、どこかに吹き飛んでしまっていた。公安刑事のトップに君臨する十三階作業員が、こんな小さな妹に騙されていた。頭に血が上っていく。ひどい差別発言をしていることはわかっている。でも、止まらない。萌美の策略に気が付かなかった作業員としての自分に、壮絶に腹が立つ。

萌美は「無理だよ」と泣きじゃくった。

「教義で中絶は厳しく禁止されている。大きなカルマになっちゃうから、本当に、無理」

かっと血が上っていた頭に、冷や水をかけられたように寒気がした。血の気が引いていく。

猛烈な勢いで引いていく。

律子は、萌美の肩から、手を離した。

「萌。あなた、信者なの？」

萌は、口を閉ざした。ぎゅっと口をすぼめて、律子に許しを請う目を向ける。

律子はただもう、一歩二歩と、後ずさる。

「お姉ちゃん……」

「行って。もう二度と私に会いに来ないで」

「そんな、お姉ちゃん！」

病室に入ろうとする律子に、萌美が取りすがる。律子はその手を乱暴に払った。

「触らないで！　そして早くここから出て行きなさい！　ここは警察病院で、あなたが妄信している宗教団体は公安の監視下にある。迷惑なの。出て行きなさい！」

律子は一喝して、治療室に入った。扉をぴしゃりと閉ざす。萌美が「お姉ちゃん、おねーちゃーん」と泣き叫ぶ声は、途中で途切れて聞こえなくなった。

古池は静かに目を閉じていた。

まだかろうじて、生きている。

古池の穏やかな寝顔を見た瞬間、律子はベッドサイドに崩れて、号泣した。

そばにいた医者が、遠慮がちに言う。

「最善を尽くしたのですが、傷口はまだ塞がっておらず、出血が続いています。脈も非常に弱く、これ以上除細動器を使うと、心臓に負担がかかりすぎてしまいます。今度心停止したら——」

ただもう、逝くのを見届けるしかない。

医師は出て行った。蛍光灯の光と白い壁で、部屋が眩しすぎる。古池と二人だけになった。世界は明るい。夜になってもこんなに明るいのに――私が住む場所はなぜこんなに冥いんだろう。古池の手を、握った。

「古池さんのせいだから。古池さんが十三階なんかに私を引き摺り込むから。どうしてこんな救いのない世界に私を連れてきたの」

律子は神の前で祈るように、個室の床にひざまずいた。膝立ちで、両手で必死に古池の手を包む。冷たい手だった。生命活動のみを維持しようと、ほとんどの血流は内臓や脳に集中しているのだろう。見捨てられた手。それを必死にこすって、温める。

古池の顔を、覗き込む。さっき号泣してしまったのは、古池の救いのない未来を見たからではない。安心したのだ。

古池の顔を見て、律子は安心した。ほっとしたのだ。やっと全部吐き出せる人、そしてそれを受け止めてくれる人のところへ、戻ってこられた。

律子は古池の冷たい手にほおずりし、涙ながらに訴えた。古池に甘える。古池しか甘えられる相手がいない。古池もそれをわかっている。だから待っていてくれたのだ。心臓を必死に動かして。

「怖かったよ。怖かった――。人を殺せと言われたの。それだけでもヤバいのに、その後、古池さんを斬った気持ち悪い男にレイプされかけて、あいつのが私の中に入っただけでもトラウマモノでしょ、だから私はその男の頭を撃ったの。頭が、脳みそが胸の上で炸裂して、血まみれで全身、べたべたになっちゃったよ……」

それだけじゃない。

「校長を、寺尾さんを、殺してきちゃった」

古池に反応はない。少し困ったように、律子を見てくれているような気がした。言ってみろ、なんでも聞く、受け止めると――そんな風に促してくれている気がする。

「寺尾さんを、殺したよ……。いい人だったのにね。でも、やらないと殺されると思ったから、引き金を引いた。つい数十分前まで信頼していた人の頭に銃弾をぶちこんだ。その感覚、わかる？　受け止められる？　目を閉じると、蘇るよ。寺尾さんの後頭部が吹き飛ぶ映像が、その飛び散った頭の一部が、びちゃびちゃって湖面を叩く音とか、全部――」

怖いよ、怖い――律子はひとしきり甘え、泣き続けた。

「最後の最後で、萌の妊娠とか。ホント、意味わかんない。どーなってんの。萌は産むよ。あの子きっと、斉川の子供を産むよ。あの子、信者だもん。お母さんも信者だし。私、もうおしまいだよ。こんなにボロボロになって十三階に尽くしてきたのに。こんな結末」

律子は作業員でも警察官でもいられなくなるだろう。

「警察辞めて、古池さんもいなくて、でもいまさら普通の女の人生なんかに戻れなくって。再就職先でもうまくやれなくて、酒浸りになって人を傷つけて、寂しい人生を終えるんだわ。きっとそうなるし、そういう人生を歩まなきゃだめよね、だって今日私、何人殺したの」

ベッドに両肘をついて、その指先をしっかり古池の指と絡めた。そこに顔をうずめる。ずっとひとり、しゃべり続けた。もう逝こうとしている古池に、愚痴と形容するにはあまりに過酷な現実を、こぼし続けた。

古池の手が温かくなってきたような気がした。古池に守られている。

安心して、寝てしまった。


髪を撫でられている、という気がして、律子は目が覚めた。

ERの処置室にいる。床についた膝頭がものすごく痛い。体中の筋肉が凝り固まっていた。すぐには動かせない。顔を上げた。時計は六時を指している。窓のない処置室は昼夜の区別がつかない。

心電計の音が、規則的に聞こえる。尖った山がいくつも連なり、力強く、波打っている。

律子は古池を見た。古池も律子を見ている。古池の右手が律子の髪を滑る。頰にかかった。震えがちの、力のないその手が、必死に、律子の頰を撫でようとしていた。

古池は驚異的な回復力を見せた。

意識が戻ってからもまだ容体はしばらく不安定だったが、口から食べ物を摂取できるようになると、みるみるうちに体力を取り戻した。古池が最初に口にしたのは、律子が差し入れに持ってきた七草粥だった。

律子はなるべく古池の病室に毎日通ったが、正月休みもなにもなく、一連の事件の処理に追われている。

輪芽11という、無害な宗教団体の上で、公安組織は独り相撲を取っていた。

事件を一言で言い表すと、こういうことになる。

結局、律子が戦っていたものはなんだったのか。十三階にだけ残される極秘の調書を作成しながら、むなしさが込み上げる。

北千住の爆破事件は暴力団の抗争としてマスコミ発表された。寺尾の死も久間のシナリオ通りに処理され、マスコミには自殺したことだけが公表された。新聞の三面記事に簡潔な文章が掲載されたのみだ。どす黒く過酷な真実が行間から滲み出ることもない。

斉川はどうしているのか、久間に尋ねた。久間は明言を避けたが、暖かい海の近くに住んでいる、とだけほのめかした。ずっと山奥に軟禁状態だったからな、と苦笑いして。

一度、警視庁本部庁舎の地下食堂で、滝川を見かけた。窃盗事件の捜査本部は久間の力で消滅している。

滝川は絶妙なタイミングで、律子を助けてくれた。古池が届けられなかった極秘書類を、久間部長に届けもした。そして——十三階の秘密に、警察組織のタブーに、口をつぐんでいる。

律子は、助けてくれたお礼がまだできていなかった。着信拒否されていたからだ。

滝川は定食のお盆を受け取り、すっと律子から目を離した。食堂の人ごみの中に消えた。

たぶんもう二度と、二人の人生が交差することはない。

教祖が消えた輪芽11だが、内部で大きな混乱はないようだった。斉川はあらかじめ、九流完が死亡したら生まれ故郷の米国に戻ると話していたらしい。

そもそも実質的な運営者は竹本和美だ。〝裏の尊師〟でしかなかった九真飛翔という男に直接影響を受けた信者はごく一握りだ。立つ鳥跡を濁さずと言うが、その点で斉川はうまくやったと言える。

萌美の件を除いては。

萌美とは年明けのあの夜以来、連絡がつかなくなっていた。説得し、中絶させなくてはならない。律子は渋谷区参宮橋にある萌美の一人暮らしの部屋を訪れた。

集合ポストを見た。萌美の住む六〇一号室はチラシや郵便物で溢れていた。律子はため息をついて、エレベーターに乗った。萌美は感情で突っ走るところがある。斉川を追ったのではないか。斉川が萌美にコンタクトを取って居場所を教えた可能性もある。駆け落ちしてしまったのかもしれない。

インターホンにも応答はなかった。部屋は施錠されていた。律子はバッグの中の化粧ポーチからヘアピンを取り出す。伸ばして柔らかくし、鍵穴に差し込んだ。ピッキングして開錠する。

「萌〜？」

いないとわかってはいたが、声をかけながら中に入る。律子は1LDKの室内の廊下を突っ切って、リビングに入った。駆け落ちするなら片付けておけばいいのに、部屋は散らかっていた。

テレビの前には古いゲーム機が繋がっていた。ソフトのパッケージが何個か積み上がっていた。その隙間に、茶封筒が混ざっている。

律子は気になって、その茶封筒を手に取った。中にはゲームソフトのパッケージが入っていた。ＲＰＧゲームのようだ。『試作品』というシールが貼り付けてある。『当選おめでとうございます！』という一文から始まる一通の封書が入っていた。厳正な抽選の結果、貴殿はこのＲＰＧシリーズ最新作の試作品をお楽しみいただけることになりました、云々。

律子は送り主のゲーム会社の住所を見て、目を瞠った。

山梨県南都留郡富士河口湖町――。

輪芽11富士総本山の住所だ。

郵便物の消印は二〇一七年四月二十八日だった。去年の春だ。母はまだ入信前で、斉川がその素性を寺尾に暴かれ、窮地に陥っていたころだ。

萌美は、彼と夢で逢っていたとか、運命的に知り合ったと強調していた。

律子はＲＰＧのソフトを取り出し、ゲーム機に挿入した。プレイボタンを押し、ゲームを進める。

簡単なカラクリだった。

サブリミナル効果だ。

律子は舐めるように画面を凝視した。爆発画面になる。ちかちかと炎が噴き出し、画面一杯に光の点滅が広がる。誰もが瞬きしてしまうその画面の中に、目を凝らせば斉川大貴の顔がわずかに見えた。恐らく分析すれば詳細な画像も判別できるだろう。

萌美は潜在意識にこの画を擦り込まれ、斉川の姿を頻繁に夢で見るようになった。そして同じシチュエーションでの出会いを演出され、即座に絡めとられてしまったのだろう。十三階の工作員らしい。

二人はどこか暖かい土地の海のそばで、新しい命の誕生を心待ちにして暮らしているのか。ほとぼりが冷めたころに、赤ん坊を抱いてひょっこり律子の前に姿を現すかもしれない。律子はそんな想像をして、ちょっと笑ってしまう。萌美は昔から、人を驚かせることが大好きだった。

律子は部屋を出ようとした。玄関でスニーカーを履いていると、「おねーちゃーん」と萌美が呼ぶ声が聞こえた気がした。誰もいないのに。

律子は踵を返し、何気なく玄関の脇にある寝室の扉を開けた。ベッドの周囲に薬の空きビンが何本も散乱している。

萌美はベッドの上に倒れ込むような恰好で、死んで、もう冷たくなっていた。

＊

病室の窓の結露が、びっしりと並ぶ水の玉を次々と巻き込む。加速度を増して一直線に落ちた。

外は相当な寒さだろう。今日、東京は昼過ぎから大雪に見舞われている。警察病院の個室から見える中野の街も、北国の地方都市のような装いになっていた。

一月二十日。

古池は三食口にできるほど体力が回復し、リハビリが始まっていた。

一カ月以上寝たきり状態だった。初めてベッドから降りたときは、ふくらはぎに全く力が入らず、ぶるぶると足が震えた。体を支えてくれた律子が「かわいい、生まれたての小鹿みたい」とからかった。頭を小突いてやる力もないほどに、体の筋力が衰えていた。

律子は毎日病院に顔を出してくれた。

医師や看護師の前では世話女房の顔で。見舞いに訪れる同僚や部下、広瀬公安一課長や久間公安部長の前では、完璧なる諜報員の顔で。

古池と二人きりになると、下の世話をしながらスケベな話をして茶化し、古池を笑わせようとする。

だが、時々、空っぽの彼女が見える。洗面器のタオルを絞るその瞬間とか。リンゴの皮を剝くちょっとした間に、感情を失くしたガラス玉のような瞳が表出する。

見舞いに訪れた久間部長から、事件の概要は全て聞いている。

彼女は校長を殺した。

寺尾は様々な事象に過剰反応し、自滅していったというほかない。律子が罪に問われることはないが、十三階諜報員として相当な十字架を背負うことになった。斉川の証言による、寺尾の最期の言葉がまた残酷だ。寺尾は律子を、オスを喰うメスのカマキリだ、と断罪したらしい。

校長の職は寺尾の後任が決まらぬまま、しばらくは久間公安部長が兼任となった。多忙だろうに、作戦〈飛翔〉を立案・実行した責任を痛感しているのだろう。久間も、斉川の真の血を知ったのは寺尾が暴いた昨春の頃のことだったらしい。斉川かわいさ故に、一方的に寺尾の意を退けてしまった。これが今回の悲劇の発端ともいえる。

そして寺尾は死に、律子は校長を喰い殺した女として、警備部門にいる警察官僚の間で認知される存在になった。突然の「校長死亡」事案に警察上層部が慌てていることもあるが、律子の上官を誰もやりたがらないから、久間が兼任を引き受けたのだろう。

その律子が、一月十二日を境に、ぱたりと見舞いに来なくなった。それからしばらく音沙汰がなかった。

事情を教えてくれたのは、広瀬公安一課長だった。律子の妹が自殺したらしい。斉川の子を身ごもっていた。だが輪芽11の信者になっていた萌美は破戒行為である中絶を選択できず、

息死したらしかった。


絶望して発作的に薬物を過剰摂取した。すぐ吐き出したようだが、嘔吐物が気道を塞ぎ、窒息死したらしかった。

　律子は怒り狂い、久間部長の元に乗り込んで斉川の逃亡先を聞き出そうとしたという。寺尾を殺害したベレッタを要求し、いまにも斉川を殺しに行く勢いだった。「あの時殺しておけば」と、血が滲むほどに唇を噛みしめ、泣き崩れたらしい。

　律子以上に悲惨だったのは、彼女の母親だ。夫を刺殺され、長女は妊娠中に交通事故死している。三女もまた、妊娠中に自殺という壮絶な最期を遂げた。発狂しない方がおかしい。ますます宗教活動にのめり込み、先祖代々続く上田市の黒江家の百坪の土地を売り払って、出家する勢いだった。無理な断食を敢行して救急車で運ばれたり、入信者を増やせばカルマが落ちると信じて、亡き夫の後援会メンバーを強引に入信させようとした。

もはや一人で上田に置いておける状態ではなかった。律子は母親を強引にこの警察病院に入院させたと聞いた。

　その律子が今日、やっと古池の病室に現れた。

　元気ですよ私、という演技にますます磨きをかけて。十三階に支配された空っぽの器。それさえも作戦の途中で喰い殺してしまい、途方に暮れてただ宙を彷徨う無の心──。

「参った〜。雪、やまないの。明日からもずっと寒いんだって。氷河期だよ、東京」

「こんな日に悪いな。でも、久しぶりだな」

律子が粉雪のついたコートを脱ぎ、勝ち誇ったような顔で古池を見る。私が来なくて寂しかったでしょ、とでも言いたげだ。期待された通り「寂しかったよ」と言ってみせた。手を取り、腕を引きよせて抱きしめてやりたい。だが古池にはまだその力が戻っていなかった。

「もうすぐ夕飯でしょ。トイレ行っとく？」

一週間前まで、古池は誰かの介助がないと自力でトイレに行けなかった。

「いや、もう一人で行ける」

律子は目を瞠った。

「すごい回復力。ついこの間までオムツだったのに」

「言うなよ、一カ月前の話だろ」

「そういえばさ、北千住に運び込んだ時は大変だったんだよ。尿を出すためにカテーテルを入れなきゃならなかったんだけど、獣医が人間のをやったことがないからできないって駄々こねて」

獣医というあだ名の放蕩者が初期治療に当たっていたことは、なんとなく記憶にある。

「しょうがないから、私が古池さんのアレを持って、尿道の入口からブスって管を……」

律子の小さな右手が、男の一物を掴むような形を作る。左手が、なにかをそこに突き刺すように動いた。

古池はペニスが縮み上がった。

「もういいよ、聞きたくない」

「超ウケるの、その時。古池さん、意識不明だったのに。急に覚醒してガバッて起き上がってね。〝黒江、なにするんだお前〟って」

律子は言いながらコロコロと笑い転げた。二人分の茶を入れようとしているが、笑ってしまって急須から茶が零れる。

古池は目を眇《すが》め、律子に言った。

「お前、ちゃんと挿入してくれたんだろうな。下手くそにやってたら、もう使い物にならないかもしれない」

律子が「あら」と目の色を変えて、古池を見つめた。視線にスケベな色が混ざる。

「試してみる？」

律子の手が容赦なく、布団の下に入ってきた。おい、と手を払いのけると、律子はけらけらと大笑いした。妹が自殺し、母が心を病んで精神病棟に入った。十三階では校長を喰った女として忌み嫌われている。それでも律子は本当によく笑う。屈託なく笑う。一分の隙もなく、笑う。

古池が注ぐ視線に、なにかを敏感に感じ取ったようだ――律子がふっと、黙り込んだ。怒ったように「なに」と言い返す。

律子の目が、言うな、と訴える。古池が尋ねそうな雰囲気を察したのか、律子はあからさまに不機嫌な顔をして、目を逸らした。

「黒江」

「——だから、なに」

「十三階辞めろよ、もう」

「……え？」

「それで俺と、結婚しないか」

「は？」

よほど虚を衝かれたのか、律子は反応に困ったように、ぽけっと古池を見ている。

古池は身を起こし、大真面目に言った。

「お前、幸せになりたくないだろ」

律子の口角に、ぴくりと反応があった。心も体も十三階に支配され、その十三階をも混乱に陥れてしまっても、彼女の本心は彼女の内側のどこかで息を潜めているはずだ。それを引き出して、存分に抱きしめてやりたい。愛してやりたい。

「黒江。俺と結婚するんだ。不幸だぞ、俺と結婚したら。物凄く不幸だ。絶対に幸せになれない」

律子は口を閉ざし、じっと古池を見つめている。古池の真意を、見抜こうとしている。

「お前は校長を殺害して十三階を滅茶苦茶にしてしまった。その上妹を自殺させ、母親は洗脳されたままだ。お前はもう二度と笑えないし、幸福を自分から拒絶する。なら俺と結婚したらいい。俺は諜報員だから黙って何カ月もいなくなるなんてしょっちゅうだし、子供が生まれても知らんぷり。お前が急病で倒れても作業優先でやっぱり知らんぷりだ。お前はワンオペ育児に追い込まれる。作業玉に費やす金が必要だから、俺は家に生活費を入れることもない。家計は火の車でお前は贅沢も許されない、つましい生活で家族旅行なんて夢のまた夢、一緒に写真を撮って思い出作りもできない。俺はごくたまに家にぷらっと帰って、身勝手にセックスだけして、またいなくなる。憎しみばかりが膨らんで、そのうちお互いに年を取って、戸籍と憎しみと腐れ縁だけで繋がっているだけの関係になる。こんな不幸な結婚生活は他にないだろ？　お前の理想通りの人生を、歩めるぞ」

律子の丸い瞳から、ぽろっと涙が溢れた。古池の手の甲を打つ。

「――なにそれ」

たった一粒、こぼれ落ちた涙、それは彼女自身だ。たった一粒でもそれは彼女だ。大学生のとき、古池の前でよく食べて、よく飲んで、セックスをして、ぐうすか寝ていた彼女は、ほんの一粒だけであっても、彼女の中にちゃんと残っている。

「ホント、なにその最低な結婚生活。超幸せそうなんですけど」

律子が困ったようにこちらを見る目に、幸福が溢れていた。まなざしに笑顔があった。

だがそれもほんの一瞬だった。

律子が厳しく自分の心に鞭打ったのがわかった。顔をぐっとこわばらせる。古池にはその痛々しい鞭の音が、聞こえてくるようだった。律子の表情に力がなくなっていく。古池の手の甲に落ちた彼女の涙も、あっという間に乾いて消滅した。

「ノーか」

「ノーですね。私、もう行きます」

律子は忙しい手つきで古池の着替えを紙袋に突っ込む。いつまでもお前を待っている、という言葉を挟む隙を古池に与えず、律子はぶっきらぼうに言った。

「母が上の精神病棟にいるんです」

「ああ。知っている」

「長くあそこに入れておけないので、一度、二人で上田に帰ろうかと。久間部長にも承諾を得ています。三カ月くらい、休職する予定です」

古池の退院の日も職場復帰の日も、そばにはいられない、と律子はすげなく言う。

「それは寂しいな」

「母の洗脳を解かなくちゃ。テキトーな神が作った教義を完全に信じてしまっていますから。新たな神が必要です。私がつきっきりでそばにいて、その役目を負わないと。私にはその責任がありますから」

洗脳を解くには代わりの『神』を与え、信者を導くのが最善の策なのだ。

「それじゃ、またいつか」

律子はあっけなく言い、スニーカーの足を重く引き摺って、病室を出て行った。

母親を元に戻すための『神』になる。

律子の濃紺のスカートが翻《ひるがえ》ったのを見て、古池は思う。『十三階のモンスター』と呼ばれた女。校長を喰い殺した、カマキリ女。

そうか。お前は次、神になるのか。

解説

内田剛（ブックジャーナリスト）

これは本当にトンデモない物語だ。グイグイと引き込ませるパワーは半端なく、自分史上最高レベルの一気読みができた。激しくて一度は目を背けても、気になりすぎて指の間から読んでしまう。危険極まりない印象的なシーンや、信頼と裏切りの連続といった読みどころの多さはもちろんであるが、何と言っても主人公・黒江律子の型破りな活躍ぶりが脳裏に焼きついて離れないのだ。読み終えてしばらくは茫然自失してしまうほど。火傷するような刺激とあり得ないほどの面白さ。こんな理屈では語れないような読書体験は稀である。この作品にはサブミナル効果がある何かが仕込まれているのかもしれない。それはきっと人を惑わす媚薬の成分。理性と感性を同時にとろけさせてしまうような感覚に陥ってしまうのだ。そんな尋常ではない作品の秘密に迫ろう。

まずは著者の吉川英梨についてである。作家となる前に脚本を学んでテレビや映画などの仕事をしていたから、構成の妙や映像が眼前に浮かぶような表現力には定評がある。二〇〇八年『私の結婚に関する予言38』（宝島社文庫）で第三回日本ラブストーリー大賞エンタテイメント特別賞を受賞して作家デビュー。その後も順調に作品を世に送り続けて「アゲハ」「スワン」「マリア」「エリカ」「ルビイ」というメインタイトルも印象的な「女性秘匿捜査官・原麻希」（宝島社文庫）が女主人公の名前から「ハラマキシリーズ」として親しまれ、まずは大きな看板になった。そして「新東京水上警察」（講談社文庫）、「警視庁53教場」（角川文庫）と作家の核となる文庫シリーズを次々と生み出した。いまや警察小説といえばこの作家は欠かせないと言えるほど、書店の文庫コーナーになくてはならない人気・実力ともに安定した実績を誇っている。双葉社からはこの「十三階シリーズ」だ。これまで二〇一七年『十三階の女』（文庫は二〇一九年）、二〇一八年『十三階の神《メシア》』（文庫は本書）、二〇一九年『十三階の血』と三作品が登場。他シリーズ作品と同様に一度読めば離さない強烈なインパクトと引力でファンを大いに楽しませている。

まずは前作『十三階の女』から語らねばなるまい。

裏話的な話だが、この作品の発売前に注目作品ということで自分も含めた書店員数名が集められ、出版社の会議室にてプロジェクトミーティングが行われた。タイトル、装丁、売り方、宣伝計画などのアイディアを出し合ったのだ。タイトルはズバリの伝わりやすさで意義はなし。「十三」は不吉なナンバーで、死の象徴である「十三階段」を想起させるし、ヒロイン・黒江律子が所属する警察庁警備局の諜報組織がある十三階。これは説明もしやすい。問題は肝心の売り方にも直結する内容であった。構成の良さ、息もつかせぬ展開。確かに面白い。しかし女を武器にという設定、冒頭から過激な場面もある。これはいくらなんでも女性票を得られないのではという危惧があった。しかし会議が始まればまったくの杞憂に終わった。男性陣よりもむしろ女性の方が「痛快でいい！」「理想の女性像ではなく、泥臭い女性だから共感」と強く推したのだ。女性を味方にすれば間違いない、そう確信した。私は単行本発売後の書店訪問で著者・吉川英梨氏にご挨拶する機会も得られた。エゲツない作品を描き切る作家……ちょっと怖れながらの面会だったが実際にお会いした印象は作品と真逆の印象。才気ある子育てママさんで安心したことが昨日のように思い出される。『十三階の女』サイン本には「テロ律子をよろしくお願いします♡」(エロとテロをかけた私のダジャレ) というチャーミングなメッセージまで添えて。その後の律子の頑張りの原点がここにあった。

そして、いよいよ本作『十三階の神』である。タイトルは「神」と書いて「メシア」と読ませる。いわゆる「理想的な統治をする為政者」のことだが、何やら怪しげな教祖を思い出させる。その通り今回の事件の軸となるのは国家をも巻き込んだ新興宗教の暴走だ。モデルは平成日本を震撼させたあの忌まわしい教団に他ならない。あまりにも実際の事件とリンクしており、リアルに自分の記憶が呼び戻された。説明抜きに凶悪性が当時の映像とともに、まざまざと眼前に蘇り怒りと憎しみの感情も再現された。誰もがそうであろう。問答無用に巨悪の存在を読者の脳裏に刷り込ませて物語を構成する。現実の事件と絶妙にオーバーラップさせることによって色濃くリアリティを持たせる。これまた著者の巧みな企みのひとつなのだ。

第一章は「夢に出てくる男」だ。「なんかさ……最近、妙な夢をよく見るわけ」大学のカフェテリアで友人と会話する黒江萌美。年の離れた律子の妹だ。一週間連続で同じ男が夢に出る。しかも悪夢ではなく「春のそよ風のような優しい夢」。夢の中の謎の男に無意識に惹かれる萌美。これはなにかの暗示かそれとも？　なんとも不気味な印象で物語が切り出されるのだが、もちろんこれは何気ない会話のようでこれから繰り広げられるおぞましいストーリーのほんの序章に過ぎないのだ。伏線が至るところに張り巡らされているからまったく油断がならない。いきなり肉親の登場であるが、長野の実家で一人暮らしする母親もすでに大変なことになっていた。妹の懇願で帰郷した律子が目撃したのは変わり果てた母親の姿と荒れ放題となった家だった。母はすでにカルト集団「輪芽11」の信者となっており、魂も財産もすべて吸い取られていたのだ。約20年前に無差別テロ事件を引き起こした教団は摘発。首謀者幹部たちも逮捕されたが、教えを伝える教団の一派はいまだに蔓延《はびこ》っていた。

そして教祖死刑執行の「B29」と呼ばれるXデーが迫る。死を号砲に再び起こるかもしれない大規模テロを阻止するのが新たなミッションであった。いたいけな妹をスパイとして教団中枢に送り込む「十三階のモンスター」律子。愛する家族をも巻き込んだ禁断の作戦が始まったのだ。ここからは追いつ追われつ敵も味方も分からない壮絶な騙し合いが繰り返される。心臓の弱い方は要注意だ。登場人物すべてを疑った方がよいと忠告だけしておこう。

黒江律子の信念はまったくブレない。非合法であってもすべては国家のために、国民のために。救える命のために任務遂行のためなら、自分の身体を差し出すことも厭わないのだ。「テロリストと寝た女」は今回も女の武器を存分に発揮する。最初のシーンは合コンに紛れて「田中奈緒」という偽名でドロ刑・滝川裕貴と交わる場面だ。濃密な交合に滝川は瞬時に陥落。身も心も完璧に虜にさせるのだ。古今東西、こうした女スパイが暗躍しているが律子もそのひとり。男を色仕掛けで嵌める。これは特殊能力、際立った才能なのだろう。滝川刑事はその後も捜査で律子と顔を合わせるが、夢のようなあの一夜がいつまでも忘れられない。一方の律子は毅然と任務に徹して表情すら変えない。女の鮮やかな二面性に愕然とする滝川。男の未練がましい脆さと女の割り切れる強さが見事に対比しており物語にスパイスを与えている。

大学の先輩であり相棒であり上司であり思い人でもある古池慎一への愛情表現も、また見どころのひとつだ。潜入捜査をしていた古池は刺され、腹から腸が飛び出るほどの瀕死の重傷を負ってアジトに辿り着く。律子は極秘に対応せざるを得ず、手近にいた獣医に診察させる。しかし隠れ場も狙われ、裏筋から合流した医師とで緊急手術に。オペに必要な薬品と器具類を病院から盗み出す律子。麻酔も効かないあまりの激痛に何度も「殺してくれ」と叫ぶ古池。ページからも怒声が聞こえ、血が流れてくるような凄まじさ。まさに阿鼻叫喚の修羅場である。自分の命は厭わないが相手に対しては真逆だ。命の鼓動がか細くなるほど強まる情熱。何がなんでも生きて欲しい、その感情が迸っているのだ。とにかくこの二人の関係性が尋常ではない。互いに死に直面した任務を抱え、文字通り体を張って敵の急所に潜入する。たった一つの命を超えた感情、これが究極の愛のカタチなのだろうが、常人ではとても理解できない。前世からのカルマに縛られているかのような精神のつながりだ。それでも血も涙もないストーリー展開の中で、もっとも人間的な側面が見られるのがこの二人の掛け合いなのだ。騙し合いの中でもまったく揺るがぬ愛は、恋愛小説も得意とする著者が作り上げた至高の関係で、それはもはや祈りの境地にも到達しているようにも感じる。この二人にいつ真の幸福がやって来るのか、これはシリーズを貫くテーマかもしれない。

本作で身も心も粉砕された黒江律子ではあるが、彼女に平穏な日々は似合わない。次作の『十三階の血』で待っているのは、またしても国家的犯罪と過激すぎる悪人たち。これでは命は幾つあっても足りない。いったいどれほど血を流せば気が済むのか……そしてこのシリーズはどこまで突き進むのか。

物語中の任務は極秘だが、後戻りのできないこの面白さは日本中に拡散すべきだ。まったく容赦ない凄まじき女・黒江律子、そして爆弾の如き閃光を作品から弾けさせる恐るべき作家・吉川英梨の動きから、今後もまったく目が離せない！

参考文献

『「オウム真理教事件」完全解読』竹岡俊樹（勉誠出版）
『「オウム真理教」追跡2200日』江川紹子（文藝春秋）
『マインド・コントロールから逃れて―オウム真理教脱会者たちの体験』滝本太郎／永岡辰哉（恒友出版）
『坂本弁護士一家殺害事件』週刊現代編集部（講談社）
『止まった時計　麻原彰晃の三女・アーチャリーの手記』松本麗華（講談社）
『麻原おっさん地獄』田村智／小松賢壽（朝日新聞社）
『日本社会がオウムを生んだ』宮内勝典／高橋英利（河出書房新社）
『「A」―マスコミが報道しなかったオウムの素顔』森達也（角川文庫）
『A2』森達也／安岡卓治（現代書館）
『A3』（上下）森達也（集英社文庫）
『オウムからの帰還』高橋英利（草思社文庫）
『アンダーグラウンド』村上春樹（講談社文庫）
『約束された場所で―underground2』村上春樹（文春文庫）
『オウムと私』林郁夫（文春文庫）
『オウム真理教事件とは何だったのか？　麻原彰晃の正体と封印された闇社会』一橋文哉

（PHP新書）
『マハーヤーナ・スートラ　大乗ヨーガ経典』麻原彰晃（オウム出版）
『生死を超える』麻原彰晃（オウム出版）
『日出づる国、災い近し　麻原彰晃、戦慄の予言』麻原彰晃（オウム出版）

著者エージェント
アップルシード・エージェンシー

・本書は、二〇一八年七月に小社より単行本として刊行されたものです。

双葉文庫

よ-20-02

十三階《じゅうさんかい》の神《メシア》

2020年6月14日　第1刷発行

【著者】
吉川英梨《よしかわえり》

【発行者】
箕浦克史
【発行所】
株式会社双葉社
〒162-8540 東京都新宿区東五軒町3番28号
［電話］03-5261-4818(営業)　03-5261-4831(編集)
www.futabasha.co.jp（双葉社の書籍・コミックが買えます）
【印刷所】
大日本印刷株式会社
【製本所】
大日本印刷株式会社
【カバー印刷】
株式会社久栄社
【DTP】
株式会社ビーワークス
【フォーマット・デザイン】
日下潤一

ISBN978-4-575-52366-9 C0193
Printed in Japan